Multimillonario Encubierto

LA OBSESIÓN DEL MULTIMILLONARIO
Hudson

J. S. SCOTT

Multimillonario Encubierto ~ Hudson

Traducción: Marta Molina Rodríguez
Diseño de cubierta: Lori Jackson

ISBN: 978-1-951102-38-8 (edición impresa)
ISBN: 979-8-689943-13-8 (libro electrónico)

Índice

Prólogo

Taylor

Hace siete años...

Todo el mundo iba a experimentar un profundo duelo en algún momento de su vida. Era un hecho, a menos que esa persona fuera una sociópata o estuviera tan alejada de la realidad que fuera incapaz de sentir ningún tipo de emoción. Para algunos, ese acontecimiento se producía temprano, con la pérdida de uno o los dos progenitores, o quizás la de un abuelo muy querido. Para otros, sucedía durante su vida adulta, cuando entendían perfectamente el morir y la muerte, y el hecho muy real de que su relación con la persona que dejaba este mundo nunca volvería a estar ahí. En cualquier caso, no en esta vida.

Yo no estaba segura de sentirme preparada para que aquello me ocurriera en ese momento. No cuando el anciano al que miraba en la cama del hospital era todo mi mundo. No tenía hermanos en quienes apoyarme, otro progenitor ni familia que fuera a entender cómo me sentía. Solo estábamos yo y Mac Tanaka, la única figura paterna o familiar que había conocido en toda mi vida. Cuando él se hubiera ido, yo me quedaría completamente sola en el mundo a la edad de veintiún años.

Empecé a entrar en pánico sentada junto a la cama de hospital de Mac, sosteniendo su mano, preguntándome qué demonios iba a hacer yo sin él. Había sido mi figura paterna, mi mentor, mi amigo, y la única persona lo bastante sabia, en mi opinión, como para acudir a ella con cualquier problema que tuviera. Mac daba consejos sensatos. Siempre había podido contar con eso. No es que el anciano no me hubiera animado siempre a ser librepensadora e independiente. Siempre me había advertido que solo compartiría una pequeña parte de mi vida con él porque ya tenía setenta y tantos cuando aceptó el reto de criar a una niña de once años. Ahora, diez años después, sentía que me lo robaban, porque nuestro tiempo juntos había sido demasiado breve. Pero tenía que ser fuerte por él ahora mismo, ya que él siempre había estado ahí para mí.

—Veo ese brillante cerebro tuyo trabajando y estás pensando demasiado, Tay —dijo Mac con voz débil, sin aliento cada vez que hablaba—. Estás lista para enfrentarte sola al mundo. Lo que pasa es que todavía no lo sabes. Ya es hora de que empieces a vivir tu vida en lugar de cuidar de mí.

Mac no tenía el más mínimo acento. Aunque sus padres habían nacido en Japón, el hombre era tan estadounidense como el pastel de manzana. Bebía de su herencia japonesa como fuente de sabiduría y filosofía, pero había abrazado su lugar y su cultura como estadounidense de primera generación. Creo que eso es algo que siempre me había fascinado de Mac.

—Nunca me ha importado cuidar de ti —protesté.

Él sonrió débilmente, el rostro pálido y demacrado. Su piel estaba casi del mismo color blanco almidonado de las sábanas y la funda de la almohada.

—Puede que no —convino—. Pero has pospuesto demasiado tu educación.

Eso tampoco me importaba. Sí, siempre había querido ir a Stanford para estudiar la carrera de Geología, pero en mi mente no cupo duda de que esperaría cuando a Mac le diagnosticaron cáncer hacía tres años. Puse en espera mi admisión en la prestigiosa universidad porque, sinceramente, yo también era todo lo que Mac tenía. No me había arrepentido nunca de aquella decisión. Al principio, él podía cuidar de sí mismo, pero a lo largo del pasado año me había necesitado de verdad.

—Algún día entraré en Stanford —le aseguré—. Ahora, descansa, Mac.

Al ver cerrarse sus ojos con un lento parpadeo, busqué instintivamente el collar que él me había regalado y cerré los ojos. Me entregó el colgante cuando cumplí los dieciséis años y rara vez me lo había quitado desde aquel día. Era un dragón feroz con una larga cola de espinas que protegía una perla en su interior. Mac me dijo que lo tocara siempre que me sintiera nerviosa para recordar que yo era buena, pero también increíblemente fuerte y poderosa. Generalmente, envolver el símbolo con la mano me ayudaba, pero empezaba a pensar que no era tan valiente como él creía.

«Respira, Tay. Solo respira». Oí la voz alentadora de Mac en mi mente, su tono fuerte y juvenil al enseñarme a buscar la serenidad en mi interior, aun cuando pareciera que todo mi mundo estaba sumido en el caos. Tomé una profunda bocanada y solté el aire lentamente. Seguida de otra. Y luego otra más.

«Puedo hacer esto. Puedo mantener la compostura por Mac. Le debo eso y mucho más», me dije. Cuando abrí los ojos y le di un suave apretón en la mano fría, me dije que no tenía que lamentar su pérdida todavía. Mac seguía conmigo y yo pensaba valorar cada segundo que tuviera.

En el pasado había sido mi roca, así que era hora de que yo fuera su peñasco. Eso fue exactamente lo que hice durante los días siguientes, hasta la noche en que Mac me abandonó en silencio, falleciendo sin dolor en mitad de la noche mientras yo dormía acurrucada en un sillón reclinable junto a su cama. Me derrumbé porque ya no tenía que ser su roca ni su peñasco. Durante mucho tiempo, solo fui un amasijo de cantos rodados esparcidos en todas direcciones, hasta que encontré la fuerza para seguir adelante.

Hudson

En el presente...

iene que suceder algo ahora mismo, joder. Tres de nuestros geólogos fueron capturados hace nueve días en el transcurso de una misión de exploración corta que debería haber sido completamente segura —dije con un gruñido bajo a las otras tres personas sentadas alrededor de la gran mesa de reuniones en la oficina central de Montgomery Mining—. Por qué demonios no nos habíamos enterado de nada hasta hoy es irrelevante en este momento. Nuestro objetivo es sacar de Lania con vida a los otros dos miembros del equipo de Montgomery Mining, y el tiempo corre.

Por lo general, yo no solía perder la calma, porque sabía que era contraproducente como director de la empresa, pero en ese momento estaba al límite de mi paciencia. Probablemente, la única razón por la que no había explotado ya era que uno de los tres miembros del equipo capturado por fuerzas de la guerrilla estaba sentado en el lado opuesto de la gran mesa de conferencias y estaba muy frágil en ese momento. De hecho, Harlow Lewis apenas parecía capaz de mantenerse sentada y erguida durante mucho más tiempo.

Yo ya había despedido a los responsables de no ponerse en contacto con mis hermanos y conmigo en cuanto recibieron noticias de la suerte que había corrido uno de nuestros equipos de exploración. Yo llevaba nueve puñeteros días en Seattle para asistir a la boda de mi primo Mason con mis hermanos. Fue la única vez que los tres nos habíamos ausentado de la oficina central en San Diego durante tanto tiempo desde que salvamos la corporación al borde del colapso. Aun así, eran nueve días, ¿verdad? ¿Qué podría pasar sin que uno de los tres estuviéramos aquí durante tan poco tiempo?

Esa idea optimista y cómoda se borró de un plumazo cuando mi hermano Jax y yo volvimos a la oficina aquella mañana. Aprendí que algo realmente terrible puede ocurrir en un instante, incluso en una gran compañía como la nuestra, que día a día funcionaba con la precisión de una máquina bien engrasada. Había vuelto para encontrarme una situación de pesadilla.

—Le dijimos a los altos directivos que no estaríamos disponibles durante nueve días —musitó mi hermano Jax en voz alta desde su asiento a mi lado.

—Por favor, no le dije a nuestros ejecutivos que no me llamaran si tres empleados eran tomados como rehenes en una situación extrema. Yo consideraría eso como una emergencia, en cuyo caso les dije que nos llamaran. No es una pequeñez; es una maldita crisis y deberíamos haber estado implicados en la negociación con rehenes desde el principio. Somos los dueños de la compañía.

Inspiré hondo, consciente de que tenía que contener mi irritabilidad. Había pasado los últimos quince minutos escuchando a Harlow Lewis contarnos su historia entre sollozos de angustia, consciente de que si hubiéramos estado involucrados desde el primer día, no estaríamos en la situación que afrontábamos ahora mismo.

El proceso de negociación del FBI había sido demasiado lento. Nueve días era desperdiciar una eternidad cuando había rehenes en manos de las guerrillas de Lania. No eran conocidas precisamente por tratar a sus prisioneros con humanidad. Por lo visto, la Dirección había negociado la liberación de Harlow con ayuda del FBI durante nuestra ausencia, pero había un hombre en paradero desconocido y una becaria que estaba haciendo unas prácticas de verano bajo supervisión de Harlow seguía capturada.

«¡Hijos de puta!», pensé frustrado. ¿Cómo habían terminado tres de nuestros geólogos capturados por rebeldes lanianos? No tenía ningún sentido. Primero: ahora que el país, anteriormente asolado por la guerra, llevaba varios años en paz y una nueva generación de líderes había tomado el control, Lania iba en camino de convertirse un destino turístico muy atractivo del Mediterráneo. Segundo: se suponía que no quedaban rebeldes. No se había producido ningún incidente en Lania durante los dos últimos años y, antes de eso, solo hubo pequeñas protestas. Tercero: ¿por qué estaba tan furioso ahora que los dos puntos anteriores parecían mentira? Si había actividad rebelde, deberíamos haberlo sabido.

Miré a mi hermano pequeño Jax y me percaté de que en ese momento sentía lo mismo que yo, aunque nadie lo diría con solo mirarle la cara. Sin embargo, yo conocía a mi hermano y siempre había pequeños indicios que no podía ocultarme a mí que me daban una pista de cómo estaba reaccionando exactamente. Mi hermano más pequeño, Cooper, había decidido permanecer unas semanas más en Seattle para retomar el contacto con sus viejos amigos de la universidad. Pero, si estuviera aquí, yo sabía que sentiría la misma indignación que Jax y yo experimentábamos ahora mismo.

«¡Maldita sea! Esto no debería estar pasando», pensé. Pero estaba ocurriendo, razón por la cual había llamado a la tercera persona presente en la sala. Volví la mirada hacia Marshall, el líder del grupo de rescate voluntario simplemente conocido como Last Hope, «última esperanza», e intenté calcular su postura. Jax y yo habíamos llamado a Marshall urgentemente en cuanto nos enteramos del secuestro. Como de costumbre, se había presentado allí en unas horas con toda la información relevante necesaria para intentar llevar a cabo un rescate.

Al contrario que Jax, el excomandante Marshall era muy difícil de leer. Su actitud serena bajo presión y habilidades extraordinarias como antiguo líder de uno de los equipos SEAL de la marina eran legendarias. Así que, no era de sorprender que no tuviera ni la más remota idea de qué podría estar pensando el veterano, aunque mis hermanos y yo habíamos colaborado con el tipo durante años para llevar Last Hope donde estaba hoy. Marshall era un enigma para casi todos los voluntarios de Last Hope. Lo único que sabíamos realmente era que había resultado herido durante una misión cuando aún era un soldado en activo, lo cual lo obligó a retirarse del servicio antes de lo planeado.

Jax, Cooper y yo nos habíamos unido a Marshall poco después de dejar nuestras propias unidades de las fuerzas especiales y el ejército para ocupar nuestro lugar como propietarios de Montgomery Mining. Queríamos ayudar a Marshall a hacer crecer Last Hope y lo habíamos conseguido. Al principio, mis hermanos y yo llevamos a cabo muchos de los rescates, pero ahora Marshall tenía muchos más voluntarios de los necesarios como para tener que hacer eso. Chicos más jóvenes recién salidos de Operaciones Especiales.

Una de las razones más importantes por las que intentábamos evitar hacer rescates nosotros mismos era que todas nuestras caras se habían hecho muy reconocibles desde que dejamos el ejército. La prensa perseguía a Jax principalmente. Yo intentaba mantener una actitud discreta, al igual que Cooper, pero había ocasiones en las que nosotros tampoco podíamos evitar las fotos. Cuando volvimos al mundo civil y llevamos Montgomery Mining de vuelta a la cima, todos querían una foto de los hermanos Montgomery, solteros y multimillonarios. Estar en primera línea se había vuelto demasiado arriesgado para nosotros. Ahora éramos mucho más valiosos proporcionando recursos y trabajando en la planificación estratégica, la mayor parte del tiempo.

Marshall levantó una ceja.

—Evidentemente, el Gobierno federal está yendo con cuidado en esto, ahora que somos aliados más que enemigos de Lania y todos han hecho las paces durante los dos últimos años. No quieren agitar las aguas, y cualquier rebelde laniano se considera un terrorista. Chicos, conocéis de sobra la postura del Gobierno estadounidense en cuanto a negociar rescates con presuntos terroristas. Enviaron al FBI para ayudar con las negociaciones por Harlow, pero en última instancia fue Montgomery Mining quien pagó el rescate por su liberación. Cualquier tentativa de rescatar a Taylor, si se produce, tendría que ser totalmente encubierta, y estamos solos.

«¡Joder!», me dije. Ya lo sabía. Todos los casos que manejábamos eran situaciones en las que el Gobierno federal no quería o no pensaba tomar medidas. Sin embargo, era mucho más fácil extraer prisioneros cuando no teníamos que andar a vueltas con la política.

Me volví de nuevo hacia nuestra única rehén liberada. Ella ya nos había contado su historia, pero como era de esperar de cualquiera que hubiera sido prisionero, estaba un poco dispersa. Tenía que asegurarme de estar al corriente, puesto que yo acababa de enterarme de toda aquella situación hacía tan solo unas horas. El que la mujer se presentase en la oficina central de Montgomery Mining hacía no mucho tiempo para suplicar ayuda para su becaria y su novio había sido nuestro único golpe de suerte hasta el momento. Tenía que reconocérselo, había captado mi atención a pesar de haber subido a los despachos en silla de ruedas, totalmente asfixiada por el esfuerzo que le había costado llegar allí. Había exigido ver a un Montgomery con voz ronca y seca que, de algún modo, llegó hasta mi despacho.

—Dra. Lewis, ¿fue liberada hace dos días? —pregunté, intentando utilizar un tono mucho más calmado.

La bonita rubia parecía haber pasado por un infierno y debería estar en un hospital, en lugar de aquí, en el centro de San Diego. Por otro lado, si alguien a quien quería posiblemente estuviera muerto y mi amiga siguiera retenida, yo también haría todo lo posible para conseguirles ayuda.

Ella se aclaró la garganta con nerviosismo.

—Por favor, llámenme Harlow. Sí, fui liberada hace dos días. Tardaron en traerme de vuelta a EE. UU. Una vez aquí, los médicos querían que estuviera totalmente hidratada, hacerme miles de pruebas y que empezara la fisioterapia antes de darme el alta hospitalaria. Pero no conseguí información sobre Taylor y Mark desde el centro médico, porque no tengo a ninguno de los hermanos Montgomery en mi lista de marcación rápida precisamente. Terminé saliendo de las instalaciones esta mañana en contra de la recomendación médica porque tengo que hacer algo. Creo que todos dan por supuesto que Mark está muerto, y Taylor era mi responsabilidad, una becaria de verano que trabajaba bajo mi supervisión. También es mi amiga y sigue retenida. No entiendo por qué no la dejaron marchar conmigo. —Su voz sonaba desesperada ahora y tenía una expresión atormentada—. Taylor se hace la valiente, pero no va a durar mucho más. Ambas estábamos mal cuando me fui. Y tras dos días más en ese zulo sofocante y sin agua, ni siquiera estoy segura de que siga con vida.

Harlow parecía frágil y atormentada, lo cual me perturbó mucho más de lo que quería reconocer. Aunque no nos habíamos conocido en persona, me sentía responsable por cada uno de los trabajadores de Montgomery Mining, y ella estaba haciendo aquella exploración para nosotros. Los tres.

—Lamento que ocurriera esto —dije sin saber qué otra cosa decir—. A mis hermanos y a mí se nos debería haber informado inmediatamente, no nueve días después del suceso. La Dirección hizo todo lo posible para conseguir tu liberación y yo haré todo lo que pueda para traer de vuelta a los otros dos.

Crucé una mirada con Jax y Marshall, pues todos sabíamos exactamente por qué razón solo había sido liberada Harlow. Habíamos recibido la desorbitada demanda de rescate de Taylor aquella mañana, junto con un breve clip de vídeo como prueba de que la mujer capturada seguía con vida. Por el momento, no habíamos recibido noticias de Mark, el novio de Harlow, el ingeniero que había planeado reunirse con las dos mujeres en el muelle en Lania. Hasta su liberación hacía dos días, Harlow estuvo prisionera con Taylor, pero se desconocía por completo el paradero de Mark, que no estaba en el muelle cuando secuestraron a las dos mujeres.

Yo habría soltado el dinero por la becaria de inmediato y sin hacer preguntas si creyera que eso compraría la libertad de Taylor Delaney. Pero no lo haría. Tenía suficiente experiencia con los rebeldes lanianos como para saber que los últimos rehenes nunca salían con vida.

Harlow había tenido suerte. Su liberación era un supuesto acto de buena fe, pero yo no me tragaba ese cuento.

—Solo los quiero de vuelta —respondió Harlow desesperada—. No sé qué le pasó a Mark, y Taylor no aguantará mucho más. No nos dieron nada de comer y la única agua que conseguimos era si llovía, lo cual no sucedía a menudo. Apenas podíamos sacar parte del brazo al exterior por el conducto de la ventilación para recoger toda el agua posible cuando llovía. He visto el tiempo en Lania. Parece que no ha caído una gota desde que me fui.

«¡Joder!», me dije. Si Harlow estaba gravemente deshidratada, Taylor no tenía muchas posibilidades.

—Aparte de la falta de comida y agua, ¿cómo os trataron mientras estabas allí? ¿Puedes darme más información sobre el lugar donde os retenían? —le pregunté a Harlow en el tono más delicado que logré emitir.

—Hacía calor —respondió en tono sombrío—. Nos retenían en una estructura de una habitación con una puerta de acero y no había mucha corriente. Había unas cuantas aberturas cerca del techo, que es lo que utilizamos para intentar conseguir agua, pero las paredes eran de cemento. No había nada que pudiéramos utilizar como herramienta para intentar escapar de allí. Créanme, lo intentamos. Estábamos sofocadas de calor y creo que los captores nos querían débiles. Si está preguntándome si nos pegaban, no lo hacían. Principalmente gritaban, nos empujaban y la mayor parte de la comunicación era en laniano.

Vaya, eso sin duda había cambiado desde que ella se fue, pero no pensaba contárselo a la mujer consternada. Habían pegado a Taylor y, a juzgar por el breve clip de vídeo que habíamos visto como prueba de que seguía viva, no estaba en condiciones de intentar conseguir agua, aunque lloviera.

—¿Y no hubo… agresión sexual? —inquirió Jax justo antes de toser incómodo.

No importaba cuántas veces hubiéramos tenido que hacer preguntas embarazosas, nunca resultaba fácil.

—No. O puede que sí. No estoy segura —respondió Harlow moviéndose incómoda en la silla—. Todas las noches, el líder rebelde venía a llevarse a Taylor. Se la llevaba justo después de oscurecer. Se hacía eterno, pero probablemente solo pasaba fuera una hora o así antes de que él la arrojara de nuevo a nuestra prisión. Ella juraba que el líder no estaba haciéndole daño y hablaba inglés, así que estaba intentando que nos liberase. Se negó a decir nada más y voy a ser completamente sincera, yo estaba prácticamente fuera de mis cabales. Estaba tan preocupada por Mark que la creí entonces. O puede que solo quisiera creerlo porque no podía hacer otra cosa. Ahora que tengo la mente más clara, no estoy tan segura de que no la agredieran o violaran. No importa lo convincente que pueda ser Taylor, no me creo que todas las noches estuviera intentando convencer al líder de que nos dejara irnos.

De repente, la tapa con la que había estado intentando reprimir mis emociones personales se entreabrió un poco. «¡Hijo de puta!», pensé frustrado. Empezó a revolvérseme el estómago al pensar en un rebelde estúpido utilizando a una de mis becarias como su juguete sexual todas las puñeteras noches. ¿Qué clase de mujer iría por voluntad propia para volver con Harlow y mentir sobre lo ocurrido con el fin de evitar que su amiga y mentora se preocupara? Hay que tener agallas para someterse cuando lo único que quieres hacer es luchar.

—Es posible. Dudo mucho que estuvieran negociando un plan de liberación —le dijo Jax a Harlow llanamente, sin dulcificar su respuesta—. ¿Puedes contarnos algo más que nos diera alguna pista acerca de dónde tienen a Taylor exactamente?

Antes de que Harlow tuviera tiempo de responder, Marshall tomó la palabra.

—Creo que tengo la ubicación de Taylor.

Yo sabía de sobra que me encargaría personalmente de aquella misión desde el momento en que oí la historia de Harlow; probablemente antes de eso. Más bien, desde el momento en que me enteré de toda aquella debacle hacía un par de horas. Los rebeldes estaban jodiendo a dos personas que estaban bajo nuestra protección como empleadas de Montgomery Mining. Si alguien intentaba realizar un rescate, sería yo. Proporcionar recursos y planificación táctica no bastaría. «¡Esta vez, no!», pensé. Aquella misión estaba resuelto a llevarla a cabo yo mismo.

Las probabilidades de que Taylor siguiera con vida eran muy escasas. Las probabilidades de Mark eran aún menos, porque ni siquiera habíamos recibido una demanda de rescate por él. La becaria de Harlow había sido fuertemente apaleada en los últimos días. Jax y yo suponíamos que había intentado escapar sin éxito. Era un gesto típico de los rebeldes lanianos apalear a los huidos para que no volvieran a intentarlo ni pudieran físicamente.

—Solo por curiosidad, ¿por qué estaba una de nuestras becarias de verano en una misión de exploración? —inquirió Jax—. Es un poco inusual que ocurra eso.

El rostro de Harlow se deshizo en una expresión de culpabilidad total.

—Es mi culpa. Fue una mala decisión por mi parte. Conocí a Taylor hace un año, cuando ella estaba empezando el último curso del máster en Stanford y yo fui a dar una conferencia de investigación. Nos mantuvimos en contacto. Es brillante y yo salté ante la oportunidad de ser su mentora cuando se le ofrecieron las prácticas en Montgomery. Cuando se enteró de que yo iba a hacer una exploración, tenía muchas ganas de venir y yo creí que sería un buen valor para el equipo. En realidad, no necesitaba estar allí. Mark y yo podríamos haber manejado la inspección inicial solos.

Yo sacudí la cabeza.

—No estábamos culpándote de ninguna manera, Harlow. Según todos los informes, debería haber sido completamente seguro que estuviera allí. Debería haber sido seguro para todos vosotros.

—No hace falta que me culpen —dijo con voz ronca—. Me culpo yo. Ya he renunciado a mi puesto en Montgomery Mining, pero eso no importa. Quiero hacer todo lo que pueda para traer a Mark y a Taylor a casa.

—¿Por qué tenías que renunciar? —refunfuñó Jax—. No fue culpa tuya.

—Ya hablaremos de tu renuncia más adelante —dije lanzándole a Jax una mirada de advertencia—. Primero, centrémonos en la misión para rescatar a los dos que siguen en Lania.

Aunque yo tampoco estaba de acuerdo con que Harlow dejara la compañía, era fundamental que mantuviéramos la atención en la misión que nos ocupaba ahora.

—Sí, por favor —suplicó Harlow con una voz que apenas era poco más que un susurro.

Le expliqué a Harlow rápidamente lo básico sobre Last Hope y le dije que planeábamos intentar un rescate. Aunque detestaba contarle a nadie nada acerca de nuestro grupo de voluntarios, Harlow había pasado por un infierno y se merecía, como mínimo, saber que alguien estaba intentando sacar de Lania a su novio y su amiga.

No entré en detalles, puesto que técnicamente no existíamos en lo que respecta al Gobierno federal. De acuerdo, sabían que existíamos, y los negociadores del FBI a veces nos avisaban de gente que necesitaba ayuda, pero su postura oficial era que desconocían por completo nuestra operativa. Cuando terminé, Marshall tomó un sobre grande y lo deslizó hacia mí mientras decía:

—Aquí está la información sobre Taylor Delaney. Es una mujer de veintiocho años que acaba de terminar un máster en Geología Ambiental. Optó por hacer unas prácticas de verano en Montgomery Mining mientras busca un puesto permanente.

—Ha estado viviendo conmigo porque no estaba segura de dónde encontrará un trabajo fijo —añadió Harlow.

Yo había atrapado hábilmente la carpeta que venía en mi dirección. Al sacar la foto que saqué del sobre para estudiarla, me pilló con la guardia baja. Taylor Delaney era una hermosa mujer pelirroja con los ojos verdes más impresionantes que había visto en mi vida. En el corto vídeo que nos habían enviado le habían dado semejante paliza que ni siquiera la reconocía como la misma mujer. Se me retorció el estómago al intentar mantenerme neutral y limitarme a observar. Pero era imposible no sentirse encolerizado. Taylor era mi empleada. Nuestros becarios no cobraban mucho, pero recibían un sueldo por su trabajo de verano. Me sentía responsable por todo lo que les había ocurrido a ella, a Mark y a Harlow.

Sostuve la foto un poco más de lo necesario para memorizar sus rasgos antes de volver a meterla finalmente en el sobre para pasárselo con todo su contenido a Jax. Habría tiempo de sobra para estudiar los archivos camino de Lania.

—Víctima número dos —anunció Marshall mientras arrojaba otro sobre a la mesa—: Mark Lansdale, uno de vuestros ingenieros de minas. Tiene treinta y cinco años y lleva casi seis años con Montgomery. Según vuestros archivos, tiene un expediente laboral impecable.

Yo asentí marcadamente.

—Un tipo simpático. Lo he visto en un par de sitios de trabajo.

—Estaba cansándose de viajar a lugares remotos —musitó Harlow—. Estaba barajando trabajos de consultoría para quedarse en el país, pero no quería dejar Montgomery porque le encantaba trabajar para su compañía.

—Tenéis una relación, ¿correcto? —preguntó Jax.

Ella se encogió de hombros.

—Sí. Es complicado. No está aquí muy a menudo. Estábamos impacientes por hacer juntos la exploración.

Aunque Mark y yo nos habíamos conocido, miré su foto reciente y le pasé la carpeta a Jax.

—Yo voy —le dije a Marshall rotundamente—. Esta la dirigiré yo mismo.

—Yo también voy —dijo Jax de inmediato—. Esta situación es tan jodida que no pienso dejar nada al azar. —Mi hermano me dio un codazo—. ¿Qué probabilidades hay de que sigan vivos? —preguntó Jax en voz baja para que Harlow no lo oyera.

Yo me encogí de hombros mientras respondía en voz igualmente baja.

—Pocas o ninguna para Taylor. Evidentemente, ahora la están maltratando y, si no le dan de comer ni de beber mientras la mantienen en un zulo sofocante y con poco oxígeno, bien podría ser una causa perdida. Aún menos para Mark, por desgracia. Ya sabes que suelen matar a los hombres y utilizar a las mujeres para obtener ventaja.

—Pero tenemos que intentarlo —dijo Jax con fervor—. Ambos sabemos que pagarles no funcionará. Los cabrones solo dejaron marchar a Harlow porque esperaban que motivara un pago mucho más sustancioso por Taylor. Sabes que negociar y pagar su rescate probablemente sería una condena a muerte para ella, si es que sigue viva.

—Lo sé—respondí secamente. Yo confiaba mucho más en mi hermano y en mí mismo como equipo para traer a Taylor de vuelta sana y salva… si es que seguía con vida. Me puse en pie, ansioso por empezar—. Voy a ponerlo todo en marcha. Quiero estar volando dentro de una hora. Marshall, ¿puedes conseguirme las coordenadas?

El veterano se acercó a mí como si su leve cojera no le molestase en absoluto. Yo supe que eso significaba que quería tener una conversación breve y muy privada.

—¿Necesitas refuerzos? —preguntó.

Yo sacudí la cabeza.

—Podemos movilizarnos y movernos mejor sin ser detectados si solo somos nosotros dos. Debemos entrar y salir de allí lo más rápida y silenciosamente posible.

—Estoy de acuerdo —respondió Marshall mientras me entregaba un pequeño sobre que yo sabía que contenía la ubicación de la mujer y otra información confidencial—. Solo es ella, Hudson. Recibí un mensaje durante la reunión de que el cuerpo de Mark ha sido hallado por el Gobierno laniano mientras buscaban a Taylor. Su cuerpo no estaba muy lejos del muelle que utilizaron Taylor y Harlow. Creo que probablemente le tendieron una emboscada como a ellas. Repatriarán sus restos a Estados Unidos. Siento que hayamos perdido a uno, pero me alegro de que vosotros os hagáis cargo personalmente del rescate de Taylor. Buena suerte, hijo —dijo con voz firme mientras me daba una palmada en la espalda.

—Si encontraste la ubicación de Taylor, ¿por qué no te has puesto al habla con el Gobierno laniano? —le pregunté.

Marshall levantó una ceja.

—Ya llevan nueve días buscándola. Yo la encontré en una hora. Puede que Lania esté mejorando lentamente, pero sus fuerzas del orden y su ejército son unos ineptos. ¿De verdad confías en que tendrían éxito sacando a Taylor de allí con vida?

—Claro que no. Nos largamos de aquí —refunfuñé. Miré a Harlow al otro lado de la sala. Parecía completamente devastada. Ahora no era el momento de contarle que su novio estaba muerto—. ¿Puedes llevar a Harlow de vuelta al hospital? No tiene buen aspecto —le dije a Marshall.

—Creo que puedo encargarme de eso —respondió fríamente.

Como había muy poco con lo que Marshall no pudiera lidiar si se le preguntaba, hice un gesto con la cabeza a Jax. Él se puso en pie y me siguió fuera de la sala de reuniones.

Capítulo 2

Hudson

—¿Crees que deberíamos haberle contado a Harlow que su novio está muerto? —preguntó Jax mientras terminaba de limpiar e inspeccionar su arma y la dejaba a un lado.

Yo levanté la cabeza del informe sobre Taylor que había estado estudiando desde que Jax y yo embarcamos en mi avión privado hacía un rato. Me recliné en mi asiento al contestar:

—No tenía buen aspecto. Creo que necesita un poco de tiempo para descansar antes de hacerle llegar esa información.

Jax estiró las piernas en el cómodo sofá de la cabina de mi avión. Ambos nos habíamos puesto un chándal después de despegar para poder dormir un poco en algún momento del largo vuelo. Él se encogió de hombros.

—Probablemente tienes razón. No es que haya tenido novia formal, pero de ser así, probablemente querría saber la verdad. Me siento un poco culpable por no habérselo contado.

Miré sorprendido a mi hermano pequeño.

—¿Desde cuándo te sientes tú culpable por nada? Además, si salieras con alguna mujer más de una vez, podrías tener una novia seria.

Jax era conocido como el magnate multimillonario a quien nunca se veía con una mujer más de una vez, y la prensa aprovechaba al máximo sus payasadas de *playboy*.

—¿En serio? —dijo secamente—. Al menos yo tengo citas, al contrario que tú, a quien nunca se le ve con ninguna mujer.

Ignoré su comentario. No era como si yo nunca hubiera tenido novia. Simplemente hacía mucho tiempo que no tenía. Básicamente, había renunciado a intentar encontrar a una mujer a la que yo le importase más que el estatus y la riqueza del apellido Montgomery. Por lo visto, Jax seguía dispuesto a intentarlo. Con ahínco. En realidad, yo no veía a mi hermano como un donjuán, sino que empezaba a pensar que tenía un nivel muy alto de tolerancia a la decepción crónica.

—Marshall se lo contará a Harlow —le aseguré.

Él asintió.

—Lo sé. No estoy seguro de por qué, pero tengo la sensación de que esta vez debería haberlo hecho yo mismo. Tal vez se deba a que son nuestros empleados. Esta historia es una mierda. Hace unos días, estábamos viendo castrarse a Mason en Seattle y ahora siento que acabamos de entrar en otro universo.

Yo sonreí con suficiencia.

—Mason no estaba castrándose. Se ha casado y es feliz con Laura. Como debe ser. Es una mujer increíble.

Jax, Cooper y mi hermana, Riley, acababan de conocer al primo cuya existencia desconocían. Yo sabía lo de Mason desde hacía tiempo, pero hasta que mi primo se sintió preparado para contarles a sus hermanos que solo era su hermanastro y que era el hijo natural de mi tío, me guardé su existencia para mí. Mis hermanos y Riley no solo habían aceptado a Mason como su primo, sino que trataban a los hermanos de Mason como si también fueran sus primos, aunque no estaban emparentados.

—No entiendo por qué Mason tenía tanta prisa por casarse —farfulló Jax—. Me gusta el tipo, pero él y sus hermanos actúan como si no pudieran vivir sin llamar a sus mujeres al menos una vez cada hora.

—No pueden —convine—. Porque todos y cada uno de ellos están locamente enamorados de sus esposas.

Jax frunció el ceño.

—Sí. Supongo que esa es la parte que no entiendo.

—No lo entiendes porque nuestra familia era condenadamente disfuncional —expliqué—. Por si no te has dado cuenta, nuestra hermana también está locamente enamorada de su marido.

La más joven de nuestra familia, nuestra hermana pequeña, Riley, estaba felizmente casada y vivía en una ciudad pequeña no muy lejos de San Diego. Se había casado con un constructor multimillonario y ambos estaban locos el uno por el otro. Sin embargo, yo entendía la confusión de Jax. Costaba comprender algo que nunca habíamos visto ni experimentado.

Nuestro padre era una sociópata y Riley nos había revelado recientemente que abusaba de ella cuando era niña, hecho que me hizo desear que el cabrón siguiera vivo para poder matarlo yo mismo. A nuestra madre solo le obsesionaban las apariencias y su posición social. Sabía lo que nuestro padre le había hecho a Riley, pero lo ocultó con el único fin de proteger el prestigioso nombre de los Montgomery. En realidad, mis padres se odiaban mutuamente, pero siguieron juntos de todas formas.

Mi padre murió mientras mis hermanos y yo estábamos de servicio en el ejército. Yo estaba en la Delta Force, Jax era un SEAL y nuestro hermano pequeño, Cooper, acababa de entrar en el ejército de Estados Unidos esperando hacerse comando cuando el viejo falleció. Asistimos al funeral de nuestro padre para apoyar a Riley y a nuestra madre por aquel entonces, pero yo dudaba que ninguno de nosotros hubiera lamentado la muerte del cabrón.

Aunque entonces no sabíamos lo que mi padre le había hecho a Riley ni que mi madre lo había encubierto, entre nosotros y nuestros padres nunca hubo precisamente sentimientos de afecto. Nunca. Mis hermanos y yo volvimos apresuradamente a nuestras obligaciones en el ejército tras el funeral y, durante años, dejamos que alguien más dirigiera Montgomery Mining. Tardamos años en descubrir que no se estaba gestionando como debería.

Uno por uno, mis hermanos y yo tomamos la dolorosa decisión de dejar nuestros puestos en las fuerzas especiales cuando se acabaron nuestros contratos para salvar Montgomery Mining de la destrucción total. No fue fácil, pero habíamos dado todo lo que teníamos para volver a llevar a nuestra empresa a la cima. No solo conseguimos volver a colocar Montgomery Mining en su lugar como la operativa minera más grande del mundo, sino que era más grande y mejor de lo que fue bajo el control de mi padre.

Nuestra madre aún vivía, pero habíamos cortado el contacto con ella cuando nos enteramos de lo que le había ocurrido a Riley. Ninguno de nosotros podía soportar estar en la misma habitación que ella.

—Creo que Riley elige creer que está enamorada de Seth —musitó Jax—. No es que tenga nada de malo, porque Seth es un tipo decente. Pero creo que eso de estar enamorado son chorradas. Hacemos esa elección, consciente o inconscientemente. Eso del alma gemela es mentira. Nunca he conocido a una mujer que me haga perder el control. No creo que sea posible.

—Nunca digas nunca jamás —le advertí—. No viste a Mason cuando creyó que nunca volvería a estar con Laura. El tipo se quedó hecho polvo. Si hubiera podido controlarlo, lo habría hecho. Es terco.

En la mayoría de las cosas, estaba de acuerdo con Jax. Aunque, después de ver lo miserable que se sintió el práctico Mason Lawson cuando él y Laura se separaron durante una temporada, no estaba totalmente convencido de que se pudiera elegir sin más amar o no amar a alguien. Como yo nunca me había visto en esa situación, no sabía qué pensar. Sí, me había encaprichado unas cuantas veces cuando era más joven, pero se me pasaba en un momento en cuanto me percataba de que la mujer con la que salía estaba más interesada en mi dinero y posición social que en mí.

—Sí, bueno, ese es Mason, no yo —respondió Jax—. Personalmente, me parece irracional creer que quieres tanto a alguien.

—¿Acaso importa eso? —inquirí—. Mason y Riley están felices con su suerte y a mí me parece bien siempre que sean felices.

—Supongo que no —dijo Jax—. Mejor ellos que yo. Solo espero que tú y Cooper nunca perdáis la cabeza por alguien como les ha pasado a Riley y Mason.

—No ha pasado aún y, como acabo de cumplir treinta y cuatro años, dudo que vaya a pasar nunca. Prefiero pensar que me he vuelto más sabio con la edad —bromeé.

—Te sigo de cerca —dijo Jax en tono divertido.

Mis hermanos y yo nos llevábamos muy poco tiempo. Era como si mis padres se hubieran decidido a tener hijos y lo hubieran hecho solo para quitárselo de en medio. ¡Bum! ¡Bum! ¡Bum! ¡Bum! Jax solo era diez meses más joven que yo.

—Entonces, ¿puede que sea hora de que salgas con una mujer más de una vez? —sugerí.

Jax sonrió de oreja a oreja.

—¿Y decepcionar a todos los periodistas de cotilleos que nos siguen como perritos falderos? No. Se morirían de aburrimiento.

Por suerte, a la mayoría de esos periodistas Jax les parecía mucho más interesante que yo, así que no me perseguían tanto como a él, y prácticamente habían renunciado a la posibilidad de que Cooper hiciera nada escandaloso.

Permanecimos unos instantes en silencio hasta que Jax preguntó:

—Entonces, ¿estás listo para esta misión, viejo? Hace tiempo que no intervenimos.

Yo me mantenía en excelente condición física, como mis hermanos, así que sabía que Jax solo estaba burlándose de mí. Pero también sabía que quería asegurarse de que estaba cómodo con lo que íbamos a hacer.

—Estoy listo y tan enfadado que no puedo esperar a que empiece.

—Yo tampoco —dijo Jax en tono solemne—. Solo espero que siga viva. Creo que será devastador para Harlow si también perdemos a Taylor.

Levanté una ceja.

—Te gusta Harlow —aventuré.

—Tiene que gustarme —dijo hábilmente—. Esa mujer ha pasado por un infierno y lo único que le preocupa son su novio y su becaria. Tiene agallas. Tiene que quedarse en Montgomery, pienso hacer todo lo que pueda para convencerla de que se quede cuando volvamos.

Yo asentí.

—Estoy de acuerdo. Pero pareces… personalmente preocupado. ¿Conocías a Harlow antes de todo este incidente?

—No mucho —contestó bruscamente—. Sí, la he visto un par de veces al pasar por el laboratorio, pero no es como si mantuviéramos una conversación larga ni nada. ¡Joder! Está buena. ¿Cómo no iba a fijarme en ella? Supongo que ahora también admiro su tenacidad. Creo que me siento como una mierda porque le hicieron daño mientras trabajaba para nosotros. Hemos puesto a los tres en peligro.

Yo miré a Jax inquisitivamente. Reconocerlo no era habitual en él. No era como si Jax no tuviera buen corazón, pero solía ocultarlo bajo su cinismo. Como yo ya me sentía bastante culpable por los dos, dije:

—Esto no es culpa de nadie, Jax. Sí, yo también me siento culpable, pero no dejes que te corroa. Lania se considera un país seguro de visitar desde hace ya un par de años. Si no lo fuera, no habría estado en el radar de Montgomery Mining. Nunca ponemos a ninguno de nuestros empleados en situaciones peligrosas intencionadamente.

No estaba seguro de a quién intentaba convencer: a él o a mí mismo. Nada parecido le había ocurrido nunca a ninguno de nuestros equipos, y el remordimiento por lo sucedido me corría las entrañas. Sí, a veces sucedían cosas malas, pero mis hermanos y yo nunca poníamos los beneficios por encima de la seguridad. Cualquier cosa podía ocurrir en sitios de trabajo remotos, pero nosotros limitábamos el factor de riesgo al mínimo.

—¿Cómo demonios volvieron a posicionarse los rebeldes? —vociferó Jax—. ¡Dios! Creía que nunca tendría que volver allí. Mi equipo SEAL pasó demasiado tiempo en Lania hace una década. Odio ese maldito país. Las tomas de rehenes allí nunca terminaban bien. Los rebeldes no tenían ningún problema en cortarle la cabeza a cualquiera que considerasen un peligro para su forma de vida y odiaban a los occidentales.

—Lo sé —respondí con voz ronca—. Yo también perdí muchos amigos allí. O bien este grupo llevaba años escondiéndose en una región remota, o bien son fugitivos y no lo suficientemente inteligentes como para quedarse fuera. Marshall ha estado allí hace relativamente poco tiempo y juró que no había ni rastro de violencia. Demonios, la gente está empezando a pelearse por terrenos en ese país para construir sus resorts. Pero Lania es un país insular grande y algunas zonas están muy desoladas. No dudo que este grupo pudiera haber evitado ser detectado durante años.

—¿Qué postura tiene el príncipe heredero en todo esto? —inquirió Jax—. Según Marshall, ha desplegado todas sus fuerzas para buscar a los rebeldes y a sus rehenes. —Su boca se tornó en una sonrisa poco entusiasta—. Es decir, ¿Marshall sabe dónde están, pero el príncipe no lo sabe?

—¿Te sorprende? —pregunté divertido.

Jax negó con la cabeza.

—No. A veces creo que a Marshall le gusta que así sea. Tiene más fe en Last Hope que en algunos gobiernos extranjeros.

En ese momento, me sentí aliviado de que Marshall se hubiera guardado la información.

—Yo también —informé a mi hermano—. Esto es personal para mí y prefiero que nadie lo fastidie.

—La sacaremos de allí, Hudson —dijo Jax solemnemente con una voz que sonó como una promesa—. Aunque no esté viva, la sacaremos de allí.

Yo ni quería pensar en la vida en los bonitos ojos verdes de Taylor completamente apagada.

—Está viva. Hasta que sepa con certeza que me equivoco, está viva. Intentemos dormir un poco para estar lo más alerta posible. Mi avión, mi cama.

Me levanté para dirigirme al único dormitorio de mi avión.

—No tengo problema en acostarme aquí. Es cómodo —dijo Jax—. ¿Había algo en los informes sobre Taylor que debería saber?

Se me retorció el estómago. Los archivos no eran únicamente archivos de recursos humanos. Marshall había incluido tanta historia como pudo conseguir con tan poco preaviso. Taylor Delaney no había tenido una vida fácil y parecía casi indiscreto leer la información sobre su infancia y juventud, porque no suponía ninguna diferencia con respecto a su rescate. El informe me había parecido personal, lo cual era algo que nunca había experimentado antes. Por alguna extraña razón, no me apetecía contarle a nadie todo lo que había leído sobre la rehén. Ni siquiera a Jax.

—Nada significativo —respondí con brevedad—. Parece que trabajó muy duro para graduarse en Stanford y no pienso permitir que se pierda las cosas buenas, ahora que por fin ha terminado lo duro.

—Estoy contigo —dijo Jax con un enorme bostezo—. Buenas noches.

—Descansa un poco —le aconsejé mientras me dirigía hacia el dormitorio.

Me fui a la cama de inmediato, pero no dormí tan bien como me habría gustado. Me atormentaron en sueños la imagen de Taylor durante días más felices y unos grandes ojos verdes y sonrisa traviesa que parecían suplicarme que no la dejara morir en Lania. Mientras daba vueltas en la cama, solo podía esperar con todas mis fuerzas que ella aguantara un poco más…

Capítulo 3

Taylor

Lo único bueno de estar medio muerta era saber que tenía tan mal aspecto que el líder rebelde no volvería a buscarme otra vez. No lo había hecho desde el día en que intenté huir y recibí tal paliza que nadie querría ver mi cara ni mi cuerpo ahora mismo. ¿Cuándo había sido? ¿Hacía un día? ¿Hacía dos días? ¡Mierda! Había perdido totalmente la noción del tiempo, pero sabía con certeza que no había bebido ni gota de agua desde que intenté llevar a cabo mi plan de escape. Tuve un destello momentáneo de miedo cuando recobré la consciencia en completa oscuridad hacía unos instantes. Tardé un minuto en recordar que nadie volvería a buscarme.

—¿Qué día es? —musité, las palabras un susurro ronco porque tenía la boca reseca.

La última vez que me había desmayado era por la mañana. ¿Era el mismo día? ¿El día siguiente? ¿O una semana después? No tenía ni idea. Estaba consciente por ahora, pero sabía perfectamente que la muerte me acechaba. El corazón me latía muy deprisa y, aunque estaba despierta, me sentía increíblemente confusa.

Gravemente deshidratada, estaba en un estado de semiinconsciencia, desorientada cuando estaba despierta y demasiado débil como para mover un solo músculo. No iba a engañarme en cuanto a lo cerca que estaba de la muerte. Cada vez que sentía que un gran agujero negro se abría para tragarme, me preguntaba si volvería a abrir los ojos. Sinceramente, estaba llegando a un punto en que cada vez que perdía la consciencia, casi esperaba no volver a despertar.

Quería moverme. Tenía todos los músculos agarrotados, pero carecía de fuerzas para intentar sentarme o girarme sobre el costado. Había perdido totalmente el apetito, pero estaba sedienta. Por suerte, no me había hecho pis encima, pero daba un poco de miedo el hecho de no tener necesidad de orinar. Ahora mismo desearía no ser una friki de la ciencia ni saber tanto sobre el cuerpo humano. Probablemente sería mejor ignorar lo que ocurre cuando empiezan a fallar los riñones. Nada en el cuerpo humano funciona sin agua.

Hice una mueca de dolor al intentar mover las piernas para ver si lograba encontrar una postura más cómoda, pero mi pierna apenas se movió un centímetro, y el pequeño tirón provocó el dolor más horrible que había experimentado nunca. Los rebeldes me habían dado patadas muy fuertes en las extremidades, probablemente para evitar que fuera a ninguna parte. La larga paliza, combinada con el dolor de tener las extremidades fuertemente atadas y permanecer en la misma postura, hizo que mover una sola pierna o un brazo fuera una auténtica tortura. Decididamente, yo no era una llorica, pero si pudiera haber gritado y llorado por el extremo tormento que mi cuerpo sufría ahora mismo, probablemente lo habría hecho.

Por desgracia, mis conductos lagrimales estaban completamente secos y no tenía voz en ese momento. Lo único que podía hacer era cerrar los ojos con fuerza y esperar volver a perder la consciencia. *«Pronto. Muy pronto»*, *pensé.* Porque la agonía que podía aguantar una persona tenía límites.

Pequeños puntos de luz aparecieron cuando me disponía a sumergirme en otro abismo de oscuridad. *«Posiblemente el último»*, me dije. Y entonces lo oí, ese chirrido horrible de metal contra metal cuando los guardas retiraron las barras y barreras en la parte exterior de la puerta. Había aprendido a temer ese sonido, porque significaba que venían a mi prisión por algún motivo, y sus propósitos nunca habían sido buenos.

Se me abrieron los ojos mientras escuchaba, no muy segura de si solo estaba imaginando el sonido o si alguien estaba entrando realmente. Excepto que el ruido era mucho más sutil y ni remotamente tan estrepitoso como solían ser los guardias cuando tiraban de las barras de acero de la puerta.

Cerré los ojos porque las molestas motas de luz no dejaban de bailar frente a mí y estaba convencida de que volvía a alucinar. Justo cuando creí que estaba teniendo un instante de claridad, resultó que no lo estaba. Seguía oyendo y viendo cosas que no eran reales. Llegado un momento, incluso creí que Mac estaba allí conmigo, instándome a no rendirme. A seguir luchando aquella batalla hasta que fuera rescatada. Evidentemente, estaba viendo y oyendo toda clase de cosas que no eran reales. *«Igual que ahora»*, pensé. El sonido chirriante no eran los guardas viniendo a vejarme. Ni el líder rebelde. *«Nadie viene a volver a apalearme hasta dejarme sin sentido. No es nada.* Solo mi mente jugándome una mala pasada. Nadie va a venir. Nunca», reflexioné. Ni siquiera recordaba si los rebeldes habían vuelto a comprobar si estaba viva o muerta, pero habría sido fácil no enterarme porque ya casi no tenía momentos de cordura. *«Es hora de afrontarlo. No voy a salir con vida de Lania»*, pensé, perdida toda esperanza. Como no podía cuidar de mí misma, iba a morir y me quedaría allí hasta que alguien tropezase con mis restos algún día. La aceptación renuente se apoderó de mí a medida que sentía que la oscuridad se levantaba para apagar mi aturdido cerebro. Hasta que…

—Taylor, ¿me oyes? Voy a sacarte de aquí.

La voz era grave, áspera y me habló al oído en un susurro que apenas pude oír. Intenté ignorar la voz vaga, a sabiendas de que era otra manifestación de algo que quería oír desesperadamente. Fue un poco más difícil bloquear una mano delicada en mi cuello. Ninguna de las alucinaciones que tuve me había tocado. Quise apartar de un manotazo la sensación ilusoria, pero no pude. Era demasiado real.

—Está viva —dijo el barítono.

—Tiene pulso y respira —dijo una segunda voz en tono sensato.

—Taylor, apriétame la mano si me oyes —insistió la primera voz mientras tomaba mis dedos—. Necesitas líquido, pero no quiero que aspires. Necesito saber que estás conmigo.

«¿*Agua*? Oh, Dios, sí». Haría prácticamente cualquier cosa por un poco. Fantasma o no, apreté un poco, porque no había nada que necesitara más que agua ahora mismo y no me importaba quién ni qué me la proporcionase.

—Buena chica —dijo con aprobación—. Pararemos pronto, pero tenemos que salir de esta zona. Vámonos, Jax.

—Estoy listo. Esto es un puto horno.

Quise gritar de dolor al sentirme levantada como si no pesara nada para después ser apoyada contra un enorme objeto sólido, probablemente el torso del chico.

—Te cubro las espaldas —dijo el segundo chico.

Me percaté de que estábamos en movimiento y noté la diferencia de temperatura en cuanto el hombre fuerte que me acarreaba salió al exterior. Disfruté del aire fresco y tomé una bocanada tan profunda como pude. Si aquello solo era una ilusión placentera, pensaba saborearla.

—Taylor, me llamo Hudson. Mi hermano Jax y yo vamos a llevarte a un lugar seguro —me dijo al oído mi captor actual con un susurro ronco—. Te pondrás bien. Pararemos e intentaremos darte un poco de agua en cuanto nos alejemos de este maldito campamento. —Dejó de hablar un instante antes de añadir—: ¡Santo Dios! Espero que aún puedas oírme, Taylor.

Mi mente desconcertada tardó en captar la verdad. «¡*Este hombre no es un guerrillero!*», comprendí. El tipo que me alejaba a rastras de los rebeldes no era uno de ellos. Aquellos hombres estaban allí por mí. Para rescatarme. Ambos tenían acento estadounidense. Eran mis rescatadores, no mis enemigos. Puse toda mi voluntad en abrir los ojos, pero estos no cooperaron.

—Yo… —«Maldita sea, no logro pronunciar palabra», me frustré. Lo intenté de nuevo, utilizando todo ápice de fuerza que me restaba para susurrar—: Te oigo. No puedo hablar.

—Buena chica —me susurró delicadamente al oído—. Me sentiría como un idiota si estuviera hablando solo.

Habría sonreído si pudiera. Era una locura lo tranquilo y seguro de sí mismo que se sentía mi rescatador en ese momento, pero yo me sentía agradecida por su bravuconería, porque me hacía sentir más segura. No tenía ni idea de cómo podía ir a un ritmo tan brutal cuando acarreaba mi cuerpo atormentado sin la menor ayuda por mi parte. No podía mover los brazos para ayudar a mantener el equilibrio. Nada. Y, Dios, quería hacer todo lo posible para ayudarlo ahora que sabía que era mi liberador en lugar de mi captor. Una oleada de alivio me inundó cuando finalmente asimilé el hecho de que iba a volver a casa. Iba a vivir. No iba a morir en una zona remota de Lania ni a convertirme en un montón de huesos. Iba a salir de aquella.

—¿Harlow? —intenté pronunciar su nombre.

Aparentemente, él oyó el susurro ronco.

—Está bien, de vuelta en Estados Unidos. Ya se ha terminado para las dos, Taylor, te lo prometo. Necesitas atención médica, pero te la conseguiremos. Al menos ya no estás en un horno cociéndote viva.

No tenía ni idea de cuánto le agradecía aquello. Ya me sentía más fresca. Era verano y, por la noche, en Lania, no refrescaba precisamente, pero al menos no me sentía como si me estuviera asando viva. Recobré y perdí la consciencia varias veces hasta que finalmente nos detuvimos. Sentí que me bajaba al suelo con cuidado. Si hubiera sido posible, habría llorado como un bebé, aliviada, cuando Hudson cortó las ataduras de mis extremidades. Todos los músculos de mi cuerpo seguían temblando de dolor, pero saber que por fin era libre lo significaba todo.

—Tienes que beber por mí, Taylor. No puedo echarte agua sin más —dijo Hudson mientras yo notaba algo húmedo presionado contra mis labios cortados—. Tienes que intentar tragar.

Tenía toda la boca reseca y agrietada y, a pesar de lo mucho que quería la maldita agua, era difícil no encogerme de dolor ante cualquier cosa que tocase la zona dolorida. Por fin logré abrir los ojos, pero lo único que vi era la oscuridad. Hudson no era nada más que una sombra, aunque me sostenía e inclinaba una cantimplora para mí. Estaba tan furiosa conmigo misma que quise gritar porque no conseguía hacer funcionar la garganta y la boca. Era como morirse de sed en medio de un arroyo de agua clara. El agua estaba ahí mismo, pero no podía beber.

Hudson apartó el agua de un tirón y yo quise protestar hasta que sentí un paño gotear contra mis labios agrietados. Alivió la piel reseca mientras yo tomaba un sorbito de la tela húmeda en mi boca. La humedad se absorbió casi de inmediato, pero Hudson me dio más. Humedeció la tela una y otra vez hasta que al fin empecé a succionar el agua y a tragar con dificultad. Cuando finalmente volvió a llevarme la cantimplora a los labios, empecé a beber.

—Eh, veloz, ve más despacio o vomitarás —me indicó Hudson.

Cuando empecé, no quería parar, aunque sabía que no debía atiborrarme de agua después de haber estado privada de ella durante tanto tiempo. Por desgracia, mi instinto de supervivencia estaba completamente al mando en ese momento y Hudson tuvo que apartar el agua. Al principio me enojó que pudiera arrebatarme la sensación eufórica de tragar el precioso líquido. Después de mi arranque de ira inicial, agradecí que lo hubiera hecho, porque empezaba a rugirme el estómago. Lo último que quería era vomitar sobre el chico que me había rescatado. No podría explicarlo aunque quisiera, pero fue como si prácticamente sintiera el líquido empezando a hidratar mis células. Debería haber sido una sensación agradable, pero no lo fue.

Hudson volvió a tomarme en brazos mientras decía:

—Tenemos que seguir. Aún queda mucha distancia por recorrer hasta que lleguemos a la costa.

Yo estaba casi segura de que ya habíamos recorrido varios kilómetros desde el campo rebelde. ¿Cómo iba a seguir adelante bajo mi peso? Evidentemente, Hudson estaba extremadamente en forma, pero ¿cuánto más aguantaría antes de caer agotado? Puse la boca junto a su oído.

—Quiero… caminar. —Fue todo lo que salió de mi boca.

Lo oí soltar una risita mientras empezaba a moverse de nuevo.

—No lo creo, Taylor —dijo en tono divertido—. Ni siquiera puedes mover las extremidades y sigues gravemente deshidratada.

«¡*Maldita sea!*», pensé. Tenía razón. Pero no me gustaba el hecho de que él tuviera que cargar con mi trasero como un enorme saco de patatas. Odiaba sentirme inútil.

—Tendrás que lidiar con aceptar un poco de ayuda ahora mismo —carraspeó como si me hubiera leído la mente.

Se me escapó un suspiro y apoyé la cabeza en su hombro. Como si tuviera elección. Sentí que la oscuridad de la inconsciencia se hacía presa de mí y, esta vez, no me resistí a ella. Por algún extraño motivo, me sentía a salvo con Hudson. No tuve tiempo de analizar por qué exactamente antes de deslizarme en la oscuridad.

Hudson

Ya había pasado el alba cuando finalmente llegamos a la costa. Taylor no había dicho ni una palabra desde que paramos a beber agua y yo empezaba a preocuparme. Notaba su respiración contra la piel y sabía que seguía viva, pero no me gustaba que ya no respondiera. Jax y yo permanecimos en silencio mientras nos abríamos paso por el bosque durante las últimas horas. La única vez que hablamos fue cuando mi hermano se ofreció a llevar a Taylor y yo me negué. Ya estaba confundida y no quería que se despertase para descubrir que la sujetaba otro chico. Sinceramente, era un peso ligero y estaba demasiado delgada. No es que fuera una carga precisamente, y Jax llevaba las mochilas de ambos a la espalda. Aceleré el paso cuando oí el agua y me detuve en la linde de la zona boscosa para inspeccionar la costa. Jax se detuvo a mi lado.

—Parece que Marshall no ha fallado, como de costumbre.

Había un hombre haciendo aspavientos que corría hacia nosotros.

—Tenemos la tienda montada, amigos. Traed a la mujer.

Marshall había prometido que tendría un doctor en algún lugar cercano a nuestro punto de partida, así que supuse que el tipo con pantalones oscuros y camiseta negra que corría hacia nosotros era dicho médico. ¿Quién más podía ser?

—Estoy bien —dije tenso cuando el recién llegado intentó quitarme a Taylor de los brazos—. Solo dime dónde la quieres.

Él asintió marcadamente y nos condujo a una tienda de campaña que parecía haber sido montada rápidamente a veinte o treinta metros, entre los árboles. Sí, tal vez Lania fuera territorio amigo ahora, al margen de los pocos rebeldes que, a todas luces, no se habían ido, pero no acababa de arrancar a aquella mujer de una situación peligrosa para meterla en otra. Taylor era mi responsabilidad hasta que pudiera cuidar de sí misma y no pensaba perderla de vista hasta tener la certeza de que estaba a salvo.

—Déjala en el catre para que el doctor pueda echarle un vistazo —instruyó nuestro guía.

No había puerta en la estructura improvisada, así que entré de una zancada y dejé a Taylor en lo que parecía una sábana limpia e higiénica en un catre. Un hombre mayor permanecía en pie en el interior de la tienda, aparentemente esperando a su paciente.

—¿No eres *tú* el médico? —pregunté mirando al hombre que había venido a recibirnos y a acompañarnos hasta la tienda de campaña.

—Por desgracia, no —respondió desde la entrada—. Pero quería estar aquí cuando llegarais. Odio que resultara herida en territorio laniano. Yo autoricé la exploración. Creí que vuestro equipo estaría perfectamente a salvo.

Me aparté para que el doctor pudiera trabajar, pero Jax y yo observamos lo que sucedía desde el exterior de la tienda. Finalmente estudié al hombre que nos había llevado hasta allí, preguntándome si era laniano. El tipo sonaba británico, pero aparte de los pantalones y la camiseta, se parecía muchísimo a…

—¿Y quién eres tú?

Como Lania se formó con un crisol de pueblos de diferentes países de origen, al igual que Estados Unidos, a veces era difícil identificar a un laniano exclusivamente por su aspecto físico. Sin embargo, habían desarrollado un idioma nativo y, sin duda, su acento, no era laniano. Él sonrió de oreja a oreja.

—Soy el príncipe Niklaos, pero llámame Nick, por favor. No soy muy amante de los títulos formales.

«De acuerdo, así que es el dirigente laniano, como sospechaba». Había visto fotos suyas, pero nunca había visto una entrevista en directo.

—Habría estado bien que hubieran ido a rescatarla antes de que estuviera medio muerta si tanto lo siente —espeté.

—Lo habría hecho, amigo, pero es un país grande. Hemos estado intentando localizar el campo rebelde desde que recibimos noticias del secuestro. Por desgracia, aún tenemos que hacerlo a la antigua usanza, yendo en su busca, puesto que no tenemos todos los avances militares de los que disponéis en Estados Unidos. Todavía no, en cualquier caso. Marshall me llamó hace unas horas y me dijo que os encontrase aquí para que nos dierais la ubicación de los rebeldes. Lidiaremos con ellos ahora que habéis sacado a la última rehén. Desde luego, no le di la espalda a vuestro equipo. Simplemente no los encontramos a tiempo —dijo Nick tenso—. Me revuelve solo verla en estas condiciones y tener que enviar un cadáver a Estados Unidos.

El hombre parecía realmente disgustado y fue tan sincero que no pude discutir su convicción de que habría intentado rescatar a mi equipo de haber podido hacerlo.

—Si es laniano, ¿por qué suena tanto como un británico? —preguntó Jax con tono de cautela.

Nick pasó a contarnos que se había formado en el Reino Unido y que había pasado la mayor parte de su vida allí hasta que su padre fue incapaz de seguir gobernando. Su padre seguía vivo, pero tenía demencia, así que Nick había vuelto a Lania a asumir sus responsabilidades hacía varios años.

—Mi padre le hizo una promesa a mi madre antes de que ella muriera —explicó Nick—. Yo era aún un niño y ella no quería que creciera en plena revolución. Así que me enviaron a un internado en el Reino Unido y después fui allí a la universidad.

El tipo era joven, probablemente unos años más joven que yo, ¿y ya llevaba varios años a cargo de toda una nación?

—¿Cómo fue volver a Lania después de haber pasado fuera tanto tiempo? —pregunté.

Nick soltó un suspiro.

—Limitante —reconoció—. Tengo que pelearme con mis consejeros y el consejo real constantemente. Estaban acostumbrados a trabajar con mi padre y la mayoría siguen viéndome como el principito. Mi padre quería democracia, pero no le interesaba mucho el progreso. Sus consejeros son iguales. Hay demasiadas costumbres que tienen que relegarse al pasado y mucho más progreso que hacer, pero es más fácil decirlo que hacerlo.

—Lo conseguirá —le animé—. Puede que sea hora de contratar nuevos consejeros —sugerí.

Evidentemente, Nick era responsable de intentar modernizar el país. Tal vez no tuviera un equipo de élite ni el poderío militar que teníamos en Estados Unidos, pero tenía que darle crédito por las mejoras que había logrado en la posguerra. Nick sonrió de oreja a oreja.

—No creáis que no he intentado revolucionar las cosas aquí. Tarde o temprano, Lania se convertirá en un punto neurálgico mundial.

Le proporcionamos a Nick la ubicación de los rebeldes y le contamos todo lo que sabíamos de los captores de Taylor, que no era mucho. Cuando terminamos de informarle, él nos pidió algo:

—Espero que hagáis saber a Taylor cuánto siento lo ocurrido cuando se encuentre mejor. Ya he hablado con el Dr. Lewis y, en cuanto la familia de Mark sea notificada, también hablaré con ellos.

—Sí, se lo haremos saber —convine distraídamente sin perder de vista al doctor y a Taylor.

El médico le había puesto una vía intravenosa, le había hecho lo que parecía un examen completo y le había dado varios medicamentos. Ahora estaba limpiándole algunos de los cortes de la cara. Finalmente, se levantó de su taburete y se unió a nosotros en el exterior.

—Necesitará supervisión camino de casa —dijo mientras sacaba un pañuelo de su bolsillo y se secaba el sudor de la cara y la calva—. No hay mucho más que pueda hacer en estas condiciones. Algunas de las heridas están infectadas, así que he empezado un tratamiento con antibióticos. Necesitará más en cuanto lleguen a Estados Unidos. Los músculos de Taylor están deteriorados, magullados y muy cansados por estar tanto tiempo atada en la misma postura, pero deberían mejorar lentamente cuando pueda caminar. Como nos esperábamos, está gravemente deshidratada, lo cual está afectando todos los sistemas de su cuerpo. Le he puesto líquidos, pero habrá que cambiar las bolsas cuando se vacíen.

—Yo me encargo —dijo Jax repentinamente—. ¿Tiene bolsas de sobra?

De nosotros dos, Jax era quien tenía más formación médica, así que dejé que se encargara de conseguir las provisiones con Nick mientras yo le preguntaba al doctor:

—¿Hay algo más que debamos saber?

—Necesitará analíticas completas y radiografías para asegurarnos de que todos sus sistemas vuelven a funcionar con normalidad. Espere que esté confusa y extremadamente débil mientras su cuerpo intenta hidratarse. No encontré fracturas evidentes, pero solo he podido hacer un examen rápido. Sospecho que el principal problema es su grave deshidratación.

Yo fruncí el ceño.

—Taylor no me hablaba. ¿Es normal que esté inconsciente?

Él asintió.

—Su cuerpo estaba fallando. Se despertó un momento conmigo. No creo que le gustaran la vía intravenosa ni el examen. No está realmente inconsciente. Se levantará al sentir dolor físico, pero es mejor dejarla dormir profundamente hasta que se hidrate un poco. Voy a mandar analgésicos y ansiolíticos en caso de que los necesite cuando esté más despejada.

—No es de extrañar que se despertase al ponerle la vía con el toqueteo y el pinchazo —musité. A mí tampoco me gustaría precisamente que me metieran una aguja en el brazo.

—Como no estuvo despierta más de unos pocos segundos, no pude evaluar su estado mental, pero supongo que necesitará tiempo para recuperarse. Por suerte, solo la han retenido durante un breve periodo de tiempo, pero el trato que le han dado los rebeldes ha sido increíblemente malo.

Yo asentí con el estómago encogido ante la idea de cuánto abuso había sufrido aquella mujer.

—Lo sé. Me aseguraré de que se le proporcione todo lo que necesite.

Cuando el doctor terminó sus instrucciones para el viaje de vuelta a casa, subimos a Taylor al barco de transporte, poniéndola lo más cómoda posible en el camarote.

—Tengan cuidado —ordenó Nick cuando el capitán que nos había traído hasta allí se alejó del muelle—. ¡Mantenedme al tanto de cómo están Taylor y Harlow! —exclamó.

Yo me despedí con la mano y entré en el camarote en cuanto partimos.

—Es bastante majo, supongo —farfulló Jax mientras colgaba la bolsa de suero—. Pero sigo sin fiarme de ese cabrón.

—No importa —dije en tono brusco—. Al menos vamos camino de casa con Taylor.

—No estoy seguro de si es ella la que huele tan mal o si somos nosotros —dijo Jax mientras se peinaba con la mano.

Habíamos caminado kilómetros con mucho peso extra.

—Probablemente un poco de las dos cosas —respondí, percatándome de lo cansado que parecía mi hermano ahora que nos veíamos frente a frente—. La ropa que diseñó Cooper ha funcionado fenomenal, pero estoy sudando como un pollo.

Como ya no teníamos material del ejército, Cooper había diseñado ropa especial de protección para Last Hope y Marshall la había distribuido entre todos los miembros de la organización. Habíamos optado por el conjunto negro para aquella misión en particular y, aunque cómoda, la manga larga resultó dar mucho calor.

Jax se encogió de hombros.

—Dijo que tuvo que renunciar a algunas cosas para mantenernos a salvo. La manga larga era necesaria para protegernos los brazos y pasar inadvertidos. No puede ser mucho peor que la ropa militar.

Yo sacudí la cabeza.

—No lo es. Es mucho más ligera y menos restrictiva. Supongo que solo necesito quejarme.

Jax sonrió de oreja a oreja.

—Pues quéjate. Ha sido una caminata larguísima.

Nos habíamos quitado las máscaras negras en cuanto nos alejamos del campamento y solo mantuvimos las gafas de visión nocturna de alta tecnología, pero en Lania, en verano, ni siquiera las noches refrescaban. Yo estaba seguro de que cada uno de los presentes en ese momento en el camarote éramos responsables de hacerlo apestar.

—Como es mi avión, yo me ducho primero —informé a mi hermano—. Taylor también tiene que ducharse.

—Envolveré la vía, pero, por lo demás, esa tarea es cosa tuya. Más vale que tardes poco; yo voy después —farfulló Jax—. No voy a dormir hasta que me quite este hedor de encima.

—Seré lo más rápido posible, pero ahora mismo ella va primero —le recordé concisamente.

Mi mirada se desvió al rostro de Taylor y sentí que volvía a airarme. Estaba furioso desde el momento en que la había encontrado, débil y a puertas de la muerte. «¡Hijos de puta!», pensé frustrado. Más le valía a Nick lidiar con los rebeldes; de lo contrario, volvería y mataría a los cabrones yo mismo. Las magulladuras de Taylor no estaban tan mal como en el vídeo que demostraba que seguía con vida, pero seguían ahí, y las grandes heridas de su mejilla y ceja parecían infectadas. El médico había hecho unas suturas apresuradamente, pero probablemente dejarían cicatriz. Yo solté un largo suspiro exasperado. Todo lo que les había sucedido a Taylor, a Harlow y a Mark estaba fatal a todos los niveles. Habían ido a Lania a hacer su trabajo y los tres fueron secuestrados. Eran geólogos, no guerreros. Estaban en Lania para inspeccionar un posible nuevo sitio de Montgomery Mining.

Me acerqué más y tomé la mano de Taylor entre las mías.

—Vas a casa, Taylor. Ya hemos salido de Lania —le dije al oído esperando que pudiera oírme aunque no respondiera—. Y me aseguraré de que estás bien cuando lleguemos a casa.

Por alguna extraña razón, aquella misión había sido diferente para mí, y no lograba distanciarme de la víctima como solía hacer. Parecía personal. Era personal. «*¡Joder!*», *pensé, consciente de* que estaba echando por la ventana el libro de normas y tomándome una misión demasiado personalmente. Taylor Delaney lo complicaría todo porque era mi becaria, pero, por una vez en mi vida, me daba exactamente igual no seguir las normas.

Capítulo 5

Taylor

Cuando emergí de la oscuridad, me desperté en un vaivén. Bueno, al menos intenté dar unos puñetazos, pero fueron poco efectivos. La oscuridad era total y me debatí contra lo que me envolvía, que resultó ser una simple manta. Pero no lo sabía al principio, así que intenté forcejear para salir de la crisálida en la que me encontraba.

—Oye, Taylor —dijo una voz grave en la oscuridad, justo antes de que unas fuertes manos sujetaran mis muñecas con delicadeza a la cama—. Para. Te arrancarás la vía. Estás bien. Estás a salvo. Ya no estás en Lania. Vas camino de casa.

Ese pequeño estallido de energía hizo que me desinflase por completo y dejé de intentar luchar… porque era él. La misma voz que me había dado esperanza cuando no me quedaba ninguna.

—¿Hudson?

Tenía la voz ronca y la garganta seca, pero al menos podía hablar.

—Sí, soy yo. Todo va bien, Taylor. Me alegro de que estés despierta, aunque intentaras tumbarme —dijo mientras cuando me soltó.

Yo jadeé un instante, exhausta tras solo intentar mover los brazos.

—¿Por qué está tan oscuro? ¿Dónde estoy? Y ¿quién eres tú?

—Espera —me dijo él—. No te vuelvas loca. Tienes una vía en el brazo.

Parpadeé a medida que la habitación se bañaba en el suave resplandor de una lámpara de noche. Lógicamente, sabía que no era una luz brillante, pero era mucho más de lo que estaba acostumbrada, así que entrecerré los ojos mientras trataba de orientarme.

—Ahora mismo —dijo Hudson arrastrando las palabras—, estás en mi avión privado camino de vuelta a Estados Unidos. Solo llevamos unas pocas horas de vuelo, así que nos falta mucho camino por recorrer. Estaba oscuro porque estábamos durmiendo. En cuanto a tu pregunta sobre mí, mis hermanos y yo pertenecemos a una organización voluntaria de rescate de rehenes. Me llamo Hudson Montgomery. Mis hermanos y yo somos los propietarios de Montgomery Mining.

«Ay, Dios. Es el jefazo. ¿Qué demonios hace aquí?», pensé aterrada. Lo miré boquiabierta a medida que se me aclaraba la vista y pude ver exactamente con quién hablaba en ese momento.

«¡Madre mía!», pensé al echar el primer vistazo largo al hombre que había cargado con mi trasero durante kilómetros para rescatarme. Hudson Montgomery era tan guapo que cortaba la respiración. Su pelo negro azabache era corto, pero estaba ligeramente revuelto de dormir, y tenía la mandíbula y el mentón cubiertos por una incipiente barba oscura. Iba ataviado con unos pantalones de chándal oscuros, pero llevaba el torso desnudo, cada centímetro de piel tostada que cubría sus duros músculos al descubierto. Hudson estaba completamente cuadrado, pero no como un culturista. Más bien parecía la clase de chico que hace trabajo físico todo el puñetero día, aunque yo ya sabía que no lo hacía. Sabía perfectamente quién era y a qué se dedicaba todo el día. Cuando finalmente aparté la mirada de su poderoso pecho y de la tableta de chocolate de sus abdominales, me encontré con unos ojos grises que me dejaron sin aire en los pulmones. Sacudí la cabeza mientras inspiraba hondo.

—¿Estoy alucinando o de verdad eres Hudson Montgomery, propietario de Montgomery Mining? ¿Por qué demonios se dedicaría un multimillonario a rescatar gente en Lania? No tiene sentido.

Quise decirme a mí misma que solo era otro sueño absurdo, pero no me parecía que siguiera alucinando y el hombre que afirmaba ser Hudson Montgomery parecía demasiado… real. Yo era un peón en Montgomery Mining, una becaria de verano. Nunca había conocido a ninguno de los jefazos, pero ni en sueños había imaginado que ninguno de ellos tuviera ese aspecto. Ni que pasaran sus ratos libres rescatando rehenes. Según Harlow, los hermanos Montgomery salían mucho en los periódicos locales y en la prensa rosa y sensacionalista. Pero yo llevaba años en el norte de California y, sin duda, nunca había tenido el tiempo ni el interés de hojear las revistas de cotilleos.

—¿Me reconoces? —preguntó.

—En realidad, no. Quiero decir, no he reconocido su cara, pero soy becaria en su empresa. Sé quién es.

—Siento muchísimo lo ocurrido —me informó Hudson.

—Entonces, ¿se dedica a rescatar a gente como pasatiempo? —dije, preguntándome si Hudson estaba bien de la cabeza. O tal vez fuera yo la que no estaba bien del todo. En ese momento, era difícil distinguir cuál de los dos estaba delirando.

Él se encogió de hombros.

—Podría decirse eso. Mis hermanos y yo nos comprometimos con Last Hope porque éramos de las fuerzas especiales del ejército antes de asumir nuestros puestos en Montgomery Mining y aún queríamos ayudar en la medida de lo posible.

Mi mente intentó asimilar exactamente lo que decía, pero no sirvió de nada. Seguía demasiado disipada.

—¿Last Hope? Supongo que el nombre de «última esperanza» es bastante apropiado en mi caso. ¿Dónde está Harlow? —musité.

—Están cuidando de ella en Estados Unidos. Está a salvo, Taylor.

«¿Acaba de decirme eso? Creo recordar que ya me lo dijo antes», pensé confusa.

—¿Y Mark? ¿Lo han encontrado? ¿También está camino de vuelta a casa?

La mirada agradable en su rostro se desmoronó, sustituida por una expresión mucho más sombría. Se puso en pie, caminó hasta una neverita y me trajo una botella de agua. Hudson me la entregó después de quitarle el tapón.

—Creo que deberíamos esperar para hablar en detalle —dijo con voz ronca—. Te estás hidratando por vía intravenosa, pero te ayudará beber eso. —Señaló la botella con la cabeza.

Di un traguito de agua, la mirada fija en su rostro. Aún tenía la boca reseca y beber el líquido frío fue una de las mejores sensaciones que había experimentado nunca. Di un trago más largo y tragué más despacio esta vez, antes de inquirir:

—Está muerto, ¿verdad? Sigo un poco desorientada, pero no recibir respuesta es peor que una mala respuesta y, como no ha dicho nada, tengo que dar por hecho que es peor que mala. No tiene que dulcificar nada, Sr. Montgomery. Preferiría saber la verdad.

Su intensa mirada gris examinó mi rostro antes de asentir lentamente.

—Recuperaron sus cuerpo, que está siendo repatriado por el Gobierno laniano a Estados Unidos. Por favor, llámame Hudson. Creo que hemos superado las formalidades, Taylor.

—Ay, Dios. Ser secuestradas fue bastante horrible, pero esto va a ser durísimo para Harlow —dije con voz ronca porque no estaba acostumbrada a hablar—. ¿Lo sabe?

Yo no estaba convencida de que Harlow estuviera enamorada de Mark de la cabeza a los pies, pero lo quería mucho. Ella esperaba que aquel viaje los uniera más, puesto que Mark viajaba la mayor parte del tiempo.

Hudson soltó un suspiro largo y se aposentó al otro extremo de la cama. Se reclinó contra el cabecero.

—A estas alturas, estoy seguro de que ya lo sabe. El director de Last Hope estaba esperando a que su madre llegara al hospital antes de darles la noticia cuando hablé con él hace un rato. ¿Lo conocías bien?

—No —dije en voz baja—. Solo lo vi dos veces y fueron encuentros muy breves y por videoconferencia cuando él y Harlow hablaban por internet, pero parecía muy simpático. Me alegro de que la madre de Harlow esté allí. Están muy unidas. Va a necesitar a su madre ahora. —Volví a tumbarme y dejé el agua que había estado bebiendo lentamente en la mesilla.

—No pienses en todo eso ahora mismo —dijo Hudson con voz tranquilizadora—. Tienes que descansar.

Yo volví la cabeza y lo estudié. Probablemente, Hudson era uno de los hombres más apuestos que había visto nunca, pero ahora parecía bastante duro. Al mirar de cerca, vi que tenía la mandíbula cubierta de barba incipiente, pero no estaba segura de si era su barba habitual o simplemente no se había afeitado en unos días. Veía el cansancio en sus bonitos ojos grises y la tensión en sus rasgos fuertes.

—No te ofendas —dije—, pero no estoy muy segura de que tú no necesites dormir más que yo ahora mismo.

Él se llevó una mano a la mandíbula y se frotó el vello facial oscuro.

—¿Tengo tan mal aspecto? —preguntó en tono ligeramente divertido.

—Sí. Supongo que no es lo mejor que una becaria puede decirle al jefazo, pero parece que has caminado kilómetros a pie por un bosque en territorio hostil cargando con una mujer medio muerta —dije secamente—. Acuéstate y duerme un poco, Hudson.

Su mirada por fin se encontró con la mía y el corazón me dio saltitos de alegría cuando me lanzó una larga sonrisa pausada. El hombre era tremendamente guapo, aunque pareciera agotado.

—¿No te importa? —preguntó levantando una ceja—. Dormir aquí era la mejor manera de echarte un ojo.

—No me molesta siempre que seas consciente de que podría terminar haciéndote daño si vuelvo a despertarme peleando —bromeé con voz débil.

Él rio entre dientes mientras movía el cuerpo hasta apoyar la cabeza en la almohada.

—Estás tan débil ahora mismo que dudo que pudieras darme un puñetazo decente.

Hudson podría sorprenderse. En realidad, me movía bastante bien, aunque probablemente él tenía razón. Dudaba poder hacerle mucho daño puesto que estaba tan debilitada.

—Quiero que te quedes, de todas maneras —confesé—. Yo-yo no quiero estar sola ahora mismo.

Aquello era extraño viniendo de mí porque estaba más acostumbrada a estar sola.

—Estoy aquí mismo, Taylor —dijo con voz grave y tranquilizadora.

Yo solté un suspiro.

—Solo dime una cosa. ¿Cómo es que estoy tan limpia? Y, ¿qué demonios llevo puesto?

—Te metí en la ducha conmigo y llevas una de mis camisetas limpias.

Si hubiera sido capaz de emitir un largo gemido, lo habría hecho.

—Habrá sido asqueroso —comenté. No solo apestaba por no haberme duchado durante tanto tiempo mientras estaba retenida en una sauna, sino que además me di cuenta de que había perdido mucho peso. Eso por no mencionar el hecho de que estaba magullada por todas partes.

Él se echó a reír mientras estiraba el brazo para apagar la luz.

—No miré. Lo prometo. Vale, puede que tuviera que mirar para lavarte, pero nada más.

Sentí una oleada de pánico momentánea en cuanto dejó la habitación a oscuras e intenté luchar contra ella desesperadamente. De pronto, estaba de vuelta en Lania y todo lo malo eran como fragmentos de vídeo reproduciéndose en bucle una y otra vez en mi mente. Peor aún, no pude evitar que las emociones que lo acompañaban salieran a la superficie. El miedo, el dolor, la sed infinita, el incesante pensar en morir. Estiré la mano, que aterrizó sobre el abdomen de Hudson, duro como una piedra. «¡Lucha, maldita sea! ¡No puedo entrar en pánico cada vez que oscurezca fuera!», me insté.

La mano grande de Hudson envolvió la mía, más pequeña, y entrelazó nuestros dedos.

—¿Qué pasa, Taylor? —preguntó en tono preocupado.

Había algo en aquel simple roce humano que me hizo sentir con los pies en la tierra, más conectada. Ahora que sabía qué aspecto tenía Hudson, su imagen reemplazó los espantosos recuerdos en el momento en que tomó mi mano y su presencia me aseguró que no volvería allí de nuevo.

—Lo siento. Creo que he desarrollado una especie de miedo a la oscuridad —respondí, intentando no sonar tan aprensiva como me sentía hacía unos instantes—. Ya estoy mejor.

—¡Joder! Debería haberlo pensado, de verdad. Volveré a encender la luz.

—No lo hagas —le pedí apretándole la mano—. En serio, ahora estoy bien.

Hudson empezó a trazar círculos en mi palma con el pulgar, y se ralentizó un poco más.

—¿Estás segura? —inquirió en tono escéptico.

—Totalmente —insistí—. Tú, no te marches.

—No voy a ninguna parte, Taylor. Lo prometo.

Mi respiración se volvió más lenta y, por alguna extraña razón, no me sentí avergonzada de que Hudson viera mi miedo. Probablemente, porque sentía que lo entendía a la perfección.

—Gracias —musité mientras cerraba los ojos.

Me quedé dormida así, aferrada a la mano de Hudson como si fuera la cuerda que me mantenía unida a la cordura. Sinceramente, en ese momento, quizás lo fuera…

Capítulo 6

Taylor

Cuando volví a despertar, ya no estaba completamente oscuro. Tampoco estaba repleta de luz la habitación a bordo del avión. Había una especie de vidrio tintado en la ventana, pero podía ver el dormitorio sin ninguna luz encendida.

—Estás despierta —dijo Hudson con voz grave desde la puerta.

Yo me incorporé lentamente y suspiré. En serio, aquel tipo parecía el personaje principal de un sueño erótico femenino y yo no podía apartar la mirada ni a la fuerza. «Si sigo alucinando o soñando, voy a aprovechar cada segundo de placer que pueda antes de volver a despertar», pensé embobada. Hudson tenía un hombro apoyado en el marco de la puerta y una enorme taza de café en la mano. Había una pequeña sonrisa en sus labios y, Dios, ¡qué ojos! Me estudiaba como si quisiera saberlo todo sobre mí con una sola mirada.

Se había afeitado. Yo no lograba decidir si aquello me entusiasmaba o me decepcionaba. Por un lado, la barba corta y el *look* descuidado le quedaban bien, pero, por otro lado, se veía igualmente increíble sin ellos. Tenía una mandíbula y rostro fuertes, perfectamente esculpidos. Mis ojos echaron un vistazo rápido a su cuerpo. Iba ataviado con unos pantalones desgastados y una camiseta azul marino que abrazaba todos aquellos gloriosos músculos de su tronco superior.

«¡Vaya, buenos días, guapetón!», dije para mis adentros.

Recorrió mi cuerpo con sus preciosos ojos, como si intentara asegurarse de que yo seguía de una pieza. Su sonrisa se ensanchó un poco con aprobación.

—Tienes mejor aspecto —comentó.

—Me encuentro mejor, pero tengo un pequeño problema.

Él sonrió de oreja a oreja mientras preguntaba:

—¿Tienes que hacer pis?

Asentí marcadamente.

—Creo que es todo el líquido de la vía intravenosa.

Aunque yo no era tímida, me sentí un poco avergonzada al pedirle ayuda para llegar hasta el cuarto de baño para orinar. Lógicamente, sabía que no iba a llegar por mis propios medios. Él entró en la habitación con paso tranquilo, dejó su taza en la mesilla y tomó mi bolsa de suero de la pequeña percha.

—Definitivamente, son los líquidos de la vía —confirmó mientras me levantaba en sus brazos—. Me sorprende que no tuvieras este problemilla antes. Llevas horas con suero.

No me había percatado de que estaba casi desnuda hasta que tuve que tirar de la camiseta prestada por encima de los muslos cuando él me levantó. Había olvidado que no estaba durmiendo con pantalones cortos y camiseta; me sentí aún más ridícula al ponerme colorada después de enseñarle todo un instante.

«¿Cuándo me he convertido en la clase de mujer que se ruboriza por nada?», me pregunté. Cuando alguien necesitaba ir al servicio tanto como yo ahora mismo, no debería importar cómo ni en qué circunstancias llegara hasta allí. Normalmente, seguro que no me importaría, pero había algo en Hudson que me hacía sentir un poco… desequilibrada.

Me recordé a mí misma que no era nada que él no hubiera visto antes, pero, al menos, cuando me llevó a la ducha, yo estaba inconsciente. Ahora estaba despierta y era perfectamente consciente de la extraña situación en que me encontraba con Hudson en ese momento. No lo conocía realmente, pero ahora mismo era la persona más importante de mi vida porque era todo lo que tenía, lo único que se interponía entre yo y… la muerte. No podía decir que fuera un extraño exactamente. Pero tampoco era un amigo. Compartíamos una especie de intimidad rara porque el tipo me había salvado la vida, literalmente.

Por fin pude rodearle el cuello con los brazos para mantener el equilibrio y me aferré a él. Me resultó casi imposible no pensar en lo bien que me sentía acunada contra su pecho. Hudson era grande, cálido y estaba duro, lo cual resultaba increíblemente reconfortante después de lo que había pasado yo. El recorrido desde la cama al cuarto de baño contiguo era corto. Hudson me sentó en el inodoro y colgó mi bolsa de suero en un perchero para la ropa.

—Llámame cuando hayas terminado —exigió—. Estaré ahí fuera. Y no te avergüences, esta vez tampoco he visto nada.

Yo puse los ojos en blanco. El hecho de que mencionara mi incomodidad me decía que, sin duda, me había visto al enseñarlo todo, y que se había percatado de mi tonta reacción al ruborizarme cuando sucedió. Suspiré.

—¿Importa realmente? Me quitaste la ropa y me metiste en la ducha en algún momento, así que creo que básicamente ya lo has visto todo.

Juraría que lo oí reírse un poco entre dientes cuando cerró la puerta. Yo sacudí la cabeza ligeramente. Hudson me había visto completamente desnuda. Peor aún, había tenido que frotarme hasta limpiarme diez días de suciedad del cuerpo y también del cabello. Hice una mueca horrorizada al examinar mis piernas y todas las zonas que no había podido mirar antes, percatándome de todos los moretones que me había provocado la paliza.

«¡No es de extrañar que me duela todo!», pensé.

Terminé lo que tenía que hacer e intenté poner a prueba mis piernas, esperando poder mirarme la cara en el espejo sobre el lavabo. Todos mis músculos protestaron cuando intenté ponerme en pie y terminé apoyándome hasta el lavabo desde mi lugar en el inodoro para lavarme las manos. Probablemente era bueno que no pudiera verme la cara si tenía tan mal aspecto como el resto de mi cuerpo.

—Ya he terminado —dije en alto, detestando no poder siquiera salir del baño por mi propio pie ahora mismo.

Estaba acostumbrada a hacerlo todo por mí misma. Mac siempre me había alentado a ser independiente, desde una temprana edad. No pedía ayuda con casi nada, pero Hudson ya me había salvado la vida, literalmente, y después había cuidado de mí cuando no podía hacerlo yo sola. El hombre actuaba como si fuera una situación completamente normal, pero distaba mucho de ser mi normalidad.

Los detalles de lo ocurrido después de que parásemos a beber agua inmediatamente después del rescate eran un blanco en mi memoria, pero debió de arrastrarme durante kilómetros para llegar a la costa. Resultaba endiabladamente frustrante, ahora que era libre, ser incapaz de lidiar con mis necesidades más básicas yo misma. Me molestaba seguir siendo totalmente dependiente de Hudson, pero ¿qué elección me quedaba? «¡Aguántate!», pensé. No es como si controlara mi estado físico, así que no me quedaba más remedio que vivir con lo que mi cuerpo podía hacer o no en ese momento.

—Lo siento mucho —musité mientras él volvía a tomarme en brazos sin esfuerzo—. Aún no me funcionan bien las piernas.

—No intentes caminar —me advirtió—. No después de todo el abuso que ha sufrido tu cuerpo. Necesitas más pruebas médicas y tratamiento antes de hacer nada excepto quedarte en la cama y rehidratarte. Caminarás cuando tu cuerpo esté preparado para ello. Tomará un tiempo, Taylor.

Su voz era estricta, un tono que a la mayor parte de la gente le resultaría casi aterrador, pero, de alguna manera, yo sabía que se debía a su preocupación y a no a la irritación ni a la impaciencia. Para la mayoría de las personas, por fuera, Hudson Montgomery probablemente parecía muy intenso y poco menos que intimidante, pero yo no conseguía verlo de ese modo. No después de todo lo que había hecho por mí. De hecho, para mí, resultaba casi enternecedor que le importase tanto mi bienestar, independientemente de lo gruñón que pareciera cuando se ocupaba de mí.

—¿Tienes la menor idea de lo raro que resulta que alguien cargue con mi cuerpo de acá para allá? —musité mientras él me devolvía a la cama y me tapaba con la sábana y la colcha.

Permaneció en silencio mientras tomaba mi botella de agua, casi vacía, se acercaba a la nevera de unas zancadas y me traía una nueva, junto con otra botella de algo que me resultaba familiar. Desenroscó el tapón y me entregó el contenedor misterioso junto con un par de pastillas que había sacado del bolsillo delantero.

—El desayuno —afirmó con voz áspera.

Arrugué la nariz al echar un vistazo al suplemento nutricional líquido. Lo había probado antes y estaba malísimo. Mac los había necesitado cuando enfermó y le gustaba tanto que yo probé un traguito una vez para ver qué le gustaba.

—Eso está malísimo —dije haciendo una mueca—. Aunque se supone que sabe a chocolate, no sabe muy bien. Preferiría un poco de ese café que estoy oliendo.

No tenía problema en tomarme las pastillas que me había dado. Él no había arriesgado su propia vida para envenenarme horas después, pero yo detestaba el suplemento nutricional. No solo no sabía bien, sino que además me traía muy malos recuerdos de mi último año con Mac. Hudson apoyó el trasero en la cómoda baja y empotrada a menos de un metro de la cama con el café en la mano mientras me devolvía una mirada de advertencia.

—Bébetelo y tómate las pastillas —insistió—. Son órdenes del médico. Como no has comido sólidos durante mucho tiempo, empezamos con eso.

Yo levanté una ceja.

—Supongo que eso significa que el chuletón poco hecho y la patata asada enorme y bien cargada que me apetecen ahora mismo están vetados.

Él asintió con una sonrisa pequeña en sus labios sensuales.

—Por ahora. Pero te dejaré tomar un poquitín de café si te los terminas. Ya veremos cómo va. Sé que estás hambrienta, Taylor, pero tendrás que aplazar ese chuletón. Prometo que tendrás esa cena y cualquier otra cosa que quieras en cuanto puedas digerirla.

Tenía razón, por supuesto. Mi sistema digestivo necesitaba volver a empezar antes de zamparme una pizza entera, un chuletón o cualquiera de las demás cosas que se me antojaban.

—Te tomo la palabra. Bebo el café con leche, sin azúcar —dije en tono práctico antes de meterme las pastillas en la boca e inclinar la botella.

Había aprendido que la mejor manera de hacer algo que no quería hacer era haciéndola sin más dilación. Las pastillas bajaron con dificultad y bebí hasta que no quedaba líquido y la botella estaba vacía. La garganta aún me dolía y me costaba tragar, pero no tenía sentido prolongar algo desagradable.

—Aquí tienes —dije ofreciéndole la botella vacía—. Se acabó. ¿Dónde está el café?

Hudson pareció divertido al tomar la botella servicialmente sin mediar palabra y salió de la habitación. Volvió instantes después y me entregó la taza más diminuta que había visto nunca. Parecía incluso más pequeña que una taza de expreso. Lo cierto es que probablemente era más adecuada para una muñeca que para un adulto.

—Cuando dijiste un poquitín, lo decías en serio —farfullé justo antes de captar el aroma de su contenido.

Me llevé la taza a la nariz, cerré los ojos y me limité a inspirar una y otra vez. Noté que los ojos se me llenaban de lágrimas de felicidad que amenazaban con verterse, pero las contuve con un parpadeo. Hacía unos días, creí que nunca volvería a oler un buen café recién hecho. Ahora, saboreé cada segundo que pude deleitarme con su aroma.

—¿Piensas bebértelo o vas a esnifarlo? —preguntó Hudson, que parecía entretenido con mis gestos.

Yo abrí los ojos lentamente.

—No creí que fuera a volver a oler un buen café nunca —le informé—. Me estoy tomando mi tiempo.

—¿Así que engulles el líquido desagradable en cuestión de segundos y te tomas una eternidad cuando te gusta algo? —preguntó como si estuviera intentando descifrarme.

Yo levanté una ceja mientras me bajaba la taza de café a la boca.

—La vida es mucho mejor cuando la afrontas de esa manera y soy una amante del café. ¿Qué puedo decir?

Empecé a disfrutar de la diminuta cantidad de café mientras él decía:

—¿Quieres hablar de lo sucedido, Taylor?

Di exactamente tres sorbos de la taza en miniatura antes de que se acabara el café. Me temblaba un poco la mano cuando terminé la última gota de la taza, la posé en la mesilla y tomé el agua.

No estaba segura de querer hablar de los últimos diez días, pero sabía que necesitaba hacerlo. Eso por no mencionar el hecho de que Hudson se merecía conocer los detalles después de arriesgar su propia vida para salvar la mía.

—Quiero, pero tengo las ideas un poco revueltas. ¿Puedes ponerme al día sobre cómo llegué aquí primero? Mis recuerdos están muy dispersos. Me acuerdo de ti, de tu voz y sé que me sacaste de allí y que me diste un poco de agua. Después de eso, hay una enorme laguna hasta que de repente me desperté aquí.

«Y me consolaste, dándome la mano para que no tuviera miedo a la oscuridad», recordé en silencio. Nadie sabría que Hudson era tan dulce con solo mirarle el rostro ahora mismo, pero yo nunca podría olvidar que esa faceta suya existía, independientemente de lo mucho que intentara ocultarla.

Él asintió marcadamente.

—Es normal que ninguno de tus recuerdos sea claro, teniendo en cuenta en qué estado físico te encontrabas. Estabas muy mal, Taylor. No estoy seguro de que hubieras podido aguantar otro día sin agua. Sinceramente, me sorprende que siguieras viva y capaz de comprender nada, pero yo me sentí increíblemente agradecido de que todavía respirases. Jax y yo llegamos allí a pie y te sacamos de la misma manera. Entonces, ¿recuerdas parar a beber agua, pero nada después de eso?

Yo asentí despacio.

—Recuerdo que quería beber hasta que no pude seguir y lo difícil que fue dar el primer trago. Incluso recuerdo sentir alivio cuando apartaste el agua para que no te vomitara encima. No te veía, pero estabas ahí conmigo y te lo agradezco más de lo que nunca podrás imaginar. Me has salvado la vida, Hudson.

—No hagas eso —dijo con un gruñido irritado que no había oído antes—. Para empezar, estabas en esa situación por mí y mi empresa. Así que no me des las gracias por salvarte de una situación en la que ni siquiera tendrías que haberte visto metida, Taylor.

Yo retiré el tapón de la botella de agua y bebí un sorbo antes de responder.

—No fue culpa tuya. Era algo que nadie podría haber previsto, y voy a sentirme agradecida tanto si quieres como si no. Me alegro de estar viva, Hudson, y si no me hubierais sacado de allí cuando lo hicisteis, sé que habría muerto.

«Dios, no tiene ni idea».

—Eres obstinada —musitó él—. Pero probablemente sea eso lo que te ha mantenido con vida.

—Entonces, no te quejes —sugerí intentando dedicarle una sonrisa y fallando en el intento debido a una grieta dolorosa en el labio.

Hudson soltó una bocanada de exasperación.

—Sin duda, no puedo quejarme de tu tenacidad, ni lo haré, porque con toda probabilidad sea lo que te hizo seguir respirando hasta que llegamos allí. Te pondré al día de lo que ocurrió mientras estabas inconsciente. —Terminó el contenido de su taza y se sentó sobre la cómoda—. Jax y yo no volvimos a parar después de darte un poco de agua. No hasta que llegamos a la costa. Nuestro único objetivo era poner tanta distancia como pudiéramos entre nosotros y los rebeldes antes de que despertaran. Nos recibieron un médico y el príncipe Niklaos cuando llegamos a la costa de Lania, donde esperaba el barco. El doctor hizo todo lo que pudo por ti desde el interior de una pequeña tienda de campaña, en un catre. Después de eso, tomamos el barco a una isla prácticamente desierta que tiene una pista de aterrizaje. Jax y yo habíamos aterrizado allí y mis pilotos estaban listos para el despegue en cuanto llegamos.

»Despegamos casi de inmediato. Paramos en la costa portuguesa para repostar y ahora mismo sobrevolamos el océano Atlántico. Sobrevolaremos la Costa Este de Estados Unidos en unas horas, pero como estás despierta y tienes tus necesidades vitales cubiertas, vamos directos a San Diego. Si no tenemos que arriesgarnos a que el público general se entere de todo este incidente, preferimos no hacerlo. Hay varios médicos ex militares en el personal del mejor centro médico de San Diego que saben lo que estamos haciendo con Last Hope y cómo mantener a los medios de comunicación alejados.

Hudson inspiró profundamente antes de concluir:

—Sinceramente, no te perdiste demasiado después de quedarte dormida. Ha sido básicamente una desbandada para sacarte de Lania y traerte de vuelta a Estados Unidos lo antes posible.

La cabeza estaba a punto de estallarme por intentar seguir su explicación. Ni siquiera iba a preguntar cómo conocía la supuesta isla prácticamente desierta con una pista de aterrizaje lo bastante grande como para aterrizar y despegar un sofisticado avión privado.

—¿Tuvisteis que enfrentaros a los rebeldes en algún momento? ¿Resultasteis heridos tú o tu hermano?

—En absoluto —dijo él, quitándoles importancia a mis preocupaciones—. Nuestro objetivo era sacarte de allí y volver a casa. Jax y yo sabemos exactamente cómo entrar y salir de casi cualquier sitio sin ser detectados. Ninguno de esos cabrones abrió un ojo siquiera. Personalmente, me habría encantado una confrontación, pero ese no era el plan. Entramos y salimos rápidamente mientras ellos dormían.

Hudson sonaba muy decepcionado por el hecho de no haber podido pegarles un tiro a todos y cada uno de los rebeldes, pero yo me sentía aliviada.

—¿Crees que el Gobierno laniano los atrapará? —No me gustaba el miedo que oía en mi propia voz. Instintivamente, busqué el colgante de dragón al que siempre me había aferrado cuando necesitaba ánimos, solo para encontrarme con las manos vacías. Aunque la joya no tenía mucho valor económico, esos cabrones me la habían quitado de todas formas. Bajé la mano al costado.

—Ya lo han hecho —me informó Hudson—. El príncipe Niklaos me envió un mensaje diciendo que habían llevado a cabo el trabajo. Yo le di la ubicación de los rebeldes antes de marcharnos y él envió a su gente allí en cuanto la recibió. Están encerrados, Taylor. Lo prometo. Ninguno de esos gilipollas volverá a ver la libertad.

Yo solté un suspiro de alivio.

—¡Gracias a Dios! Están todos completamente locos, Hudson.

—Ya me di cuenta cuando me enteré de que habían ejecutado a Mark sin ningún otro motivo que sus mentes retorcidas —dijo arrastrando las palabras—. ¿He rellenado todas las lagunas de tu memoria?

—Sí —dije después de vacilar durante un instante. No era como si Hudson pudiera darme información sobre lo ocurrido durante los últimos días, olvidados en su mayoría, cuando deambulaba entre la realidad y la inconsciencia antes de que él y Jax llegaran allí—. Ojalá hubiera estado despierta para conocer al príncipe Niklaos. ¿Cómo era?

Había visto alguna fotografía ocasional del joven príncipe heredero y sabía que él era el responsable de muchos de los cambios que estaban teniendo lugar en Lania, pero habría sido interesante conocerlo en persona.

—Servicial —dijo Hudson con cautela—. Colaboró con el director de Last Hope para llevar un médico y material sanitario a nuestra ubicación antes de que embarcásemos, pero no puedo decir que confíe plenamente en él después de lo sucedido. Es difícil saber si sospechaba o no que aún quedaban fuerzas de la guerrilla en Lania, pero sin duda yo espero que no, cuando permitió que mi equipo entrase en su país para hacer una exploración. Mis hermanos y yo no tenemos un buen historial con Lania, ya que tuvimos que llevar a cabo múltiples misiones allí para rescatar rehenes cuando estábamos en las fuerzas especiales. Pero, como todo el mundo, creíamos que el país era seguro ahora. Y, supuestamente, él estaba intentando encontrarte, pero eso no bastaba en mi opinión. Pasará mucho tiempo antes de que ninguno de mis empleados vuelva a poner un solo pie en ese maldito país, si es que ocurre alguna vez.

Hudson pasó a explicar el porqué del retraso hasta enterarse del secuestro y cómo había sido liberada Harlow. Observé su rostro mientras hablaba; resultaba imposible no ver una mirada atormentada en sus ojos. De alguna manera, yo sabía que él asumía toda la responsabilidad de lo ocurrido y la cargaba sobre sus anchos hombros. Presentía que no era fácil ganarse la confianza de aquel hombre, porque había visto demasiado, había experimentado mucha de la fealdad del mundo. Si había alguien que entendía aquello, era yo, razón por la que probablemente lo veía en Hudson sin realmente conocerlo muy bien.

—¿Crees que solo fue un incidente aislado por unos rebeldes locos restantes? —pregunté.

—¡Dios! —maldijo mientras se mesaba el cabello negro con la mano—. Eso espero.

—Cuéntame más cosas sobre Last Hope —pedí—. ¿Cómo es que nadie sabe que existe?

Ahora que tenía las ideas más organizadas, creía todo lo que me dijo sobre Last Hope. Simplemente no tenía ni idea de por qué un multimillonario influyente como Hudson se implicaría en algo así. De hecho, ¿por qué demonios se había alistado en el ejército, para empezar?

Montgomery Mining era el líder mundial en minería desde hacía mucho tiempo, probablemente desde mucho antes de que él naciera. Yo sabía que, en otro tiempo, la empresa extraía prácticamente cualquier cosa que fuera rentable, pero con el paso de los años se había centrado mucho en la extracción de piedras preciosas y minerales, y en la tecnología de última generación para hacerlo sin crear un desastre medioambiental. Si su padre, y posiblemente varias generaciones antes que él, ya eran escandalosamente ricos, ¿no había nacido Hudson con una cuchara de oro macizo en la boca? Esperé pacientemente a que respondiera, pero a juzgar por la mirada de agitación en su rostro, no tenía la certeza de que fuera a hacerlo.

Capítulo 7

Hudson

Me debatí sobre cuánto contarle a Taylor. La razón por la que ella no sabía nada acerca de Last Hope era porque todos nos esforzábamos mucho para asegurarnos de que nadie supiera que existía. Marshall era un experto embustero y todos los demás chicos en activo tenían que ser antiguos miembros de las fuerzas especiales por varios motivos. Primero: porque tenían las habilidades necesarias. Segundo: porque eran duros mentalmente y capaces físicamente. Tercero: porque sabían mantener la boca cerrada acerca de misiones encubiertas, pues sabían que sus vidas podían depender de su silencio.

Tarde o temprano, tendríamos la charla con ambas, Taylor y Harlow, e intentaríamos asegurarnos de que supieran lo importante que era que ambas mantuvieran nuestra existencia en secreto. No cabía duda de que Marshall ya había hablado con Harlow. Convirtió aquello en una prioridad antes de que nadie que no fuera miembro de Last Hope pudiera dejarnos al descubierto. Probablemente, este había hablado a Harlow sobre el tema justo después de que yo me viera obligado a mencionarlo.

Sabía que el equipo de seguridad de Montgomery Mining que había recogido a Harlow en Lania le había pedido que no hablara de su experiencia allí por motivos de seguridad nacional y bla, bla, bla. Pero era nuestra responsabilidad asegurarnos de que la implicación de Last Hope no saliera a la luz cuando un no miembro tuviera que enterarse de lo que estábamos haciendo.

Last Hope funcionaba sobre la base de si era necesario conocer la organización, y nosotros no decíamos nada más de lo estrictamente necesario. Sí, teníamos que contarles a las víctimas lo suficiente para que confiaran en nosotros, pero no tanto como para poner en peligro futuras misiones. Habíamos caminado sobre esa fina línea durante años. Y yo nunca había tenido ningún problema con eso… Hasta ahora.

Taylor era mi puñetera empleada y, después de lo que había soportado, merecía saber lo que quisiera. De hecho, precisamente porque era una empleada ya sabía mucho más de lo que debería. «De acuerdo, puede que tengamos esa charla ahora», me dije. Me arreglé el pelo con una mano frustrada mientras empezaba a hablar.

—El caso es que… Taylor, si todo el mundo nos conociera, podría poner en peligro misiones futuras —le expliqué—. Nos esforzamos mucho en evitar toda clase de medios de comunicación y conocimiento público sobre lo que hacemos para poder seguir ayudando a futuras víctimas. Les pedimos a todos los rehenes que no nos descubran y, hasta ahora, hemos tenido la suerte de que nos prometieran no hacerlo. Normalmente, no tienen suficiente información para dar la alarma por completo, en cualquier caso. No conocen apellidos ni información personal sobre sus rescatadores. Nadie ha puesto al descubierto nuestro grupo todavía y yo espero que nadie lo haga. Podría destrozar toda la organización y el trabajo que hacemos. Nuestra mejor arma es el desconocimiento de nuestra mera existencia. ¿Lo entiendes?

El hermano de mi primo Mason, Jett, había formado parte en el pasado de una operativa similar a Last Hope, aunque a menor escala. Cuando el helicóptero de Jett se estrelló durante una misión fallida, una única filtración demolió toda la organización. Ahora, desde que la ORP había caído, nuestro grupo era el último de su clase y teníamos que permanecer encubiertos. Si no lo hacíamos, podrían morir rehenes porque, en algunos casos, nosotros éramos todo lo que tenían.

Taylor me lanzó una mirada sincera.

—Por supuesto que lo entiendo. No soy idiota. Puede que nunca haya estado en el ejército, pero entiendo perfectamente lo importante que es para Last Hope permanecer en secreto y por qué. Pero, si salvarais la vida de alguien, ¿por qué no iba a guardaros el secreto? —preguntó—. Desde luego, no es mucho pedir después de arriesgar vuestro pellejo para salvar el suyo. Yo nunca le contaría a nadie nada relacionado con Last Hope ni con cómo me rescatasteis. Lo prometo, Hudson. Nunca haría nada que pudiera poneros en peligro a vosotros, a vuestros equipos o a alguien en una situación difícil como lo estaba yo.

Asentí.

—Algunas personas tendrán que enterarse del secuestro y de lo que pasaste. La mayoría de nuestras víctimas anteriores dicen que los sacó un agente privado si se les pregunta, y se niegan a revelar nada más. Los profesionales médicos y terapeutas están obligados por su código deontológico a no revelar nada que les cuentes excepto aquellas cosas que la ley exige que denuncien. Con el paso de los años, hemos aprendido quién se toma esas obligaciones en serio.

—De acuerdo, así que, ¿tenéis vuestros propios médicos y profesionales? —preguntó. Inmediatamente después, alzó una mano—. ¡Espera! No hace falta que respondas.

—No, pero lo haré, porque es algo de lo que te enterarás de todas maneras —le aseguré—. Ninguno de esos profesionales forma parte de Last Hope y no podemos obligarte a ver a los profesionales que son de fiar. Unos cuantos conocen lo básico acerca de Last Hope y son… simpatizantes, por decirlo de alguna manera. Otros solo son increíblemente leales a su profesión y a su código deontológico, y cuando les pides que no compartan tu información, no lo hacen. Si ya hemos lidiado con ellos antes, lo sabemos. Si escoges a alguien que no conozcamos, básicamente es tirar los dados, pero tienes derecho a hacer lo que creas que es mejor para ti.

Ella inclinó la cabeza de una manera adorable que, empezaba a pensar, solo se producía cuando daba vueltas a las cosas mentalmente.

—Entonces, ¿en realidad siempre sois vulnerables? Sobre todo tú y tus hermanos porque, al menos, algunas personas reconocerían vuestras caras.

Yo me encogí de hombros.

—Lo somos desde el principio, y lo sabíamos cuando nos alistamos. Mis hermanos y yo nos hemos distanciado de las misiones durante los últimos años porque podríamos ser reconocidos. Así que principalmente participamos en la planificación estratégica y proporcionamos recursos. Hemos tenido suerte hasta ahora, pero si Last Hope asume un rescate, lo llevamos a cabo. No es como si solo os alejáramos de los malos y os dejáramos tirados en un hospital. No dejarás de ver a la organización hasta que estés completamente curada, emocional y físicamente.

—En realidad, eso os beneficia, ¿no es cierto? —musitó Taylor—. Si siempre hay alguien ahí para guiar a una víctima durante los momentos duros, y esta siempre tiene a alguien con quien hablar de ello, es mucho menos probable que hable con alguien de fuera. Ya tienen a alguien que entiende a la perfección por lo que están pasando.

«¡Dios! Esta mujer es brillante y su capacidad de razonamiento tiene que salirse de las gráficas si ha podido captar eso inmediatamente a pesar de que su mente todavía no funciona con claridad», pensé sorprendido. Por eso precisamente era por lo que nos tomábamos tan en serio nuestras obligaciones de cuidado posterior. No se trataba de que no nos importase lo que ocurriera después de que una víctima fuera rescatada, sino de que nos beneficiaba hacerlo—. Básicamente —respondí sin rodeos.

—Entonces, si tú y tus hermanos ya no os hacéis cargo de los rescates, ¿por qué hacerlo esta vez? —reflexionó.

—Jax y yo sabíamos que cada minuto contaría y no teníamos tiempo para reunir otro equipo. Además, esta era personal para mí porque todos vosotros erais mis empleados. —Era la respuesta más sincera que podía darle. Si me hubiera tomado el tiempo necesario para reunir a otro equipo, ella habría estado completamente jodida.

Taylor enfrentó mi mirada con esos grandes ojos verdes suyos, y la sinceridad de esa mirada hizo que me doliera el estómago cuando dijo en voz baja:

—Niñero o no, nunca haría nada que te pusiera en peligro a sabiendas, Hudson.

Por alguna razón, sentí en mis huesos que ella moriría antes de revelar nada sobre nosotros. No estaba seguro de por qué mi instinto era confiar en ella desde el principio, pero en general, mi intuición nunca fallaba.

—Bueno, pregúntame todo lo que quieras saber, y yo te diré lo que pueda —farfullé, enojado conmigo mismo porque esos ojos color bosque pudieran afectarme tan fácilmente.

Vi que volvía a inclinar la cabeza y me miraba como si tuviera mil preguntas candentes, pero estuviera intentando reducir el número.

—Creo que mi mayor pregunta es… ¿por qué? —caviló—. No necesito saber cómo funcionáis ni dónde, o quién lleva a cabo los rescates. Ninguno de esos detalles me importa realmente. Pero eres Hudson Montgomery, multimillonario, genio, y el director de una de las empresas más exitosas del mundo. ¿Por qué el ejército, para empezar? Y ¿por qué formas parte de Last Hope ahora? Antes no le encontré sentido y supongo que sigo sin encontrárselo. No del todo. ¿No te criaron para hacerte cargo de Montgomery Mining?

Muy pocas personas me pillaban con la guardia baja, pero Taylor lo hizo. Era lo último que me esperaba que preguntase. La mayoría de la gente habría querido saber acerca de otros rescates o en cuántos países funcionábamos, cuántos chicos había en la organización. Todas las preguntas que preferiría no responder. Pero ella… no.

«¡Dios! Taylor Delaney es… imprevisible. Lo es desde el principio». Tenía la sensación de que haría estragos en mi psique, y así era. Simplemente no había visto hasta qué punto. Se había aferrado a la vida mucho más tiempo del que debería haber sido capaz sin comida ni agua, con pura obstinación y renuencia a rendirse como sus únicas armas para sobrevivir. Cómo era capaz de despertar y seguir teniendo sentido del humor, la capacidad de apreciar el olor del café y una lógica rápida era un misterio para mí. Tenía que estar sufriendo. Tenía que estar destrozada emocionalmente y asustada. Tenía que estar furiosa, por Dios. La mayoría de la gente a la que rescatábamos solo se preocupaba por cosas relacionadas con su propio bienestar, y con razón. Pero ¿su única pregunta candente era sobre mí? ¿Personalmente?

«¡Santo Dios!». Era completamente diferente a cualquier rehén rescatado con el que yo hubiera lidiado antes y no tenía ni la más remota idea de cómo tratar con ella. Yo era la clase de chico receloso de lo desconocido. Y ella era como un territorio sin explorar. «Esta mujer me confunde, maldita sea, y eso no me sucede a mí. Nunca. Yo soy el tipo que siempre va un paso por delante y está preparado para todo», pensé contrariado.

—Me criaron para eso —empecé a explicar, no especialmente cómodo hablando de mí mismo—. Y no me criaron para eso. Sinceramente, no creo que mi padre pensara que iba a morir nunca. Mis hermanos y yo nos formamos todos en empresariales, y todos nos habíamos licenciado para cuando teníamos veinte años, pero no estoy seguro de cómo explicar mi familia excepto diciendo que era muy disfuncional. Mi padre no era un hombre agradable, así que mis hermanos y yo decidimos hacer nuestras cosas. Puede que también creyéramos que nunca moriría, así que perseguimos nuestros propios objetivos. Cada uno de nosotros siempre había querido hacer algo que cambiara el mundo, y el ejército era lo nuestro. A mí me reclutó la Delta Force de una compañía de marines y nunca volví la vista atrás. Mi hermano pequeño, Jax, termino en los SEAL, y el más pequeño, Cooper, en los comandos.

—Blackhawk Derribado —dijo en tono maravillado.

—Eso fue un poco antes de mi tiempo en la unidad —le dije—. Y creo que se permitieron muchas licencias artísticas en esa película.

Ella se encogió de hombros.

—¿Qué le voy a hacer si me gustan algunas películas de acción trepidante, incluso las antiguas?

Intenté contener una sonrisa porque Taylor se había puesto muy a la defensiva. Demonios, incluso yo mismo había visto la película un par de veces. Solo me sorprendió que ella lo hubiera hecho.

Probablemente, la película se había estrenado cuando ella estaba en primaria.

—Eh, no estoy juzgándote. La he visto. En la vida real, formar parte de cualquier unidad de las fuerzas especiales consume tu vida, pero me pareció bien aquello porque sentía que era algo más grande que yo.

—Entonces, ¿por qué lo dejaste? —preguntó con curiosidad.

Me sentí aliviado de que no me preguntara nada más acerca de la Delta Force, porque no podía contarle demasiado acerca de mis años allí. Sin embargo, intentar hablar de mí mismo tampoco era precisamente un paseo para mí.

—Cuando mi padre murió, Montgomery Mining flaqueó. Mis hermanos y yo no estábamos, pasábamos la mayor parte del tiempo fuera del país, así que tardamos años en darnos cuenta de que el hombre al mando era un delincuente y había contratado a todo un equipo directivo que estaba destrozando sistemáticamente la empresa que llevaba varias generaciones en mi familia. Tuvimos que tomar una decisión difícil. Mis hermanos y yo elegimos salvar nuestro legado. Volvimos a San Diego permanentemente para hacer que Montgomery volviera a prosperar.

—Lo hicisteis bien —reconoció ella—. Ni siquiera sabía que había tenido dificultades.

Yo me encogí de hombros.

—Evidentemente, no queríamos que nadie lo supiera. No habría dado imagen de buena empresa si la gente supiera que estuvimos al borde de la quiebra. Por suerte, fuimos capaces de darle la vuelta y Montgomery va mejor ahora que durante la época de mi padre.

Ella suspiró; el anhelo que exhalaba hizo que me doliera el pecho cuando dijo:

—Es una empresa increíble. Es mi trabajo soñado. Sinceramente, es probable que Montgomery sea la esperanza del futuro empleo de todo recién graduado. Habéis dado pasos enormes para proteger el medio ambiente durante el proceso minero y lo habéis hecho mediante la tecnología, la investigación y el ingenio. Vuestro laboratorio es alucinante. Me siento agradecida por cada minuto que pude pasar allí con Harlow.

Yo hice una mueca.

—Ha renunciado, pero planeo convencerla para que se quede con Montgomery.

A Taylor se le abrieron los ojos como platos.

—¿Sí? Ay, Dios, no puede irse. Sé que probablemente está disgustada, pero no puede culparse por nada de esto y tiene muchas investigaciones importantes pendientes en el laboratorio.

—No va a irse a ninguna parte —le aseguré, detestando haberle contado a Taylor nada que pudiera disgustarla ahora mismo—. La convenceré para que se quede. O, mejor aún, enviaré a Jax para que lo haga él. Es mucho más encantador que yo. La mantendremos en Montgomery. Nada de esto es culpa suya.

Mi hermano tenía buena mano con las mujeres, razón por la cual probablemente siempre estaba rodeado y yo… no poseía su encanto facilón.

—Tampoco es culpa tuya. No es culpa de nadie, Hudson —dijo ella amablemente—. No es como si nadie nos hubiera metido en algo evidentemente peligroso. Somos geólogos y debería haber salido bien. Estábamos allí para tomar muestras, no para luchar en una guerra. Se dio la casualidad de que estábamos allí a la vez que unos locos. Todos los lugares del mundo tienen desequilibrados. Nadie podría haber predicho lo que ocurrió.

«¡Joder!», pensé. Me parecía totalmente surrealista que ella intentara hacer que yo me sintiera mejor después de lo que ella había sufrido.

—Se investigará en profundidad para ver exactamente dónde recae la culpa —le informé—. Y si algo sucede cuando un empleado está haciendo algo para mi compañía, ¡es mi culpa!

—¿En serio? —respondió ella secamente—. No tenía ni idea de que era tan poderoso, Sr. Montgomery. Es decir, sé que eres asquerosamente rico, superdotado y todo eso, pero no sabía que eras capaz de predecir un futuro incidente inesperado antes de que se produzca. —Su voz goteaba sarcasmo para cuando terminó la frase.

Yo la fulminé con la mirada. ¿Estaba burlándose de mí? No recordaba la última mujer que se había mostrado tan descarada y sarcástica conmigo. Ahora que lo pensaba… bueno, nadie lo había hecho nunca, hombre o mujer. En mi mundo, mis empleados decían: «Sí, Sr. Montgomery». O: «Lo haré enseguida, Sr. Montgomery». Las mujeres con las que había salido en el pasado nunca habrían querido agitar las aguas. Lo único que les interesaba siempre era mi dinero, el apellido Montgomery y el poder que conllevaba. Les maravillaba la idea de cambiarse el apellido a Montgomery. Sin duda, nunca se habían reído de él, aunque yo nunca hubiera estado dispuesto a darle mi apellido a ninguna de ellas. Ninguna de mis relaciones del pasado había llegado tan lejos.

Yo era básicamente un hombre siempre dedicado a los negocios, todo el tiempo. El único momento en que no era así era cuando estaba con la familia o con un amigo cercano, y no tenía tantos amigos en quienes pudiera confiar plenamente. Mis socios en los negocios me respetaban, así que en ese terreno tampoco encontraba otra cosa que no fuera obediencia. Y me gustaba que así fuera.

Miré a Taylor con una ceja levantada.

—¿Estás tomándome el pelo?

—Probablemente —confesó—. ¿No lo sabes?

—No —respondí descontento.

—Pareces la clase de chico que necesita que alguien le tome el pelo un poco de vez en cuando —me informó—. Entiendo que has tenido mucha responsabilidad durante toda tu vida y que puedes manejarla, pero creo que necesitas darte un respiro. Me salvaste la vida después de que ocurriera lo impensable, sin pensar realmente en el riesgo que suponía para ti. Me parece increíble, pero para empezar, tú sigues culpándote por lo ocurrido, aunque era inevitable. Nadie es omnipotente, Sr. Montgomery. Ni siquiera usted. Puede que seas increíblemente rico e inteligente, pero sigues siendo un solo hombre. Ni siquiera tú puedes impedir que nada malo suceda si es un incidente casual.

—No estoy seguro de que fuera casual —carraspeé incómodo, pero fascinado por el hecho de que me viera como algo aparte del director de Montgomery Mining. La mayoría de la gente no lo hacía y yo no estaba seguro de qué sentir acerca de que ella, por lo visto, sí—.

Quizá se nos pasó algo por alto. ¿Y si en realidad Lania no es seguro? ¿Qué pasa si hay más rebeldes allí y el príncipe Nick no quiere que el mundo lo sepa?

—¿No eres un poco paranoico? —preguntó con voz inocente que, al instante, supe era fingida.

—Soy cuidadoso —gruñí—. Siempre he tenido que serlo.

—Me rindo —dijo en tono auténtico esta vez—. No pretendía ofenderte. Nunca sería una cabrona contigo después de todo lo que has hecho por mí. Supongo que solo… quería ayudar. Quería que entendieras que no siempre es posible controlarlo todo en el mundo de uno.

Entonces, de repente, me sentí como un completo imbécil. Vi algo que parecía dolor en sus bonitos ojos verdes e hizo que me doliera el pecho de remordimiento. ¿Había estado intentando ayudarme… a mí?

Taylor acababa de pasar por un infierno y, sinceramente, se veía. Tenía el bonito rostro arruinado por heridas y moratones que empezaban a desvanecerse. Su voz seguía ronca y seca por la falta de uso y la privación de líquidos. Taylor era de constitución pequeña, lo cual evidenciaba el peso que había perdido; estaba demasiado delgada. Ni siquiera me atrevía a pensar que no podía mantenerse en pie por lo débil que estaba. Detestaba que fuera vulnerable de cualquier manera y me enojaba completamente que hubiera terminado así mientras estaba haciendo algo para mí. Después de todo, mis hermanos y yo éramos Montgomery Mining. Yo no me ocultaba tras mentiras de empresa cuando se trataba de una responsabilidad personal. Ninguno de nosotros lo hacía. Sin embargo, lo último que quería era hacerle daño a aquella mujer intrépida y, por algún motivo, me molestó mucho haberlo hecho.

—Deja de llamarme Sr. Montgomery —refunfuñé—. Te he visto desnuda, por Dios. Puede que simplemente no esté acostumbrado a que nadie se meta conmigo ni intente ayudarme —confesé con sinceridad antes de cambiar de tema—. Taylor, ¿quieres contarme cómo demonios terminaste tan apaleada? Harlow dijo que nunca la pegaron. ¿Qué pasó después de que se marchara?

Quería saberlo. Necesitaba hacerlo para ayudar a Taylor de cualquier manera que pudiera y, sorprendentemente, esta vez, ese instinto no provenía de un sentido de la obligación ni de responsabilidad. La pura necesidad de proteger a aquella mujer ardía en mis entrañas, por alguna extraña razón que yo no comprendía realmente. Sabía que no era el psicólogo que ella necesitaba ni tenía el encanto de Jax, desde luego, pero por ahora yo era todo lo que tenía.

Taylor

Me parecía completamente evidente que Hudson Montgomery no se sentía cómodo hablando de sí mismo y que prefería ser él quien hiciera las preguntas. Di un pequeño sorbo de agua, aún atónita por la confesión de Hudson de no estar acostumbrado a que nadie bromease con él ni intentase ayudarle. Parecía la clase de chico que merecía mucho más de lo que había estado recibiendo.

«Dios, ¿no sabe que la mayoría de los multimillonarios ni siquiera trabajan activamente en sus propias empresas todos los días? ¿No entiende que la mayoría de los chicos con tanto dinero y poder como él no arriesgan su vida por nadie, mucho menos por un peón, una becaria como yo? La mayoría de los ultrarricos no se alistan el ejército para cambiar las cosas y garantizo que muy pocas personas, adineradas o no, participarían en un grupo como Last Hope».

Hudson Montgomery era, probablemente, el hombre más intrigante que había conocido en mi vida, pero él no se veía a sí mismo de esa manera. De acuerdo, se había enojado un poco cuando bromeé intentando sacarle de la cabeza el sentirse responsable de algo que no era culpa suya. Suponía que estaba defendiéndose porque realmente no entendía que, a veces, ocurren cosas malas y no se sabe por qué suceden ni quién las provoca. Tenía la sensación de que a Hudson le gustaba pensar que podía controlar cualquier cosa que sucediera, que podía resolver cualquier problema, solucionar cualquier cosa que le pareciera mal. Por Dios, me había salvado cuando no me quedaban esperanzas de vivir otro día. ¿Y eso no le parecía bastante bueno? Tenía una fortuna a su disposición y podría haber estado dándose la gran vida en un yate en algún sitio en vez de sentirse resuelto a ayudar a otras personas en apuros.

Por extraño que parezca, estaba casi segura de que el secretismo le funcionaba por lo que respecta a Last Hope. No parecía querer que nadie le diera las gracias o reconociera lo que había hecho por él de ninguna manera.

—Intenté escapar en mitad de la noche, justo después de que Harlow se marchara —dije respondiendo su pregunta finalmente—. Por lo visto, para los rebeldes es un delito que merece un castigo duro. Después de atraparme, se turnaron para someterme a golpes. Cuando uno de los guardas vino a hacer su control rutinario nocturno para ver si seguía viva, ya había conseguido liberar mis piernas, así que intenté huir. Por desgracia, seguía con las manos atadas, literalmente; estaba realmente débil y apenas podía caminar, mucho menos correr, así que básicamente estaba jodida desde el segundo en que intenté fugarme. No tenía modo de derribar a ninguno de ellos cuando me dieron alcance. —En retrospectiva, probablemente no era un plan genial, pero era todo lo que tenía en ese momento.

—No te ofendas, pero ¿cómo pensabas derribar a ninguno de ellos, aunque hubieras estado sana? —preguntó con aspecto confuso.

Yo puse los ojos en blanco. No era la primera vez que alguien se mofaba de mí cuando decía que podía derribar un tipo que me doblaba el tamaño.

—Soy maestra de taichí. Estudio el arte desde que tenía trece años y empecé a trabajar como instructora mientras hacía mi máster en Stanford.

Lo vi pensar antes de preguntar:

—Taichí. ¿No es una especie de meditación en movimiento? Parece un baile lento.

Sí, tampoco era la primera vez que alguien decía eso.

—Lo es, pero es mucho más que eso. Es un arte marcial y no me entrené en el taichí más delicado. Mucho se utiliza últimamente para la meditación y la relajación, y hoy en día es popular. Mi primer profesor era un maestro de la cabeza a los pies y peleaba sucio. En cualquier caso, no conseguí escapar. Así que me dieron una paliza y volvieron a arrojarme a la celda del hotel infernal cuando se terminó. Me ataron las piernas tan fuerte que probablemente me cortaron la circulación, aunque tampoco estaba en condiciones de intentar otra huida. Creo que utilicé la mayor parte de la energía que me quedaba durante el intento fallido. Después de que todos los rebeldes me utilizaran como saco de boxeo, mi estado físico fue muy cuesta abajo durante los últimos días.

Él se detuvo un momento, su expresión melancólica cuando respondió:

—Yo habría hecho lo mismito, Taylor. Habría decidido que era mejor intentarlo que permanecer ahí tumbado y morir. No podías saber si nadie intentaría rescatarte y los rebeldes lanianos no son conocidos por dejar salir con vida a sus últimos rehenes, rehén en tu caso. Por eso no nos limitamos a pagar tu rescate cuando lo exigieron. La única razón por la que dejaron marchar a Harlow era para intentar conseguir más dinero por ti. Históricamente, si se paga el rescate por los últimos prisioneros, ellos lo aceptan, matan al rehén o a los rehenes y luego retrasan la información de la puesta en libertad y utilizan ese tiempo para escapar.

La cabeza empezó a darme vueltas mientras trataba de comprender lo que estaba diciendo.

—¿Así que era mujer muerta, de todos modos? ¿Me habrían matado aunque siguiera viva cuando se pagara el rescate?

Él asintió lentamente, como si fuera reacio a reconocer la verdad.

—Eso intuíamos y, como lo han hecho muchas veces en el pasado, no queríamos correr ese riesgo. Jax y yo creíamos que nosotros teníamos más probabilidades de sacarte de allí con vida. Si hubiéramos tenido algún motivo para creer que te habrían liberado, habríamos pagado el rescate en un abrir y cerrar de ojos para recuperarte, pero no queríamos que hacerlo supusiera tu sentencia de muerte.

Mi mano empezó a temblar cuando dejé la botella de agua en la mesilla de noche. No es que no supiera que tenía muy pocas posibilidades de todas maneras, pero enterarme de eso, de que si Hudson hubiera pagado mi rescate uno de esos cabrones habría acabado conmigo, era sobrecogedor y aterrador. La enormidad de lo malas que habían sido mis circunstancias previas empezaba a golpearme de lleno. Me las había arreglado para compartimentar todo fenomenal por el miedo, pero los muros de separación obviamente se estaban debilitando.

—Sabía que estaba muriéndome —le dije con voz monótona—. Después de mi intento de fuga, en ningún momento estuve realmente en mi sano juicio durante más de unos minutos. Perdí gran parte de mi capacidad de razonamiento y empecé a alucinar. No siempre estaba segura de lo que estaba pasando exactamente. Pero, durante esos breves momentos de claridad, sabía que no iba a salir con vida, y cada vez que sentía que la oscuridad me acechaba, me preguntaba si sería la última. No había nada que pudiera hacer para salvarme y lo odiaba.

Hudson se movió y se sentó a los pies de la cama, cerca pero no demasiado, como si le preocupara asustarme.

—Ni siquiera voy a intentar decirte que sé cómo te sentías —respondió en tono sombrío—. No lo sé. He estado en muchas situaciones de vida o muerte, pero siempre he tenido los medios para defenderme. —Hizo una pausa antes de preguntar con vacilación—: ¿Te hirieron de alguna manera antes de que intentaras escapar? Harlow mencionó que el líder rebelde iba a buscarte todas las noches. ¿Te hizo daño?

«¡Santo Dios! Hudson sabe la verdad», me dije. No estaba segura de cómo había llegado a esa conclusión, pero sabía que él lo sabía, por muy delicado que fuera al hacer la pregunta. Lo oía en su voz y lo sentía por la tensión en el aire que nos rodeaba a ambos.

—No puedes contarle la verdad a Harlow. Prométemelo primero y luego te lo diré —insistí. Nuestras miradas se encontraron y se me cortó la respiración al ver las sombras en las profundidades de sus preciosos ojos mientras negaba con la cabeza.

—Nunca se lo diré. Has aceptado guardar nuestros secretos. Todo lo que digas ahora mismo no se le contará a nadie nunca. Hiciste una especie de trato con él, ¿verdad?

—Sí. —Las dos palabras que salieron de mi boca apenas eran un susurro—. Mi cuerpo dispuesto a cambio de que nadie tocara a Harlow. Tenía sentido. Iba a violarme de todas maneras. El tipo tenía una extraña fascinación por mi cabello rojo. Al someterme, creo que pensaba estar conquistando algún tipo de demonio o diablo. Así que decidí sacar algo de esa rareza. ¿De que servía resistirme? Lo único que me habría afectado era el horror de ver a mi amiga y mentora pasar por lo mismo que yo. Y era horrible, porque todo en mí quería resistirse e intentar arrancarle los ojos, pero una vez que se terminaba, al menos podía volver a nuestra prisión y ver a Harlow intacta. Ella ya estaba desesperada por Mark, débil por la falta de comida y agua, y yo no sabía qué pasaría si hubiera tenido que sufrir una agresión sexual cada puta noche. Sabía que el cabrón no podría romperme a mí. No se lo permitiría. Todas las noches tenía que dejar que usara mi cuerpo, pero dejaba vagar mi mente a otro lado, si es que eso tiene algún sentido.

—Sí, lo entiendo. Intentas desconectar —respondió Harlow con voz ronca—. Pero aun así desearía haber matado al cabrón por ti mientras Jax y yo estábamos en ese campamento. Si hubiera sabido entonces lo que sé ahora, lo habría hecho, sin duda.

Sinceramente, podría decir que nadie había querido defenderme desde hacía mucho tiempo, así que sus palabras hicieron que se me encogiera el corazón.

—Me sacaste de allí —dije en voz baja—. Eso fue más que suficiente. Me parece un milagro estar sentada aquí hablando contigo. Temo que voy a despertarme en Lania de nuevo para darme cuenta de que todo esto es una tremenda alucinación.

—Es real, Taylor —dijo haciendo una mueca. Y me parece un puñetero milagro que sigas relativamente cuerda.

Yo me encogí de hombros.

—No estoy segura de tener la cabeza en su sitio. Creo que estaba tan concentrada en sobrevivir que no podía permitirme pensar en nada más. Ahora que tengo demasiado tiempo para pensar, puede que esté empezando a desmoronarme —respondí con voz temblorosa.

Él me lanzó una mirada preocupada.

—¿Sigues asustada?

—Un poco —confesé.

De acuerdo, puede que fuera más que un poco. No parecía capaz de detener las imágenes o breves *flashbacks* de algunas de las cosas realmente malas que me habían ocurrido. Tal vez hablar de ello no hubiera sido muy buena idea, pero sabía que tarde o temprano tendría que hacer el esfuerzo. Fingir que no había sucedido y no reconocer el dolor y el miedo solo me mantendría anclada en el pasado. Ya había pasado por eso. Cuando me sentía confusa y enfadada, Mac siempre me decía que la única manera de llegar al final del túnel era reconocer mis sentimientos y luego dejarlos atrás.

—Tener miedo es completamente normal, Taylor. La mayoría de la gente sale de un cautiverio mucho peor de lo que estás tú ahora mismo, aunque no haya sido agredida sexualmente —dijo Hudson con voz áspera—. Los *flashbacks* de lo ocurrido y el miedo probablemente te acecharán una temporada, pero te pondrás bien. ¿Hay...? —Observé cómo se debatía interiormente antes de preguntar con voz más calmada—: ¿Crees que podrías estar embarazada?

Yo no era la clase de mujer que se ponía nerviosa por hablar abiertamente de asuntos médicos. Especialmente, no con un tipo que había visto tanto como Hudson. Sacudí la cabeza firmemente.

—Lo dudo mucho, porque llevo un DIU desde que tenía veintidós años. Tenía unos periodos horribles y había probado otras cosas, pero eso fue lo que mejor funcionó. Sabía que estaba protegida de un embarazo no deseado, lo cual era otra razón por la que me ofrecí en lugar de ver cómo utilizaban a Harlow. —Me encogí de hombros—.

Evidentemente, el DIU no me protegerá de otras cosas desagradables, pero quedarme embarazada es la menor de mis preocupaciones.

Estaba preocupada por las ITS, el VIH, la hepatitis y cualquier otra enfermedad que pudiera contraer por contacto sexual, pero tendría que lidiar con ello si sucedía. Si me permitía pensar demasiado en eso, me sentiría completamente abrumada.

Hudson pareció aliviado.

—Lidiaremos con todo eso en cuanto lleguemos a San Diego. Llevará tiempo conseguir todos los resultados de las pruebas médicas del líder rebelde, pero todo se hará. El doctor le dijo a Jax que empezó un tratamiento profiláctico postexposición porque cada hora cuenta y más vale prevenir que lamentarse. No soy médico, pero sé que es una especie de medicamento antirretroviral que ayuda a prevenir una infección por VIH. —Hudson soltó un suspiro de exasperación—. Todo saldrá bien. Arreglaremos esto, Taylor. Joder, te prometo que lo solucionaremos todo. No permitiré que nadie vuelva a hacerte daño de esa manera. Tú… no dejes de hablar conmigo. Lo superaremos juntos.

La ferocidad y la total convicción en su tono me sobrepasaron. Un único lagrimón cayó en mi mejilla. Luego otro. Y otro más. De pronto, pareció estallar una presa en mis conductos lagrimales y las gotas formaron un mar de lágrimas que me caían por el rostro. Me sentía como una idiota, pero por mucho que lo intentara, la riada no pararía hasta quedarme seca.

—¿Por qué estoy llorando? —pregunté en tono desesperado—. Estoy viva. Debería estar feliz ahora mismo.

El problema era que aquellas no eran lágrimas de felicidad. Eran lágrimas de dolor, de miedo y de una tristeza atroz. Lloraba por Harlow. Lloraba por Mark. Y lloraba por mí misma. Mark había muerto y sabía que Harlow y yo nunca volveríamos a ser las mismas después de aquella experiencia.

Hudson se puso en pie, me levantó como si el peso de mi cuerpo no fuera nada y volvió a sentarse sobre la cama con la espalda apoyada contra el cabecero, acunando mi cuerpo en su regazo mientras me tapaba con la colcha.

—Llora todo lo que quieras, Taylor. Desahógate. No me importa una mierda si sigues berreando cuando lleguemos a San Diego si te hace sentir mejor —dijo en tono áspero.

—Yo-yo nunca lloro —dije hipando mientras dejaba que mis brazos rodearan su cuello. «Dios, qué gusto. Huele bien», pensé en su regazo.

Hudson rodeó mi cuerpo con sus poderosos brazos y utilizó la mano para guiar mi cabeza con cuidado hacia un lugar cómodo de su hombro.

—Haz una excepción por esta vez —sugirió. No había ni pizca de juicio en su voz, aunque yo sabía que evidentemente era un hombre gobernado por la razón.

Estaba disgustada y, como si fuera lo más normal del mundo, Hudson me proporcionó un colchón sobre el que caer. Me sentí aceptada, protegida. Me sentí abrigada al derretirme en su cuerpo cálido y duro. Por fin me sentí… a salvo. Hudson estaba ahí conmigo, musitando palabras sin sentido para reconfortarme, mecerme y abrazarme fuerte cuando mis muros terminaron por derrumbarse y liberé a sollozos todas las emociones que amenazaban con consumirme.

Capítulo 9

Hudson

—No me importa una mierda si es práctico o no —le dije a Jax en tono irritado—. Soy multimillonario. No fue tan difícil hacerlo. Taylor detesta los hospitales y después de lo que ha soportado, no voy a obligarla a quedarse aquí ni un segundo más de lo necesario. Hemos dispuesto un tratamiento domiciliario para Harlow con su madre en Carlsbad y Taylor se viene a casa conmigo. Fin de la historia.

Di un trago de café malo de hospital e hice una mueca. Habíamos aterrizado en San Diego la víspera y Taylor se había sometido a pruebas rigurosas para asegurarse de que no había lesiones subyacentes que el doctor laniano pudiera haber pasado por alto. Ahora que casi se habían terminado las pruebas y que todo era negativo, iba a llevarla a casa. A mi casa. No había absolutamente nada que pudieran hacer allí que yo no pudiera hacer por Taylor en mi casa. No era como si no tuviera espacio para ella, demonios. Tenía una enorme casa en Del Mar, en la playa. Era el lugar perfecto para que Taylor se recuperase.

Harlow ya había recibido el alta para pasar al cuidado de su madre aquella mañana, temprano. Sí, yo podría haberle pedido sus llaves a Harlow para que Taylor pudiera quedarse en su casa, pero estaría sola. No pensaba permitirlo. La mujer apenas podía mantenerse en pie sola, mucho menos cuidar de sí misma. Algo me ocurrió cuando ella se deshizo en lágrimas mientras la sostenía en mi regazo. Le había prometido que no permitiría que nada ni nadie volviera a hacerle daño y pensaba mantener esa promesa. Permanecería cerca de ella hasta que superase por completo todo aquel suceso, emocional y físicamente. «¡Santo Dios! No quiero volver a verla llorar así nunca», pensé. Fulminé con la mirada a Jax, que permanecía sentado al otro lado de la mesa en la cafetería del hospital mientras sacudía la cabeza.

—Eh, no te ofendas, hermano, pero tienes un aspecto terrible. ¿Estás aquí desde que aterrizamos?

Yo me mesé el pelo con una mano. Probablemente tenía razón. Necesitaba dormir, ducharme y afeitarme.

—Claro que sí. ¿Qué iba a hacer? ¿Dejarla completamente sola después de todo lo que ha sufrido?

—Hay aproximadamente una docena de personas que Marshall podría haber traído aquí anoche que no habían pasado por un rescate. Y lo de los cuidados en casa no es lo que me preocupa. Siempre los disponemos. Con la familia. Una enfermera…

—No tiene familia —le ladré en respuesta, odiando el hecho de que Taylor no tuviera familia cercana a la que le importase una mierda. No porque me importase cuidar de ella, sino porque debería tener a… alguien—. Como su empleador, voy a dar el paso al frente.

Jax se había quedado hasta tarde la noche anterior, pero se fue a casa en cuanto llevaron a Taylor de vuelta a su habitación. Acababa de volver hacía unos quince minutos y me arrastró a la cafetería a tomar un café mientras Taylor iba a Radiología para hacerse una última radiografía.

—Va a necesitar fisioterapia y otros tratamientos —dijo Jax en tono sensato—. No solo eso, sino que alguien tendrá que ayudarla durante una temporada. Hasta que se reponga, necesitará un auxiliar de enfermería o un profesional de atención domiciliaria. ¿Qué demonios,

Hudson? ¿Piensas convertir tu casa multimillonaria de la playa en un hospital? Entiendo que Taylor no tiene casa ahora mismo porque Harlow está en Carlsbad y que dejó su apartamento en Stanford cuando vino a San Diego como becaria este verano. Pero el hospital está completamente dispuesto a dejarla en una unidad de transición mientras se recupera, o podemos conseguirle una casa con servicio y personal médico las veinticuatro horas del día…

—Ni pensarlo —gruñí.

Durante un momento de debilidad, Taylor había confesado que odiaba los hospitales porque había pasado mucho tiempo viendo morir a alguien a quien quería en uno de ellos. Lo último que necesitaba era recuperarse en una maldita institución que aumentase su malestar o en un apartamento amueblado donde solo hubiera extraños cuidando de ella. Necesitaba un lugar donde descansar, relajarse y desconectar. Alguien cerca con quien estuviera familiarizada. Ahora mismo, esa persona reconocible era yo. Marshall ya se había ofrecido a disponerlo todo y a buscarle un auxiliar de enfermería que estuviera con ella a todas horas, además de un miembro del equipo de Last Hope. Esa mierda no bastaría. Taylor me necesitaba… a mí. Y vaya si yo no tenía que estar allí en caso de que me quisiera. La volvería loca tener a alguien a quien no conocía revoloteando a su alrededor todo el tiempo. Yo lo entendía, aunque ella no lo hubiera mencionado. A mí me resultaría incómodo. La mujer necesitaba respirar y, por alguna razón estúpida que no comprendía, yo sabía lo que necesitaba.

—Así que, ¿de verdad planeas cuidar de ella tú mismo? —dijo Jax con escepticismo.

—Tengo una empleada del hogar.

—Que va a tu casa una vez a la semana a limpiar —me recordó Jax—.Taylor se recuperará —discutí a la defensiva.

Según los médicos, Taylor debería poder andar mejor cuando estuviera completamente nutrida y su cuerpo se reequilibrase con hidratación. Sí, necesitaría un fisioterapeuta. No es como si yo no pudiera contratar a alguien para eso y mi asistente ya había dispuesto que Taylor recibiera terapia en mi casa para ayudarla a superar aquel calvario psicológicamente. En mi opinión, estábamos bien. Taylor solo necesitaba tiempo…

—No lograrás permanecer tanto tiempo lejos de la oficina —me advirtió Jax—. Ya sabes cómo eres, Hudson. El trabajo es toda tu vida. No es como si Cooper y yo no pudiéramos hacernos cargo de todo, pero estarás impaciente por ir a la oficina a ver cómo van las cosas.

No. No lo estaría. Mi obsesión por asegurarme de que Taylor se recuperase sobrepasaba todo lo demás en mi vida ahora mismo, incluida Montgomery Mining.

—Tengo un despacho en casa. Haré mi parte —le informé.

—Eso no me preocupa —respondió Jax rotundamente—. Siempre has hecho mucho más de lo que te correspondía. Fuiste el primero en volver a San Diego cuando la empresa estaba en apuros y ya lo tenías todo bajo control cuando Cooper y yo fuimos dados de baja. Puede que solo me preocupe que te estés tomando todo esto demasiado… personalmente.

Yo lo miré con una ceja levantada y el ceño fruncido.

—Trabaja para nosotros, Jax. Es nuestra empleada.

Él me devolvió una mirada fija sin vacilar ni un instante.

—¿Por qué tengo la sensación de que hay mucho más detrás de todo esto que el hecho de que Taylor sea nuestra becaria? Demonios, yo también quiero asegurarme de que esté cuidada, pero sé que hay mucha gente que puede hacerlo mejor que yo.

A veces, Jax podía ser un imbécil, pero la mayor parte del tiempo su instinto era infalible, y podía ser demasiado intuitivo en ocasiones.

—De acuerdo —dije a regañadientes—. Puede que solo quiera ayudarla.

—¿Por qué? —preguntó él con calma—. No es nuestro primer rescate, Hudson, y ambos sabemos que es un error involucrarse emocionalmente en ninguna de nuestras misiones. Perdemos la capacidad de ser objetivos si lo hacemos.

Por suerte, éramos los únicos en esa zona de la cafetería cuando di un palmetazo sobre la mesa de pura frustración.

—Me gusta, maldita sea. Sé que no debería involucrarme, pero no puedo evitarlo porque Taylor es distinta. Ella no es solo una víctima más para mí. Está sufriendo. Me gusta. Probablemente es la mujer más valiente e inteligente que he conocido nunca. Quiero estar ahí para ella. Solo para ella. No es como si ningún rescate se hubiera vuelto personal para mí antes, y he hecho tantos que he perdido la cuenta. No puedo explicar por qué es diferente. Simplemente… lo es.

¡Dios! No era como si no me hubiera repetido a mí mismo una y otra vez que Taylor no era solo otro rescate entre muchos y que no necesitaba cuidar de ella personalmente. Por desgracia, no me creía ni una sola palabra de lo que me había dicho a mí mismo.

A Jax se le abrieron los ojos como platos.

—No solo te gusta. Te gusta. ¡Santo Dios! Te gusta mucho. Esto no tiene absolutamente nada que ver con que sea nuestra empleada ni es un sentido de la culpa o del deber mal interpretado. Simplemente… te gusta.

—Ya he admitido que me gusta —dije, irritado—. ¿Por qué le das tanta importancia?

Jax rio disimuladamente.

—Te gusta.

—¿Quieres dejarlo ya? —insistí, completamente enojado ahora.

—Joder, Hudson —dijo Jax arrastrando las palabras—. Nunca creí que vería el día en que tú empezaras a actuar como Seth hace con Riley. ¿Por qué no me contaste que sientes algo por Taylor?

—Porque no lo siento —dije vehementemente. Bien, puede que hubiera negado aquello con demasiada intensidad. Probablemente porque no solo estaba intentando convencer a Jax, sino también a mí mismo.

Él sonrió con suficiencia.

—Mientes tanto que te está creciendo la nariz. Ni siquiera intentes decirme que, en el fondo, no esperas que una vez Taylor se recupere, esto se vuelva algo más que admiración mutua. No me lo trago.

—Está débil y es frágil —gruñí—. ¿De verdad piensas que fantaseo con arrancarle la ropa, apoyarla contra la superficie más cercana y hacérselo hasta que los dos terminemos completamente satisfechos?

Jax negó con la cabeza.

—No, hombre. Creo que es aún peor. Creo que podrías enamorarte de ella y luego querrás hacérselo —dijo en tono serio.

—Ahora estás siendo completamente ridículo —me burlé.

Él se encogió de hombros.

—No digas que no te lo advertí dentro de un par de meses. Está ahí.

—¿Qué está ahí? —pregunté en tono cortante.

—La misma mirada protectora de loco que se le pone a Seth cuando cree que algo podría hacerle daño a Riley. A Mason también, y a sus hermanos. La veo en ti porque la he visto en ellos. Demonios, a todos ellos se les pone esa extraña mirada en los ojos que dice que moverían montañas si eso hiciera feliz a sus mujeres. Veo esa mirada en tus ojos ahora mismo y, para serte sincero, me aterra.

—No estoy pensando en mover montañas —farfullé, disgustado con Jax.

—Todavía no —respondió él con ironía—. Pero creo que lo harás si te lanza una mirada suplicante con esos grandes ojos verdes suyos.

«¡*Joder! Ya he* visto esa mirada vulnerable de Taylor cuando reconoció que odiaba los hospitales», *dije para mis adentros*. Ella no lo había hecho a propósito ni estaba intentando manipularme de ninguna manera. Pero, caramba. Se me encogió el estómago por el deseo de asegurarme de que lograría borrar esa mirada aprensiva de cualquier manera. «Aunque eso signifique mover la condenada montaña de un país a otro».

—Quiero protegerla. Es vulnerable ahora mismo —confesé—. Lo superaré cuando se encuentre mejor.

—Me pregunto cuántas veces se dijo eso mismo Seth —caviló Jax.

—Yo no soy Seth —dije sin pensar.

—Supongo que no entiendo por qué tiene que ser tan tremendo —dijo Jax con voz perpleja—. Ha pasado mucho tiempo desde que te interesaste por una mujer, Hudson. Trabajas demasiado. ¿Por qué no dejar que las cosas sigan su curso y ser auténtico? Taylor no parece la clase de mujer que vaya a hacer de tu dinero su prioridad y no es como la mayoría de las chicas con las que crecimos en nuestros círculos obsesionados con la posición social.

—No lo es —dije llanamente—. No le intimidamos en absoluto ni yo, ni mi apellido ni mi dinero.

—Vaya, tiene que doler —contestó Jax dándome un codazo en las costillas—. Pero, en serio, ¿no es agradable simplemente hablar con alguien que, para variar, no tenga segundas intenciones?

Sinceramente, cuando Taylor me trataba como a cualquier otro chico, era agradable.

—No estoy seguro. Hace tiempo —musité.

—Relájate, hombre. Ayúdala a recuperarse y ya verás qué pasa. Ahora entiendo por qué quieres hacer esto. Me encargaré de todo en la oficina. Ya es hora de que te tomes un descanso.

Yo le lancé una mirada escéptica.

—Entonces, ¿has terminado ya de intentar convencerme para que no lo haga? —pregunté, aunque nada de lo que dijera mi hermano me haría cambiar de idea.

—Desde luego —respondió Jax—. Solo me preocupaba que te motivara la culpa porque Taylor es nuestra empleada y nuestro rescate. No quería que te metieras en eso. Últimamente te culpas a ti mismo por demasiadas cosas. Pero ahora que conozco tu verdadera motivación, me parece bien. Te vendría bien una amiga que no se sienta intimidada por ti, y bien sabe Dios que necesitas acostarte con alguien.

Yo lo fulminé con la mirada.

—Te he dicho que no estoy…

Él levantó una mano mientras me interrumpía:

—Oye, no puedes culparme por tener esperanzas. Tengo que trabajar contigo todos los días.

—Hablando de trabajo, tengo que ponerme en contacto con la familia de Mark y con Harlow —le dije a Jax en tono sombrío.

—Yo me encargo —me informó Jax—. Los padres de Mark fallecieron hace años, pero llamé a su hermano esta mañana. Sobra decir que está destrozado. No puedo culparlo. Mencionó que no veía mucho a Mark en persona porque siempre estaba fuera del país, pero que mantenían el contacto. Por supuesto, cubriremos todos los gastos del funeral y haremos un acuerdo además del seguro de vida de Mark. No lo traerá de vuelta, pero quiero hacer lo correcto por su familia.

Yo asentí marcadamente.

—Estoy completamente de acuerdo. ¿Qué hay de Harlow?

—Insistió en no volver a Montgomery Mining, pero estoy trabajando en ello. Creo que solo necesita un poco de tiempo —dijo Jax en tono compungido.

—Dale todo el tiempo que necesite —sugerí—. No solo necesita curarse de su trauma, sino que también tiene que llorar la muerte de alguien a quien quería.

—Pensaba esperar hasta que volviera a San Diego para trabajar con ella, pero no pienso dejar que se aleje sin más. Los proyectos que tiene abiertos en el laboratorio son importantes para ella y para Montgomery Mining. Creo que, cuando se encuentre mejor, se dará cuenta ella misma —explicó Jax—. Esa mujer es endiabladamente inteligente.

—Entonces deberías ser capaz de sentirte identificado con ella — dije secamente.

Mis hermanos y yo fuimos a un internado para superdotados cuando éramos jóvenes y avanzamos a clases preuniversitarias cuando teníamos quince años. Yo no estaba del todo seguro de si nuestros senderos en la vida habían sido buenos o malos. Sí, era genial tener mentes rápidas como empresarios, pero era muy posible que nos hubieran robado la infancia y que hubiéramos crecido demasiado deprisa. No se me ocurría ningún buen recuerdo de la infancia, pero no estaba seguro de si se debía a que mi familia era muy disfuncional o al hecho de que había estado en un internado muy centrado en el progreso académico hasta donde podía recordar. Me puse en pie, ansioso por volver a la habitación de Taylor antes que ella.

—¿Algo más de lo que tengamos que hablar?

Jax se puso en pie con una mirada inquieta.

—Solo una cosa —respondió él.

—Dímelo —ordené.

Tenía la mandíbula tensa cuando farfulló:

—No te hagas daño. Cualquier cosa que merezca la pena suele ser un riesgo, pero no le des tu puñetero corazón a nadie hasta que sepas con certeza que puedes confiárselo a esa persona.

Nos miramos fijamente durante un segundo antes de que yo contestara:

—No llegará tan lejos. No te preocupes —le aseguré dándole una palmada en la espalda cuando empezamos a caminar hacia la salida de la cafetería. Estaba unido a todos mis hermanos, pero era raro el momento en que Jax hablaba completamente en serio. Durante esas raras ocasiones me daba cuenta realmente de cuánto me alegraba que me cubriera las espaldas.

Capítulo 10

Hudson

—Ni hablar de que te metas a la ducha tú sola. —Intenté que mi voz sonara firme, pero amable. Por desgracia, las palabras habían salido de mi boca antes de que pudiera lograr cualquiera de esos tonos.

«*¿Está loca?*», pensé. Acababa de traer a Taylor a casa desde el hospital hacía unas horas. Había cumplido mi promesa de darle un chuletón poco hecho y una patata asada y bien cargada que le había prometido comprarle en cuanto pudiera digerirlos. Mi asistente había recogido un pedido del mejor asador de San Diego y lo había dejado en el calentador para que comiéramos cuando llegáramos a mi casa. Como en el hospital habían empezado a darle alimentos sólidos y los había digerido bien, yo no necesitaba contenerme en nada de lo que ella quisiera comer. «*¡Gracias a Dios!*». Estaba aprendiendo que era completamente incapaz de no darle a Taylor cualquier cosa que quisiera cuando me miraba con su mirada confiada de ojos verdes.

Pero aquello, ni hablar. La mujer podría romperse el cuello intentando darse una ducha sola. Apenas podía ponerse en pie.

Después de cenar, parecía tan cansada que la llevé arriba, le mostré el dormitorio grande con baño privado que utilizaría mientras permaneciera allí y la dejé en la cama. Trepó hasta sentarse con los pies en el suelo y de inmediato decidió que necesitaba utilizar la enorme ducha de su cuarto de baño. Taylor alzó la mirada hacia mí mientras yo permanecía en pie frente a ella. Como si bloquearle la vista del baño fuera a ayudarle a olvidar su idea absurda.

—Necesito… sentirme limpia —dijo con voz ronca y temblorosa que revelaba lo cansada que se sentía en ese momento—. No pude ducharme en el hospital. Al menos puedo apañármelas para hacer eso.

Vi que se estremecía y supe que toda el agua caliente del mundo no le ayudaría a frotar los recuerdos que la atormentaban ahora mismo.

—No —dije en tono más tranquilo esta vez—. Sé razonable, Taylor.

—Lo soy —me aseguró—. Hay un enorme banco en la ducha, Hudson. Puedo sentarme. No me he aseado desde que me lavaste las primeras capas de suciedad cuando llegamos a tu avión. Yo me ducho todos los días, a veces dos veces al día si hago ejercicio por la tarde. Supongo que solo quiero hacer algo… normal.

«¡Mierda!». Me dolía el puñetero pecho al verla frotarse los brazos como si estuviera helada. Todo era extraño para ella en ese momento. El hospital, mi casa, el camisón del hospital que aún llevaba puesto, su incapacidad de moverse sola y su mente, que no cesaba de recordar todo lo que había sufrido. Yo seguía un horario riguroso, todo el día, todos los días. No es que no pudiera imaginar cómo sería estar en su lugar ahora mismo. Simplemente nunca había experimentado algunas de las vivencias traumáticas que ella había sufrido. En conclusión: se sentía como si hubiera perdido el control de su vida por completo y necesitaba que yo le devolviera parte de ese poder.

Lo cierto era que yo no quería verla así, sintiéndose como si fuera incapaz de tomar una sola decisión en su vida. La había observado durante el tiempo suficiente como para darme cuenta de que estaba acostumbrada a ser organizada y centrada. Y, ahora mismo, todo lo que sabía sobre sí misma estaba… agitado.

—Te ayudaré —cedí—. Nada de caminar. Te ayudaré a llegar a la ducha y a volver a la cama. Y no voy a dejarte sola. Esperaré hasta que termines.

Si se caía, yo estaría allí antes de que llegara al suelo.

Su rostro decayó.

—No quiero que esto te dé más trabajo. Puedo hacerlo sola. Estoy segura de que puedo llegar…

—No hay trato —interrumpí bruscamente.

—Ah, ¿o sea que a tu manera o carretera? —preguntó sin sonar ni remotamente disgustada—. ¿Porque temes que me haga daño?

—Básicamente —repliqué—. Quiero que puedas hacer lo que te plazca. Ojalá pudieras hacer lo que quieras, pero eso no es razonable ahora mismo, Taylor. Necesitarás ayuda para hacer cualquier cosa por ahora, pero no durará siempre.

Ella apartó la mirada y se detuvo un momento antes de decir finalmente:

—Tienes razón. Puedo vivir sin la ducha ahora mismo. Si yo estuviera en tu lugar, probablemente diría lo mismo, pero estas sábanas están tan limpias… —Acarició la inmaculada sábana almidonada que hacía juego con la decoración del dormitorio.

Su voz sonaba tan increíblemente melancólica que no pude soportarlo.

—Podemos hacerlo: solo tendrás que aguantar que te ayude durante todo el proceso.

Taylor soltó un gritito de sorpresa cuando la recogí en brazos y la llevé hacia el cuarto de baño. Le habían quitado la vía justo antes de salir del hospital. Siempre y cuando bebiera la cantidad necesaria de líquidos todos los días, ya no la necesitaría.

—He dicho que podía pasar sin la ducha —me regañó al colocarla en el gran asiento de mármol en la ducha—. Ya has hecho trabajar bastante esa fuerte espalda tuya por mí durante estos dos días.

Le levanté el mentón, obligándola a mirarme.

—Taylor, ¿me he quejado de eso alguna vez?

Con los ojos como platos, ella susurró:

—No. No creo que seas un quejica. Pero ni se te ocurra pensar que no veo todo lo que estás haciendo para ayudarme, aunque no protestes. Y te digo aquí y ahora que, cuando me encuentre mejor, pídeme lo que sea, y lo haré. Al menos tres grandes favores y nada está vetado, Hudson. Dudo que alguna vez pueda hacer nada para salvarte la vida como has hecho tú por mí, pero si necesitas que se haga algo, soy tu chica para todo. Prométemelo.

Su expresión era tan apasionada que tuve que apartar la mirada.

—Puedo pagar a alguien para hacer casi cualquier cosa que quiera. Me parece que llegas a los grifos de la ducha. Echa el camisón fuera cuando estés lista. Estaré esperando aquí, en el baño, cuando termines. Si me necesitas, llámame.

—Bueno, menuda manera de zafarte de mí. —Inspiró con irritación mientras cruzaba sus brazos magullados—. Prométemelo, Hudson.

—¡Está bien! —dije sonando un poco impaciente. En realidad, no estaba enfadado con ella. Simplemente no estaba acostumbrado a que nadie se ofreciera a hacerme un gran favor gratis, y mucho menos, tres—. Lo prometo.

¿Acaso importaba realmente lo que prometiera si no pensaba cobrarme esa promesa de todas formas?

—Gracias —murmuró en voz baja. Yo sacudí la cabeza.

—¿Por qué?

—Por todo —dijo ella, la voz completamente sincera.

—Te dije que no me des las gracias —respondí malhumoradamente mientras cerraba la puerta de la ducha.

—Y yo ya te advertí que lo haría de todas maneras —me recordó Taylor mientras tiraba el camisón del hospital por encima de la puerta de la ducha.

Yo lo atrapé antes de que tocara el suelo y lo arrojé al cubo de la ropa sucia. Ya me había percatado de que mi asistente había dejado una pila de pijamas y ropa interior nuevos en el largo taburete del baño como le había pedido. No conocía la talla de Taylor, pero después de decirle a mi asistente que era un poco más baja y delgada que Riley, me percaté de que la mayor parte de las tallas eran una S, con alguna M en el montón.

«*Esto servirá*», pensé.

Se abrió la ducha y yo me senté a horcajadas en el taburete para asegurarme de que la testaruda mujer no cayera de boca sobre el duro suelo de baldosa de la cabina de la ducha. Toda la mampara estaba hecha de vidrio, pero había volutas de adorno grabadas en el diseño, así que no podía ver claramente a Taylor, pero sí lo bastante bien como para saber si se desplomaba al suelo. Oí un pequeño gemido, pero supe que el sonido no era una señal de peligro. Era un canturreo de placer.

—Esta ducha es increíble —dijo Taylor, alzando la voz lo suficiente como para que se la oyera por encima del agua—. Estoy impaciente por poder levantarme y encender todos los chorros. Espero que esté bien que use la esponja que hay aquí.

—Está bien. Es nueva —le dije.

—¿Y el champú y el gel? —preguntó en tono dubitativo—. No te he preguntado si tienes novia o pareja seria. Todo esto es de Chanel. Ni siquiera sabía que hacían productos de baño y corporales.

—No hay nadie —dije despreocupadamente—. Lo que haya ahí dentro es todo tuyo. Mi empleada del hogar deja todas las habitaciones de invitados preparadas.

—Ay, Dios. Huele fenomenal, a naranjo y lirio. No tienes ni idea de lo bien que sienta lavarme con algo que huele tan bien. —Sonaba tan increíblemente feliz que me alegré de haber cedido con la ducha y tomé nota mental para darle a la asistenta una cuantiosa paga extra por abastecer las habitaciones de invitados con algo que, al parecer, le encantaría a una invitada. De acuerdo, puede que hubiera quienes no se sintieran tan entusiasmadas por el champú y el gel, pero era evidente que Taylor disfrutaba enormemente todo lo que le gustaba. Dejó escapar otro gemido cuando vi su figura inclinarse hacia adelante, probablemente para lavarse el cabello.

—Ay, Dios —canturreó.

«*¡Santo Dios!*». *Si se pone tan orgásmica por un gel y champú de aroma dulce y un poco de agua caliente, imagina… ¡No!*». No pensaba dejar que mi mente fuera por ahí. Vale, es posible que hubiera ido por ahí brevemente. Había visto una foto de una Taylor completamente sana y no había sido difícil imaginarla… «¡Mierda! En serio, tengo que poner fin a todo este hilo de pensamiento», me increpé mentalmente.

—¿Estás bien? —pregunté en voz alta.

—Fantástica —respondió ligeramente sofocada—. Casi he terminado. ¿Puedo tomarme otro minuto o dos?

—Todo el tiempo que quieras —dije afablemente.

Si se encontraba mejor, pasaría toda la noche sentado en el maldito taburete. Pasaron unos pocos minutos. Después cinco minutos. Para cuando prácticamente pasaron diez minutos sin una palabra y sin apenas movimiento en la ducha, finalmente pregunté:

—Taylor, ¿todo bien ahí dentro?

Al no recibir respuesta, me puse en pie, me acerqué a la ducha de una zancada y abrí la puerta de vidrio. Tenía los ojos cerrados, pero una débil sonrisa en los labios. Sonreí mientras entraba en la cabina, cerraba el grifo, tomaba su cuerpo desnudo en brazos y la llevaba hasta el banco donde podría secarla. Estaba profundamente dormida, probablemente tan cansada por el esfuerzo que fue incapaz de mantener los ojos abiertos ni un minuto más. Taylor dejó escapar una protesta apenas audible cuando le puse la ropa interior y el pijama nuevos, pero volvió a calmarse mientras la llevaba a la cama. Olía el aroma a naranjo y flores adherido a su piel y cabello, que acababa de cepillarle y desenredarle. Metí su cuerpo entre las sábanas.

—Por favor, no te vayas —sollozó de pronto en cuanto empecé a enderezarme.

Yo fruncí el ceño. Sus ojos seguían cerrados, pero ella daba vueltas intranquila. *«¿Qué demonios se supone que tengo que hacer ahora?».* Obviamente, Taylor estaba soñando y yo dudaba que estuviera hablándome a mí, pero me sentiría como un imbécil si la dejara. *«Vete ya. Está perfectamente a salvo aquí», me dije.* Al caminar hacia la puerta del dormitorio, oí otro grito lastimero. *«¡Mierda!». Golpeé el interruptor de la luz para apagarla y luego volví caminando hasta la cama.* Había dejado la luz del baño encendida para que ella no se despertase asustada porque la habitación estuviera completamente a oscuras. *«No puedo hacer esto. Jax tenía razón. No debería unirme tanto a una rescatada*, aunque sea mi empleada», me dije. Veía su rostro debido a la luz proveniente del cuarto de baño y, cuando hizo una mueca como si estuviera aterrada de la persona con la que estuviera soñando, renuncié a mi batalla interior. Nadie tenía que saberlo nunca, ni siquiera ella. Me marcharía antes de que se despertase. Me metí en la cama desde el lado opuesto y acerqué mi cuerpo al suyo. Rodeándole la cintura con los brazos, la abracé desde atrás y dije en voz baja:

—Estás bien, Taylor. Estoy aquí. Duerme. No más pesadillas.

—Hudson —susurró. Sonaba aliviada cuando se derritió sobre mi cuerpo con un enorme suspiro.

Esa única palabra, mi nombre en sus labios, y su instinto de confiar en mí fue como una puñalada en el corazón. Estreché su cuerpo indefenso con los brazos. Taylor había pasado tanto a manos de los rebeldes que era un milagro que la mujer pudiera confiar en nadie ahora mismo. Parte de mí decía que era una insensata por confiar en un tipo como yo, aunque tal vez no lo fuera. Sí, yo podía ser un imbécil a veces, pero sabía que haría todo lo que estuviera en mi mano para asegurarme de que nadie volviera a hacerle daño nunca. La mera idea de que alguien le pusiera la mano encima me ponía furioso. Así que, tal vez yo fuera la persona más indicada para el trabajo de ser su protector temporal en aquel momento. Me quedé con Taylor un par de horas, mucho más de lo necesario, hasta que finalmente la dejé durmiendo tranquila y me fui a mi cama, donde estaba mi sitio.

Capítulo 11

Taylor

—La cena ha sido fantástica, Hudson. Gracias —dije llevándome una mano a la tripa hinchada. Había comido mucho más de una porción del delicioso gratinado de pasta con pollo que había preparado para cenar.

Suspiré satisfecha desde mi asiento en una de las tumbonas exteriores, sintiéndome increíblemente holgazana y totalmente mimada. Al día siguiente, haría dos semanas que Hudson me había traído a su casa desde el hospital. Me daba de comer casi constantemente desde que llegamos a su inmensa y lujosa casa en la playa, en Del Mar. Habíamos llegado allí un domingo y, el lunes por la mañana, la procesión de profesionales empezó a entrar y salir de casa de Hudson. Siguieron viniendo todos los días de la semana después de aquel. Fisioterapeutas, médicos, psicólogos, asistentes personales que me habían traído mi ropa y mi auto del apartamento de Harlow a casa de Hudson.

Para ser sincera, habían sido unas semanas agotadoras, pero al menos estaba en pie con ayuda de mi fisioterapeuta y aclarándome las ideas con una psicóloga muy buena especializada en traumas.

Sí, todavía tenía algunas pesadillas sobre mi experiencia en Lania, pero los constantes *flashbacks* cada vez que veía u oía algo que los desencadenaba empezaban a ralentizarse.

No tenía ni idea de cómo agradecérselo al hombre sentado a mi lado y, si intentaba darle las gracias a Hudson, él se limitaba a restarle importancia. Lo había intentado muchas veces con muy poco éxito. Tampoco se trataba únicamente del personal de asistencia que había contratado. Mi gratitud se debía más a él por ser un compañero y confidente constante. Si tenía un mal día, estaba ahí. Si tenía un buen día, estaba ahí. Si solo quería hablar, también estaba ahí. Sinceramente, había sido el mayor sistema de apoyo que podría haber deseado después de lo sucedido y, como había sido tan comprensivo, no había mucho que no pudiera contarle. De acuerdo, quizás no había mencionado mucho las agresiones sexuales nocturnas y él no conocía mucho mi pasado, pero habíamos hablado a menudo de qué se sentía al ser rehén en general.

Hudson se encogió de hombros en la tumbona contigua.

—La cena no fue nada lujosa, pero tengo varios botes de helado para más tarde. Mencionaste que te gustaba mucho el helado de masa de galletas.

Yo gemí.

—Tienes que dejar de cebarme.

—¿Por qué? —preguntó, sonando confundido—. Tienes que recuperar algo de peso.

Yo me eché a reír.

—Pero no tengo que recuperarlo todo en menos de dos semanas.

Había perdido mucho peso, más del que creía. Recuperé algunos de esos kilos una vez que estuve bien hidratada y nutrida. También había engordado bastante desde entonces, porque había estado comiendo como una cerda. Me vendrían bien dos o tres kilos más para volver a mi peso normal, pero lo recuperaría naturalmente, con el tiempo. Lo que realmente necesitaba era desarrollar más músculo volviendo a mi rutina diaria, pero mi fisioterapeuta había querido que esperase para volver a hacer taichí. Yo sonreí. Cuando recuperé el apetito esa primera semana, me golpeó de lleno. Me comía todo lo que me daba

Hudson y agradecía cada bocado. Bajé el ritmo después de la primera semana, cuando finalmente me di cuenta de que no tenía que comer como si cada bocado que tomara fuera el último.

—Sinceramente, nunca he visto a una mujer pequeña como tú comer tanto como comiste la semana pasada —dijo en tono ligeramente divertido y extrañamente maravillado—. Fue increíble.

—Horrible, ¿quieres decir? —lo corregí, sin querer pensar en la mirada constante y voraz que probablemente había tenido en la cara todo aquel tiempo.

—Es bueno para ti. Te perdiste muchas comidas —respondió.

Mi cuerpo se relajó con el sonido de las olas golpeando la costa. Por alguna extraña razón, Hudson y yo habíamos convertido en costumbre salir al patio cada noche después de cenar y generalmente nos quedábamos allí hasta después de la puesta de sol. Hudson tenía unas vistas increíbles y suficiente privacidad para que fuera una forma ideal de pasar la tarde. A veces hablamos mucho; otras veces, no. Pero, si había silencios, nunca eran incómodos.

Por supuesto, él había tenido que acarrearme hasta allí los primeros días, pero ahora podía salir por mis propio pie. No iba a ganar ninguna carrera, al menos no hasta que recuperase la fuerza en las piernas, pero al menos podía caminar razonablemente bien. «¡Gracias a Dios! ¡Ya no tengo que apoyarme en el pobre Hudson para que me lleve!», reflexioné aliviada. Seguía sin estar segura de qué había motivado a Hudson a llevarme allí el primer día. Fue casi como si supiera cuánto necesitaba respirar aire fresco para creerme que de verdad era libre… Sentarme fuera seguía siendo como una terapia para mí, y siempre estaba ansiosa por salir al aire libre, así que los instintos de Hudson habían acertado. Necesitaba el aire fresco para ahuyentar algunas de las sombras persistentes. Harlow y yo hablábamos todas las mañanas. Ella estaba lidiando con mucha pena, remordimiento y rabia. En realidad, lo único que podía hacer como amiga era escucharla, pero tal vez eso fuera lo único que necesitaba de mí ahora mismo.

—No estoy muy segura de qué pasó —intenté explicarle a Hudson—. No me malinterpretes, me encanta la comida y como mucho. Pero estaba hambrienta a cada momento del día durante la primera semana.

—Estás sanando —dijo él con voz grave—. Tu cuerpo necesita los nutrientes. Tienes que seguir comiendo bien, Taylor.

Yo solté un bufido.

—No es eso. Ya no estoy desesperada por comer, así que solo escucho lo que me dice mi cuerpo.

—Pues espero que esté diciendo que podemos engullir un poco de helado más tarde. —Su tono de voz era esperanzado. Como si no pudiera hacerlo sin mí. Hudson no necesitaba mi permiso ni mi participación para hacer nada que quisiera, pero por alguna razón, parecía gustarle tener compañía cuando se rendía a su amor por los postres.

—Puede que me entre un cuenquito cuando digiera un poco la cena —bromeé, consciente de que Hudson era tan goloso como yo.

Por lo que había visto hasta entonces, comía bastante sano la mayor parte del tiempo y tenía una rutina de ejercicios en su gimnasio de casa que probablemente dejaría a la mayoría de los hombres llorando de dolor en medio de la sesión. Pero a la hora del postre, rara vez pasaba de comer algo dulce.

—Más te vale comer un poco —dijo en tono feroz.

Yo sonreí ante su actitud autoritaria. Me había acostumbrado a ella y la mayor parte del tiempo me limitaba a la ignoraba. Bajo aquel exterior intenso y feroz, el chico tenía un gran corazón. Sí, tal vez prefiriera no revelarlo la mayor parte del tiempo, pero yo sabía que estaba ahí. ¿Qué otro hombre llevaría a una mujer a quien apenas conocía de vuelta a su mansión en Del Mar a recuperarse de sus heridas simplemente porque sabía que esta detestaba los hospitales? ¿O atendería a todas y cada una de sus necesidades a medida que ella se curaba?

Yo sospechaba que sus actos estaban motivados en cierto modo por una especie de culpa mal interpretada. Hudson estaba dispuesto a asumir mucha más responsabilidad de la necesaria, así que yo me había esforzado mucho en ser una buena invitada. No era fácil ser discreta cuando había una bandada de profesionales médicos visitándome todos los días, pero intentaba no molestarlo mientras él trabajaba en su despacho de casa.

Por supuesto y para empezar, habíamos discutido acerca de que yo fuera allí. Tenía la llave de casa de Harlow y habría estado bien allí, pero me vi obligada a reconocer que tenía razón acerca de mi capacidad de moverme por mí misma entonces. Y, en algún lugar en lo más profundo de mi ser, en realidad no quería estar sola. Como eso no solía ser un problema para mí, la necesidad desconocida de tener a alguien conmigo me sorprendió lo suficiente como para hacer un trato con Hudson.

Simplemente no había planeado que él dispusiera todo lo que necesitaba mientras era su invitada ni que fuera tan servicial conmigo. Hasta el momento, él no me había tomado la palabra de dejarme hacer algunas cosas por él a cambio, pero pensaba asegurarme de que lo hiciera. Probablemente, nunca podría estar tan en sintonía con lo que él necesitaba como él parecía estarlo conmigo, pero no era un hombre fácil de conocer. A pesar de que me había dejado ver más de él, seguía siendo básicamente un enigma.

Era increíble, pero Hudson Montgomery sabía cocinar y no parecía importarle hacerlo. Sin duda, yo no me había esperado aquello. ¿No tenían chef la mayoría de los multimillonarios? No me importaba, ya que había algo increíblemente *sexy* en un hombre que se manejaba en la cocina y se las arreglaba para hacer que la preparación de la comida pareciera fácil.

Sin embargo, ahora que podía levantarme, empezaba a sentirme culpable, especialmente porque verlo se había convertido en una de mis actividades favoritas. Estaba empezando a sentirme como una voyerista hambrienta de sexo con un fetiche por los hombres que cocinaban, pero no podía dejar de mirarlo. Incluso después de pasar algún tiempo con él, Hudson todavía me fascinaba.

En realidad, probablemente ya era hora de que empezara a pensar en qué iba a hacer ahora que me encontraba mejor físicamente. Los moratones se habían desvanecido y probablemente tendría pequeñas cicatrices en la cara, pero cuando me miraba al espejo, empezaba a verme a mí misma de nuevo.

—Tengo que empezar a buscar trabajo y creo que estoy bastante bien como para volver a casa de Harlow. Ella se quedará con su madre por ahora, pero me dijo que podía usar su apartamento con total libertad —le conté a Hudson—. No puedo aprovecharme eternamente.

—No estás aprovechándote, joder —dijo bruscamente—. Eres mi invitada y estarás aquí hasta que estés completamente curada. Nada de discusiones. Ese era el acuerdo.

De hecho, yo había dicho que me quedaría hasta que me recuperase por completo.

—Voy a necesitar un trabajo, para saber dónde terminaré viviendo. Una vez que tenga un puesto, puedo encontrar piso —argumenté—. Tengo que empezar a enviar más currículos.

Ciertamente, no podría continuar con lo que quedaba de mis prácticas. Harlow se había ido y, para cuando pudiera volver al trabajo, el verano casi habría terminado de todos modos.

—No, no tienes que hacerlo —farfulló él—. Ya tienes trabajo. Aquí. En San Diego. Montgomery Mining necesita geólogos brillantes como tú.

Yo puse los ojos en blanco. Ya habíamos tenido esa conversación y yo sabía perfectamente que no tenía la experiencia necesaria para trabajar en su laboratorio. Ese era el tipo de trabajo con el que podría soñar una vez que tuviera más experiencia, pero no era lugar para que lo considerase un recién graduado. Con el tiempo, me encantaría volver a la universidad para hacer el doctorado, pero mis recursos se habían agotado por completo y yo podía encontrar un empleo bien remunerado con mis maestros y trabajar para lograrlo en el futuro. Ahora mismo, necesitaba unos ingresos importantes en mi cuenta bancaria, razón por la cual Harlow se había ofrecido a dejarme quedarme en su casa durante mis prácticas de verano. Como ya tenía la oferta de prácticas y un lugar donde quedarme, decidí que podría sobrevivir unos meses con el salario que recibía como becaria para adquirir experiencia en Montgomery. De todos modos, había aprendido que discutir con Hudson sobre mi trayectoria profesional era inútil. Simplemente enviaría más currículos y vería qué pasaba, pero los enviaría a puestos que fueran realistas.

—Dios, a veces te pones cascarrabias cuando no te sales con la tuya —le regañé, haciendo todo lo posible por no reírme.

—Es raro que no me salga con la mía, excepto cuando se trata de ti —dijo descontento. Permaneció un minuto en silencio antes de preguntar—: Estás volviendo a tomarme el pelo, ¿verdad? Me cuesta creer que en realidad me tengas miedo.

—No lo tengo —le aseguré—. Ladra todo lo que quieras. Estoy acostumbrada.

—¿Sigues tomándome el pelo? —preguntó.

Se me encogió el corazón porque sabía que era una pregunta seria. ¿Bromeaba tan poco el pobre? ¿Eran tantas las veces que conseguía exactamente lo que quería sin ser cuestionado que no distinguía cuando alguien lo vacilaba?

—Sí —dije en tono de broma.

—Eso creía —dijo mientras dejaba escapar un largo suspiro—. No siempre soy idiota.

—Nunca eres idiota —dije sintiendo la necesidad de tranquilizarlo, a pesar de que era un poderoso multimillonario al que no tenía que importarle una mierda lo que decía—. Creo que en realidad eres bastante dulce. Nadie ha hecho algo tan bueno por mí en mucho tiempo, Hudson.

—¿Por qué? —preguntó con curiosidad—. No lo entiendo. ¿Por qué no hay alguien especial en tu vida, Taylor? Debes de haber tenido a muchos loquitos por ti en Stanford. Eres guapa y muy inteligente. Sin embargo, no hay ningún hombre ferviente a tus pies.

El corazón empezó a darme volteretas de emoción en el pecho, aunque sabía que distaba de ser guapa. Era una niña salvaje pelirroja, con pecas que nunca se habían desvanecido por completo cuando me hice adulta.

—No soy guapa, Hudson. ¿De verdad me has mirado a la cara? Soy un desastre. Tuve algunas citas mientras estaba en Stanford, pero supongo que nunca saltó esa… chispa. No había conexión. Y estaba muy ocupada. No tenía tiempo para mucho más. Tenía un trabajo a media jornada y mis clases de taichí para ayudarme a pagar las facturas, pero la mayor parte de mi energía estaba centrada en terminar el máster. Stanford no es barata.

Yo era realista, y mi reacción inicial a sus comentarios se calmó rápidamente. Mi cabello color fuego tenía ideas propias la mayor parte del tiempo, así que normalmente lo recogía en una coleta, como en ese momento. Había aceptado que algunas de mis pecas nunca desaparecerían y que el tamaño de mis pechos, poco impresionante, nunca iba a cambiar. Incluso aceptaba que la mayoría de los maquillajes me provocaban urticaria, así que tenía que evitar la mayoría. Desde luego, no iba a dar un estirón a la edad de veintiocho años, así que nunca tendría piernas largas y atractivas que me hicieran parecer elegante y grácil, pero también podía vivir con eso. Afortunadamente, nunca había sido una chica femenina y tampoco lo era de adulta.

Su comentario de que los hombres debían de perseguirme por todo Stanford era ridículo. Sí, había salido con un par de chicos, pero la mayor parte del tiempo era esa mujer que muchos hombres querían como amiga, aunque no me miraban exactamente con intenciones apasionadas.

Suspiré cuando se me pasó por la cabeza una de las muchas afirmaciones de Mac. Algo que me había dicho poco antes de cerrar los ojos por última vez. «Algún día, conocerás a un hombre digno de ti, Tay. Sabrás que es el adecuado porque lo reconocerás con toda tu alma y verás el mismo anhelo cuando lo mires a los ojos. Espéralo y no te conformes con menos». Hasta ahora, ese chico no había sido más que una fantasía. Por otro lado, tampoco había estado muy ansiosa por empezar nada. Tal vez porque seguía esperando…

—Te he mirado a la cara —dijo Hudson finalmente con voz profunda y gutural—. Me pareciste preciosa incluso antes de conocerte en persona. Tal vez sigas un poco magullada, pero ahora no te ves tan diferente de tu foto. —Se detuvo un segundo antes de proseguir, como si temiera lo que necesitaba decir a continuación—. Marshall elabora un expediente sobre cada víctima para que sepamos qué aspecto tiene y también incluye toda la historia que consigue encontrar para que sepamos con qué tipo de persona estamos tratando antes de embarcarnos en una misión. Creo que la foto que vi era del día en que te graduaste de Stanford.

Mi cuerpo se tensó y giré la cabeza para mirarlo. Su mirada seguía dirigida al agua, pero tenía la mandíbula rígida. «Ay, Dios, lo sabe», pensé.

En ese momento, Hudson volvió la cabeza y nos sostuvimos la mirada. La ferocidad de su expresión hizo que me diera un vuelco el corazón mientras decía con voz ronca:

—Solo eran hechos, Taylor. Palabras en un papel y una imagen para que pudiéramos reconocerte. La única conclusión que saqué de leer todo ese expediente es que eres una superviviente. Me dio cierta esperanza de que serías lo suficientemente obstinada como para seguir respirando una vez que te encontrásemos. Principalmente, es solo una historia para que podamos anticiparnos a cualquier problema que podamos tener.

Me relajé un poco, pero no pude apartar los ojos de Hudson. El hombre era intenso, pero la aprensión en su mirada era muy, muy real. Obviamente, estaba preocupado por cómo me tomaría yo el hecho de que me hubiera estudiado antes de conocerme.

—Lo entiendo —dije en voz baja. De verdad comprendía por qué necesitaban información sobre las personas a quienes intentarían rescatar poniendo en peligro su vida—. Entiendo que probablemente era necesario.

Vi a Hudson relajarse visiblemente mientras decía:

—Nadie lo vio excepto yo, Taylor. Marshall recopiló la información, pero no estoy seguro de cuánto leyó en realidad. Como he dicho, solo eran palabras en un papel. Si alguna vez quieres contarme cómo fue realmente tu infancia, será tu elección.

Aparté la mirada de él para ver los últimos instantes de una espléndida puesta de sol y porque necesitaba tiempo para recomponerme. Si hubiera pasado un minuto más mirando sus ojos atractivos y empáticos, quizás habría empezado a creer que lo entendería. Yo no me avergonzaba de mi pasado. Había tenido a Mac para ayudarme a superar mi confusión. No es que no quisiera compartir esa información con Hudson, simplemente no estaba segura de cómo hacerlo ni de si él podría llegar a comprenderme. Sí, su infancia había sido disfuncional, pero nos habían criado en dos mundos diferentes. Como el mío probablemente le parecería totalmente extraño, no estaba segura de que él pudiera sentirse identificado.

Cuando oscureció, Hudson se levantó de su tumbona.

—Es hora de ese helado —dijo en un tono mucho más ligero.

Le lancé una mirada ambigua, pero tomé la mano que me ofrecía, dejando que me ayudara a levantarme suavemente. Tropecé un poco hacia adelante después de levantarme y choqué con su enorme torso.

—Lo siento —dije sin aliento mientras alzaba la mirada para encontrarlo mirándome.

Cada vez que estaba tan cerca de Hudson, mi cuerpo reaccionaba instantáneamente. Mi corazón empezaba a acelerarse, mi cerebro se apagaba y lo único que podía hacer era rendirme a lo que me hacía sentir. Comencé a sumergirme en su aroma masculino y en la sensación de su cuerpo cálido y duro. Quería acercarme más, abrazarme a su cuello y atraer su cabeza hacia abajo para poder saborear sus sensuales labios. En cambio, retrocedí un poco antes de quedar en el ridículo más absoluto.

—¿Taylor? —preguntó con voz grave.

—¿Sí?

Tomó mi mano y empezó a guiarme lentamente hacia las puertas francesas, como si todavía temiera que me cayera y me rompiera el cuello.

—Si hubiera sido tu compañero de clase en Stanford, habría estado loco por ti. No tengo ni idea de qué les pasa a los idiotas con los que fuiste a la universidad, pero quizás les intimidara que probablemente pudieras patearles el culo.

Si había hecho esa afirmación para divertirme, funcionó. Me reí como no lo había hecho en mucho tiempo. Los multimillonarios jóvenes y atractivos como Hudson Montgomery nunca tendrían que buscar una mujer para una cita. Las mujeres los encontraban a ellos, y no me cabía duda de que él tenía a muchas impacientes jadeando por recibir su atención. Para ser sincera, probablemente yo sería una de ellas si existiera la posibilidad de que él estuviera realmente interesado. No porque fuera rico y guapísimo, sino porque era un chico absolutamente increíble.

Le sonreí mientras abría la puerta para dejarme entrar delante de él y mantuve la boca firmemente cerrada. Sabía que un tipo como Hudson Montgomery nunca podría estar sinceramente interesado en una mujer corriente como yo.

Capítulo 12

Hudson

«Jax no tiene ni la menor de idea de que va a recibir una paliza», pensé.

Tres semanas después de haber traído a Taylor a casa desde el hospital, estaba en el patio observando atentamente cómo mi hermano y Taylor jugaban lo que este llamó «una partida amistosa de ajedrez». Estaban sentados el uno frente al otro en la pequeña mesa del patio y yo los observaba desde una tumbona. Por supuesto, él había dicho eso hacía horas, cuando Taylor mencionó que jugaba y Jax sugirió que jugaran una partida amistosa. Ahora mismo, o al menos en los próximos diez minutos, tenía la sensación de que Jax no sentiría lo mismo que después de cenar.

«Le está bien empleado al cabrón por presentarse a cenar sin avisar», me dije satisfecho. No es que no supiera exactamente por qué se había dejado caer Jax justo a tiempo para la cena. Primero, era un cocinero terrible. Y, segundo, estaba impaciente por saber cómo estaba yo.

Había sido bastante esquivo cuando hablábamos por teléfono todos los días sobre el trabajo. Tal vez porque no tenía ni idea de qué decirle,

Aprendía algo nuevo sobre Taylor todos los días y cada revelación era más sorprendente que la anterior, pero no quería hablar de eso con Jax. Nunca me dejaría en paz y empezaría otra vez con esa locura de que me gustaba Taylor. En realidad, no quería que supiera que no había absolutamente nada en ella que no me pareciera atractivo. Y, no, mi instinto de protegerla no mejoraba. De hecho, empezaba a volverse insoportable. Y ahora que ella ya no estaba tan indefensa y vulnerable como al salir del hospital, mi condenado pene también quería participar en la obsesión.

Sabía que si se lo contaba, Jax empezaría a pavonearse de que tenía razón, y yo no estaba de humor para sus tonterías. Empezaban a dolerme las pelotas de deseo y, si Jax se enterase de ello, lo aprovecharía al máximo. Pero tenía razón cuando dijo que quería apoyarla contra la superficie más cercana y hacérselo hasta que ambos estuviéramos sudorosos y completamente satisfechos.

«¡Dios! Taylor sigue convaleciente y lo único en lo que he podido pensar durante los últimos días es en meterle el pene duro como una piedra. Tal vez, si solo fuera un caso grave de deseo, podría sobrellevarlo mejor, pero no lo es. Me niego a autoengañarme en cuanto a eso», me dije. Me sentía atraído por Taylor de maneras que no comprendía, pero había dejado de intentar averiguar por qué ella era el dolor punzante que me corroía las entrañas y no desaparecía. Simplemente, ya no me importaban los porqués. Lo único que quería era satisfacer aquella maldita obsesión sexual. Sinceramente, ¿qué chico no estaría cautivado por Taylor Delaney? Era toda viva con una calidez y energía que parecían emanar de cada poro de su piel y yo era un tipo frío que quería regodearse en esa intensidad y hacerla mía. Quería hacer mía a Taylor. La quería desnuda, retorciéndose en la agonía de un poderoso orgasmo, gritando mi nombre mientras se venía tan fuerte que su placer fuera casi insoportable.

«No va a pasar. Su cuerpo aún tiene que curarse y estoy seguro de que su mente también lo necesita. No. No voy a ir por ahí». Intenté sacarme mis espeluznantes pensamientos de la mente, sacudiendo un poco la cabeza para controlarme. Ya llevaba un par de días luchando esa batalla e incluso cuando tenía el control, se me escapaba bastante rápido. Lo único que me mantenía a raya ahora era mi preocupación por su estado físico y emocional.

Taylor no necesitaba un hombre que quisiera acostarse con ella. Había sido agredida sexualmente una y otra vez, así que probablemente eso era lo último que tenía en mente. Si alguna vez pensaba en el sexo, probablemente sería con repulsión y, desde luego, yo no podría culparla por eso. Afortunadamente, todas las pruebas médicas que el príncipe Niklaos había pedido hacer al líder rebelde habían sido negativas, y Taylor tenía la carpeta con los resultados que lo demostraban. Cada día estaba más sana, pero yo sabía que todavía le quedaba mucho camino por recorrer antes de estar físicamente donde estaba antes del secuestro.

Intenté concentrarme en lo que estaba haciendo Taylor y en la partida que estaba jugándose. Jax y yo éramos ambos muy buenos jugadores, pero yo era mejor, así que él casi nunca sugería que jugáramos el uno contra el otro. Solo le preguntó a Taylor porque era engreído y creía poder ganar fácilmente. Tampoco le pedía una partida a Cooper, porque ninguno de los dos podíamos vencer a mi hermano menor. Jax no era buen perdedor. Nunca lo había sido, razón por la cual trataba de sobresalir en todo.

En ese momento, yo estaba absorto por lo que estaba haciendo Taylor. Sinceramente, me había tomado un tiempo darme cuenta, pero, por lo visto, Jax no tenía ni idea aún. ¿Dónde había aprendido a jugar al ajedrez así? Observé su rostro, sus preciosos ojos verdes resueltos, pero sin revelar absolutamente nada. Se veía perfectamente serena, como antes, cuando la encontré en mi gimnasio haciendo su rutina de taichí con unos pantalones de yoga y una camiseta de tirantes que no hacía nada para ocultar un par de pechos perfectos. Taylor se movía como poesía en movimiento, cada movimiento preciso, pero tan fluido que quise perderme en la misma paz con ella.

El fisioterapeuta estuvo de acuerdo en que Taylor podría volver a sus prácticas de taichí, siempre y cuando no hiciera nada combativo que pudiera causarle un tirón en los músculos antes de que estuvieran lo bastante fuertes para manejarlo. ¡Joder! Podría haberla observado durante días, apoyado contra la puerta de mi gimnasio como un idiota, maravillado por la fuerza delicada que residía en su cuerpo menudo. Al final, mis pensamientos se volvieron sexuales, por supuesto, así que tuve que alejarme.

Sus pechos eran lo bastante pequeños como para no necesitar estar confinados, pero redondos y respingones, con el perfil de los pezones tan bien definido a través de la tela de la camiseta que estuve a punto de perder el control. Añadámosle a eso un trasero torneado digno de verse. Estuve tan cerca del precipicio que deseé tumbarla en el tatami donde mis hermanos y yo practicábamos *kickboxing*, para hacérselo hasta que gritara mi nombre. Muy alto.

Apreté los puños, obligándome a mantener la mirada centrada en la partida de ajedrez. Principalmente, me limité a observar el rostro de Taylor porque era tan increíblemente adorable que yo no lograba apartar la mirada. Empecé a sonreír de oreja a oreja al percatarme de que Taylor iba por la victoria. «De acuerdo, está a punto de pasar. Ahora mismo. Ya».

—Jaque mate —dijo Taylor en tono sombrío mientras hacía su jugada final.

No estaba radiante. Ni se mostró arrogante. Taylor no se mostró triunfante al ganar. Simplemente afirmó un hecho. Efectivamente, le había hecho un jaque mate a Jax y yo sabía que se daría cuenta por sí mismo enseguida.

—No puede ser —farfulló Jax mientras su mirada examinaba el tablero con frenesí en busca de una manera de liberar a su rey. Lo supe en el segundo en que se dio cuenta de que no había escapatoria. Una breve mirada de disgusto le atravesó el rostro. Siendo Jax, superó la derrota rápidamente, ya que no era la clase de chico que empezaría a molestar a una mujer, especialmente una que acababa de pasar por un calvario recientemente. Le gustara o no, tenía que ser buen perdedor esta vez.

—¿Cómo demonios has hecho eso? —preguntó Jax mientras estudiaba el tablero con atención.

—Un ataque sorpresa —le informé yo—. Uno de los mejores que he visto en mi vida y algo que nunca he aprendido.

Taylor se encogió de hombros, con aspecto prácticamente avergonzado.

—Solo es algo que aprendí. Eres un jugador realmente bueno, Jax.

«Dios, qué mujer tan intuitiva. Sabe exactamente cómo acariciar el ego de Jax después de darle una paliza». Taylor era tan… buena por naturaleza que sería increíblemente difícil que ella no agradara a todo el mundo. Mi hermano le devolvió una sonrisa burlona.

—Gracias —dijo y se reclinó en el sofá después de descifrar exactamente cómo había ganado Taylor. ¿Dónde aprendiste a jugar? No hay mucha gente que pueda vencerme así como así.

Ella sonrió amablemente a Jax mientras estiraba la espalda

—Mi primer instructor de taichí también era un ajedrecista increíble. Empezó a enseñarme a jugar cuando tenía doce años. No gané ni un solo juego controla él incluso después de años jugando con él, pero aprendí mucho.

—¿Cómo se llamaba? —pregunté con curiosidad.

—Mac Tanaka —respondió ella en tono amable—. Era un hombre realmente increíble.

—¡Mierda! —maldijo Jax—. No solo era un excelente jugador; era un gran maestro. El hombre era una leyenda. Si él fue tu profesor, probablemente yo no tenía ninguna posibilidad —terminó diciendo de buen humor.

Como Jax, yo estaba totalmente familiarizado con el nombre de Mac Tanaka, aunque nunca había tenido el placer de conocerlo en persona. Cualquiera que supiera algo del ajedrez lo reconocería. Observé a Jax mientras se cruzaba a de brazos, con una sonrisa burlona en la cara mientras preguntaba:

—Dime, Obi-Wan de los ajedrecistas, ¿dónde me equivoqué?

Cuando Taylor le lanzó a Jax una sonrisa provocadora, de repente me percaté de que no me gustaba que le dedicase esa sonrisa traviesa y descarada a nadie… excepto a mí. «Por Dios bendito, Jax es mi hermano. No es como si estuviera coqueteando con ella», me dije.

—¿De veras quieres saberlo? —preguntó Taylor.

—Dímelo —la alentó Jax.

Taylor soltó un suspiro.

—Una de las cosas más importantes que Mac me enseñó en la vida es nunca subestimar a tu oponente. Creo que te permitiste pensar que yo no era una jugadora especialmente buena y, con esa suposición, te abriste a un ataque poco corriente. No estabas buscando algo que no me creías capaz de hacer. Siempre empieza una partida con la creencia de que tu oponente es mejor que tú, independientemente de lo improbable que creas que puede ser eso, ni de lo modesta que pueda parecer esa persona, y siempre te mantendrás alerta.

Sonreí de oreja a oreja mientras veía a Jax darle vueltas a su consejo mentalmente durante un momento. Taylor fue certera en su análisis, pero me pregunté si Jax estaría dispuesto a reconocerlo. Me resultaba evidente que a Jax le agradaba Taylor. No recordaba la última vez que le había pedido consejo a nadie, ni siquiera a mí, y yo era su hermano mayor. Rara vez bajaba la guardia.

—Creo… —dijo Jax lentamente—. No, sé que tienes razón, ¡maldita sea! Ha sido un error de novato.

—No lo es —lo tranquilizó Taylor—. Hay algunas personas que juegan durante toda su vida y nunca entienden que no pueden empezar una partida sin ideas preconcebidas. Especialmente cuando se vuelven lo bastante buenas para vencer a todos sus contrincantes.

La sonrisa de mi hermano se ensanchó.

—Lección aprendida, Obi-Wan —dijo—. ¿Eres tan buena en el taichí como en el ajedrez?

—No —respondió inexpresiva—. Soy mejor. Pero lo practico todos los días.

—Me gustaría ver cómo te mueves —le dijo con un guiño juguetón.

Entonces… perdí el control. Me levanté del sillón.

—Hablando de moverse, se está haciendo tarde. Ya es hora de que te vayas, Jax —dije con voz áspera de advertencia.

Mi hermano frunció el ceño cuando echó una ojeada a su caro reloj Patek Phillipe, pero se puso en pie.

—Acaban de pasar las doce. No es tan tarde.

—Es hora de que te vayas —insistí.

Lógicamente, sabía que mi hermano no se refería a nada lascivo con Taylor, pero yo ya había soportado todo lo que podía en una tarde. Jax era encantador por fuera, y le gustaban las mujeres, pero eso no significaba que quisiera acostarse con todas. Joder, le había visto guiñarles el ojo a mujeres de todas las edades y a algunas que él no quería desnudar, como yo bien sabía.

Pero, por el motivo que fuera, su creciente simpatía hacia Taylor estaba tocando una fibra sensible. Yo solo necesitaba… un descanso. Jax me observó, estudiándome durante un minuto con expresión desconcertada mientras yo caminaba hacia la puerta del patio y se la abría.

Él me siguió y se detuvo cuando Taylor no podía oírlo antes de preguntar:

—No creerás que estaba intentando ligarme a Taylor, ¿verdad? —Jax sonaba ligeramente dolido.

—No lo creo —respondí sinceramente en voz baja—. ¡Dios! Supongo que solo estoy un poco… tenso.

Él sonrió con ironía mientras respondía:

—Es linda y me gustan las mujeres inteligentes, pero está vetada para mí desde el segundo en que supe lo que tú sentías por ella, Hudson.

Oí el chirriar del sillón cuando Taylor se levantó de la mesa.

—Lo sé —le dije apresuradamente antes de que Taylor se uniera a nosotros.

—He disfrutado realmente de la partida, Jax —dijo Taylor con ingenuidad cuando nos dio alcance.

—Yo también —respondió Jax sinceramente mientras nos abríamos paso hasta la puerta delantera—. ¿Os veré a los dos el viernes?

—¿El viernes? —pregunté yo—. ¿Qué pasa el viernes?

—La barbacoa anual de tu hermana pequeña —me recordó Jax.

«¡Santo Dios! He estado tan distraído que se me había olvidado por completo la fiesta de Riley».

Volví la mirada hacia Taylor.

—¿Te apetece?

—Estaré bien. Ve tú. Puedo cuidar de mí misma —me alentó.

Me resistía a la idea de dejarla allí mientras yo me largaba toda la tarde y parte de la noche a Citrus Beach.

—Deberías venir, Taylor. Siempre lo pasamos bien y creo que te gustarían Riley y Seth —dijo Jax en tono alentador.

—Quiero que vengas conmigo —añadí yo.

Taylor se ruborizó.

—Entonces, supongo que iré… Estará bien salir por primera vez.

Sonaba perfectamente contenta, pero su tono era demasiado alegre. «Algo le pasa», pensé.

Jax se despidió y se marchó. Me percaté de que había puesto a Taylor en un apuro mientras veía marcharse a Jax y lamenté haberlo hecho. Hice que sintiera incómoda y, al cerrar la puerta, resolví averiguar por qué exactamente para que no volviera a suceder.

Capítulo 13

Taylor

—¿**H**elado? —preguntó Hudson en tono amable dirigiéndose hacia la cocina.

—Yo lo llevo —respondí apresurándome a la nevera antes de que lo hiciera él.

Si dejaba que lo sirviera él, terminaría con una torre de helado. Si seguía comiendo tal y como él quería atiborrarme, terminaría tan grande como su monstruosa casa. Saqué el bote del congelador y estiré el brazo para tomar unos cuencos del armario mientras Hudson apoyaba su delicioso trasero contra la encimera de la cocina a uno o dos metros.

—Te he incomodado. Lo siento —dijo malhumorado.

Era extraño en Hudson sonar tan contrito.

—No ha sido culpa tuya —le aseguré.

—Entonces, ¿qué pasa exactamente?

—No soy la clase de chica que se viste elegante —le expliqué. En realidad quería decir que no tenía dinero para comprarme ropa. No la cantidad de dinero que haría falta para ir de marca a un evento de multimillonarios. Había sido una estudiante ahorradora durante mucho tiempo. Lo vi analizándome por el rabillo del ojos, mirándome de arriba abajo, desde mi barata blusa campesina de verano a los pantalones cortados.

—Estás guapa —concluyó.

Yo sonreí mientras empezaba a servir el helado.

—Me veo bien para una mujer que anda por casa. No voy vestida para una fiesta elegante. Llamaría mucho la atención. Simplemente… no es lo mío.

—Sigues incómoda —comentó él—. Taylor, ¿qué demonios pasa?

—No puedo permitirme comprar ropa cara ahora mismo —dije apresuradamente, incapaz de dar rodeos o mentir a Hudson. Tal vez no le hubiera contado algunas cosas de mi pasado, pero él me importaba demasiado como para no decirle la verdad cuando preguntaba.

«¡Maldita sea!», pensé. Era terrible ocultándole mis sentimientos. Tal vez, porque lo conocía lo bastante bien como para saber que nunca me haría daño intencionadamente.

—¿Tienes la impresión de que es una especie de reunión de élite? —preguntó.

—Eres multimillonario. ¿Qué otra cosa iba a pensar? Incluso una fiesta informal para ti está muy por encima de mis posibilidades —dije exasperada.

Él se acercó más, tanto que sentí el calor de su cuerpo y olí su delicioso aroma almizclado. Hudson siempre olía tan increíblemente bien que me volvía loca. Estar tan cerca de él era un placer torturador, pero esta vez no logré apartarme. Me quedé atónita cuando apoyó las manos sobre mis hombros y me volvió de frente a él. Incliné la cabeza hasta que nuestros ojos se encontraron y entonces me derretí. Por un momento, me perdí en sus bonitos ojos grises.

—Solo son familiares y amigos, Taylor —dijo toscamente—. No te sentirás fuera de lugar. Lo más probable es que mi hermana se ponga a correr por la playa en bañador dando grititos mientras su marido, que la adora, la persigue por la arena hasta que ella le deje atraparla. Casi da vergüenza ajena cómo juegan los dos, igual que adolescentes que no se hartan el uno del otro. Cualquiera que esté allí será exactamente igual. Ninguno de nosotros somos pretenciosos. Para nada. Cierto, a Riley le gusta la ropa y salir de compras, pero creo que lo hace principalmente porque quiere volver loco de deseo a su marido. También es abogada, así que tiene que verse profesional en ocasiones. Pero no verás un vestido de gala ni un esmoquin en esta fiesta. Habrá hamburguesas a la parrilla, ensalada de patata y voleibol en la playa.

Yo levanté una ceja con escepticismo.

—¿En serio?

Él asintió.

—Si quieres ir a ver a un puñado de gente haciendo el tonto, lo disfrutarás. El marido de mi hermana no nació rico, ni ninguno de sus hermanos. De hecho, fue más pobre que las ratas durante la mayor parte de su infancia y vida adulta. Su nueva riqueza fue un acontecimiento relativamente reciente. Se ha convertido en un hombre de negocios muy exitoso, pero es obrero de corazón y probablemente siempre lo será.

—¿Y te gusta el marido de tu hermana? —inquirí, preguntándome qué sentiría realmente acerca de que su hermana pequeña se hubiera casado con un tipo que no había nacido en el mismo círculo social.

Él asintió marcadamente.

—Sí. Me gustaría cualquier chico que hiciera tan feliz a mi hermana como Seth a Riley. ¿Eso es lo que crees realmente? ¿Es ese quien crees que soy? ¿Un tipo que va a fiestas inútiles en su tiempo libre?

Tragué saliva al ver un destello de dolor en sus bonitos ojos. Me sentí fatal al darme cuenta de que había juzgado a Hudson y a su familia sin realmente conocer a ninguno de ellos. Como eran escandalosamente ricos y habían nacido siéndolo, había dado por hecho que sus fiestas serían de lujo.

—Lo siento. No debería haber supuesto…

Él apoyó un dedo en mis labios.

—No lo sientas —dijo con aspereza—. No estoy diciendo que no nos gusten todas las ventajas de ser ricos. Nuestros aviones privados, la capacidad de comprar lo que queramos sin pensar en el precio, los coches buenos y nuestras casas caras. Solo estoy diciendo que todos trabajamos mucho como la gente normal y que cada uno de nosotros ha tenido sus propias dificultades que el dinero no puede solucionar. Simplemente quiero que nos des una oportunidad. Dame una oportunidad.

El corazón me dio saltitos de alegría al ver un destello de vulnerabilidad en la expresión de Hudson. Estaba pidiéndome que lo aceptara tal como era, igual que él siempre había estado dispuesto a aguantarme con mis rarezas. Hudson sabía que yo no había crecido siendo rica y él nunca me había juzgado. ¿En qué demonios estaba pensando? Él no había hecho un solo juicio de valor sobre mí, independientemente de lo que dijera. Yo había permitido que me controlaran mis propias inseguridades y herido a alguien que no había hecho nada más que ayudarme durante un periodo muy difícil. Hudson Montgomery estaba pidiéndome que lo viera a él, y no todas las cosas superficiales que lo rodeaban. Alguien tenía que ver a aquel hombre, porque estaba segura de que muy pocas personas lo hacían. No realmente.

—Creo que me gustaría —dije en un susurro, sintiéndome abrumada por su humildad, porque sabía que ser remotamente vulnerable no le resultaba fácil a Hudson Montgomery.

«Dios, ¿no fui yo la que le dijo que solo era un hombre?», pensé. Se me cortó la respiración cuando bajó la cabeza, su ojos clavados en mis ojos, su mirada… hambrienta. En un instante, Hudson había pasado de mostrarse ligeramente suplicante a depredador y el corazón empezó a latirme desbocado. Nunca me había mirado como lo hacía ahora mismo, pero yo había fantaseado con ver a un Hudson Montgomery que lo hiciera. Todas las puñeteras noches. Simplemente, nunca creí que lo experimentaría con los ojos abiertos. Había intentado con todas mis fuerzas no permitir que Hudson viera exactamente cuánto lo deseaba porque estaba segura de que el deseo no era mutuo.

«De acuerdo, entonces, ¿puede que me equivocara?», me pregunté.

Empecé a sumergirme en su aroma masculino y después en su calor ardiente cuando cambió de postura y se acercó aún más. Iba a besarme y mi cuerpo estaba completamente tenso a la expectativa. Necesitada de acercarme más a Hudson, levanté los brazos para rodearle el cuello, pero antes de poder completar el movimiento, sentí una sensación muy fría en la parte desnuda de mi brazo.

—¡Mierda! —siseé al darme cuenta de que aún sostenía la cuchara en la mano y que el resto de helado había empezado a derretirse hasta que un gran goterón cayó sobre mi piel.

De pronto, el destello de deseo que creí haber visto en la mirada de Hudson desapareció, si es que había estado allí realmente. Hudson me dio un largo beso en la frente mientras yo ponía la estúpida cuchara en uno de los cuencos. Estaba tan embelesada que había olvidado por completo lo que hacía unos instantes antes y me sentí como una perfecta imbécil al volverme hacia la encimera para buscar algo con lo que limpiarme del brazo la golosina helada culpable.

¿No había sido ya bastante ridícula pensando que Hudson Montgomery había estado a punto de darme un beso arrebatador y apasionado? No iba a hacerlo. ¿No había pensado que lo que vi en esos cautivadores ojos suyos eran realidad una especie de hambre descontrolada de… mí? No lo era. Lo único que había pretendido hacer era agradecerme dulcemente el ofrecerme a ser su amiga no crítica.

Avancé hasta la pila, mojé un trapo y me froté el helado del brazo mucho más fuerte de lo necesario para quitármelo. Sinceramente, debería sentirme agradecida de que se hubiera producido ese incidente. De no ser así, me habría sentido como una idiota unos instantes después por arrojarme en brazos de Hudson, literalmente.

—Eh —dijo en tono ronco—, solo es helado.

Yo inspiré hondo, coloqué el trapo con cuidado en su sitio y me volví hacia Hudson.

—Lo sé. Solo ha sido… una tontería.

Por lo visto, una supuesta mirada de pasión de Hudson me hacía perder por completo el intelecto. Él giró la cabeza un segundo y me lanzó una sonrisa traviesa que yo sabía pretendía animarme.

—No ha sido una tontería —discutió—. Me cuesta mucho creer que hayas hecho ninguna tontería en toda tu vida, Taylor Delaney. Solo ha sido un helado accidentado.

Yo levanté una ceja.

—¿Un helado accidentado?

Él asintió mientras me daba un cuenco.

—Exactamente. Ahora, deja de fustigarte y cómete eso antes de que se derrita del todo.

La incomodidad entre nosotros no estaba ahí como creí que ocurriría. Probablemente porque él seguía sin tener ni idea de cuánto deseaba desnudarlo. «¡Gracias a Dios!», pensé aliviada. Miré el cuenco y, como de costumbre, Hudson lo había llenado hasta arriba. Me abrí camino hasta el bote de helado, obligándome a ignorar la reacción de mi cuerpo cuando estábamos codo con codo y volví a meter la mitad de la pila de helado en el contenedor.

Él me agarró de la muñeca.

—¡Oye! ¿Qué estás haciendo?

—Ya no tienes que atiborrarme como si estuviera muriéndome de hambre, Hudson —dije con voz divertida, zafándome de su agarre fácilmente y retrocediendo en cuanto tuve una cantidad razonable de helado en el bol.

—Quiero asegurarme de que comes bien —refunfuñó—. Quiero que te pongas tan sana como estabas antes del secuestro.

Yo tomé una cucharadita mientras lo observaba guardando el bote. Hudson era grande y sólido, pero sus movimientos eran eficaces, resueltos, como si no tuviera un segundo que perder. Bien sabía Dios que nada me gustaba más que ver moverse ese cuerpo ardiente suyo. Vale, tal vez fuera patética, pero si no podía tocarlo, no era como si fuera a dejar de mirar. Nunca me había sentido tan atraída por un hombre como por Hudson, así que no iba por ahí babeando por los cuerpos de los hombres; pero, por algún extraño motivo, no podía evitarlo cuando se trataba de Hudson.

—Me sostengo por mi propio pie y estoy comiendo bien —le recordé—. Estoy mucho mejor que al principio. Me siento bastante normal.

—Eso no basta —dijo él en tono gutural mientras tomaba su cuenco y se volvía hacia mí.

Ambos comimos en silencio durante unos minutos hasta que él volvió a hablar.

—Cuando hablemos de la indemnización y te la ingresemos, no tendrás ninguna preocupación económica. No es que el dinero vaya a compensar lo ocurrido, pero al menos no tendrás que obsesionarte tanto por volver a trabajar antes de recobrar la salud.

Tragué un enorme bocado de helado antes de preguntar:

—¿Qué indemnización?

Hudson dejó de comer un momento al responder:

—La compensación por todo este incidente. Tú y Harlow estabais trabajando, así que evidentemente vamos a indemnizaros por lo ocurrido.

Lo que decía no tenía ningún sentido.

—Ya lo habéis hecho. Sé que tú pagaste mis facturas del hospital; sigo recibiendo la paga de mis prácticas y has cubierto todos los gastos que he tenido desde que estoy aquí.

—El seguro de los trabajadores se encargó de eso —se burló—. Me refiero a una indemnización personal.

Yo lo miré, confusa.

—¿Por qué iba a necesitar eso?

—Porque te la mereces después de lo sucedido —respondió en tono práctico—. Ya le dimos su paga a la familia de Mark y nuestra aseguradora también les pagó. Sé que el dinero no se lo devolverá a su familia, pero debería ayudarles económicamente durante el resto de su vida.

—Mark está muerto —dije llanamente—. Por si no te has dado cuenta, yo sigo viva y no tengo ninguna intención de demandaros. Nunca. Así que esta conversación es irrelevante.

Tomé el último bocado de mi helado, aclaré el cuenco y lo metí en el lavavajillas. Finalmente, Hudson habló cuando colocaba su cuenco en el lavavajillas.

—No es por miedo a una demanda. Piensa en esto como una disculpa de nuestra parte por lo sucedido.

—No —dije firmemente—. Ni hablar. Ya te he dicho que esto no fue culpa tuya, y rechazo la oferta.

—No puedes rechazarla —dijo con voz ronca—. Ya hemos pagado a la familia de Mark.

Vi la mirada obstinada en su rostro y supe que no se echaría atrás. Por desgracia, esta vez no pude ignorarlo. No en esto.

—¡No! —dije con vehemencia—. No quiero tu dinero. No como una especie de soborno ni como un pago por el sentimiento de culpabilidad, ni por miedo a una demanda ni nada. Ya has hecho más que suficiente, Hudson. Tendrás que confiar en mí cuando digo que nunca voy a ponerle una demanda a la persona que terminó salvándome la vida. Si quieres que firme algo diciendo que nunca te demandaré, lo haré, pero primero tendrás que prometer no pagarme ni un centavo por esa firma. Me voy a la cama, visto que te niegas a ser razonable. Buenas noches, Hudson. Fin de la discusión.

—Me prometiste que harías tres cosas por mí sin cuestionarme —me recordó con tono frustrado y grave.

Me detuve justo antes de salir de la cocina, pero no miré atrás al decir:

—No lo hagas. Ni se te ocurra usar eso contra mí. Haría cualquier cosa por ti, Hudson, pero por favor no me obligues a hacer algo que me parecería mal moral y éticamente.

Salí de la cocina y empecé a subir las escaleras, sintiéndome muy decepcionada de que Hudson pudiera suponer que yo aceptaría semejante paga después de haberme salvado la vida. No solo era el acto en sí mismo, el rescate, lo que me había salvado la vida. Había sido él. Y también todo lo que había hecho por mí después de sacarme de aquella situación infernal. Su preocupación por mi bienestar, su paciencia, su consideración e incluso su necesidad constante de atiborrarme a comida me conmovían. Su capacidad de ponerse en mi lugar y entender instintivamente lo que necesitaba eran de un valor incalculable para mí, así como su habilidad de empatizar conmigo.

«¿Y todavía piensa que necesita pagarme por lo sucedido? ¿De verdad es eso lo que la gente espera de él? ¿De verdad lo aceptan cuando se lo ofrece? ¿Cuándo va a comprender ese cabezota que hay cosas que el dinero no puede comprar? Estar a mi lado, apoyarme emocionalmente, escucharme cuando he tenido un día duro, lo es todo para mí», me dije.

Hudson era un adicto al trabajo y Montgomery Mining era su vida. ¿Creía que no sabía cuánto le había costado trabajar desde casa con un horario limitado? ¿Cuánto le había costado renunciar al poco tiempo libre que tenía para pasarlo atendiéndome? Bueno, pues yo sabía que no pensaba aceptar su maldito dinero. No tenía ni idea de si alguien había abordado aquel tema con Harlow, pero ella no lo había mencionado durante ninguna de nuestras llamadas diarias. No podía suponer qué haría ella, pero tenía la sensación de que tampoco lo aceptaría.

Yo estaba capacitada, formada y estaba viva. No iba a decir que estaba completamente recuperada aún. Todo lo que había ocurrido había sido traumático y doloroso, pero eso era la vida básicamente. Hudson Montgomery no me debía nada. En todo caso, yo le debía algo a él.

—¡Tienes razón! —bramó desde abajo—. Ese comentario estaba fuera de tono, pero la discusión no ha terminado, Taylor.

Yo me volví para mirar a mis espaldas cerca del último escalón. No veía la mirada en su rostro porque la escalera era larga.

—Se ha terminado —dije con firmeza—. Para ser sincera, me has hecho daño. No tengo ni idea de por qué se te ocurriría pensar ni por un momento que yo querría algo así. Pero creíste que lo aceptaría, así que eso no dice mucho de qué tipo de persona crees que soy, ¿verdad? Y, ahora, buenas noches.

Había muchas cosas que anhelaba de Hudson Montgomery, pero una riada de efectivo ni siquiera estaba en la lista. No miré atrás cuando subí los últimos escalones y fui a mi dormitorio.

Hudson

—No quiso aceptar ni un penique de la indemnización —le gruñí a Jax por teléfono—. Hablé anoche con ella y se negó rotundamente. Dijo que ya he hecho bastante por ella. ¿Qué demonios he hecho?

Jax y yo solo llevábamos unos minutos hablando de negocios, pero yo necesitaba desahogarme de lo ocurrido con Taylor. Tuve que obligarme a no perseguir su precioso trasero cuando huyó escaleras arriba y no había pegado ojo aquella noche. A la hora del desayuno, ella entró en la cocina, tomó un café y se dirigió al gimnasio. No la había visto desde entonces y casi era mediodía. No solíamos pasar mucho tiempo juntos durante el día. Ella tenía citas. Yo tenía el negocio. Pero al menos podría haber asomado la cabeza al despacho, puesto que las cosas no terminaron muy bien la noche anterior.

—¿Fue su última palabra? —preguntó Jax—. ¿O crees que se dejará convencer?

—No, no creo que se deje convencer en absoluto. Se ofreció a firmar algo que diga que no nos demandará, por Dios. Pero no aceptará dinero a cambio. Menos mal que es geóloga, porque sería una negociadora terrible —me quejé.

—Probablemente ahora no sea un buen momento para decirte eso —me informó Jax con voz cautelosa—, pero he hablado con alguien de Legal y parece ser que recibieron la misma respuesta de Harlow. Uno de nuestros abogados la llamó esta mañana. No me contó lo que contestó palabra por palabra, pero le dijo que no volviera a llamarla y que no quería dinero. Básicamente, sonaba como si le hubiera mandado a la mierda y hubiera colgado, pero es un tipo demasiado bueno como para decirlo así. Parece que necesita más tiempo del que creía antes de abordarla.

Yo me mesé el pelo mientras me reclinaba en el sillón de mi despacho.

—No lo entiendo. Lo único que quiero es hacerle la vida más fácil a Taylor. No tendría que estresarse por volver a trabajar si no quisiera o si no se sintiera preparada. Sus preocupaciones económicas se acabarían, básicamente.

—Puede que no quiera convertirse en una millonaria instantánea —musitó Jax.

—No creo que su negativa tenga nada que ver con su cuenta bancaria —le dije.

Aún podía oírla diciéndome que le había hecho daño y, maldita sea, estaba matándome. No la vería como una avara si aceptase la indemnización. Quería que la aceptara porque se la merecía, no porque lo viera como una especie de soborno. Quería que su vida fuera más fácil y no quería que volviera a sufrir nunca más.

Cierto, si pagábamos una suma elevada, solíamos querer firmar un acuerdo legal para no encontrarnos con una demanda en el instante en que el cuantioso cheque entrase en su cuenta. Pero ni siquiera había pensado en eso con Taylor. No me importaba una mierda que firmara nada. Solo quería que estuviera… segura.

—Creo que deberías intentar volver a abordarla sobre esto. Hazme saber si cambia de opinión y enviaré los papeles a Legal —dijo Jax.

—Si acepta el dinero, será un regalo de mi parte, no hacen falta papeles —respondí en tono cortante—. Pero dudo que vaya a suceder. Es demasiado testaruda.

Sí, tal vez hubiera dicho que no iba a cuestionar su obstinación porque le había salvado la vida, pero ahora que estaba discutiendo conmigo, ya no estaba tan seguro de aquella afirmación.

—También es increíblemente inteligente. No sé si esas dos cualidades son una buena combinación —mencionó Jax con indiferencia.

Yo hice una mueca.

—No suele ser así. Normalmente, está más que dispuesta a llegar a un acuerdo, pero no en esto. Vi un destello en sus ojos anoche que me decía que es impensable. Se sintió realmente ofendida.

Jax se aclaró la garganta.

—¿Se te ha ocurrido que quizás deberías decirle lo que sientes? Doy por hecho que no tiene ni idea de que quieres ser más que un amigo que le echa una mano.

—Claro que no, no le he dicho que quiero llevármela a la cama. Taylor ya ha sufrido demasiado, Jax. Es muy pronto —dije con remordimiento.

—Parecía bastante cabal cuando la vi anoche —comentó—. Puede que no esté exactamente como antes del secuestro, pero probablemente estaba en excelente forma física al ser profesora de artes marciales. Le llevará tiempo recuperar esa clase de fuerza, pero no está mal, Hudson. Puede lidiar con saber que te sientes atraído por ella, y lo que esperas ocurrirá.

—Puede que no tenga ni puta idea de lo que quiero —respondí frustrado.

—Por favor, no intentes decirme que te parece bien ser solo un amigo informal cuando se haya recuperado completamente.

Lo pensé durante un minuto. ¿Podría soportar ser solo un chico al que consideraba un amigo? ¿Verla salir con otros hombres? ¿Oír hablar de esas relaciones? Saber que otro tipo la tocaba… pero no yo.

—No puedo —respondí con voz ronca—. Me mataría.

En conclusión: deseaba demasiado a Taylor como para ver producirse cualquiera de esas cosas y quedar relegado a la categoría de amigo informal.

—Entonces creo que ya es hora de que los dos tengáis esa conversación —dijo Jax racionalmente—. ¿Has hecho algún gesto para hacerle saber lo que estás pensando?

—Casi —confesé—. Ayer, antes de la discusión, pero me salvó un accidente con un helado. Me aclaré las ideas antes de tener oportunidad de tocarla. Estuve a punto de perder el control. No creo que tuviera la menor idea de lo que se me pasaba por la cabeza, gracias a Dios.

—Puede que eso no sea tan bueno, Hudson. Quizás sea mejor que averigües si hay chispa… o no.

—Ya lo sé —respondí malhumorado—. Y, para mí, hay mucho más que una chispa. Es un fuego forestal que consume más hectáreas cada día.

Jax soltó una risita entre dientes.

—¿No quieres saber si ella siente lo mismo?

—No —dije con vehemencia.

—¿Por qué?

—¿Y si no lo siente? ¿Qué demonios se supone que tengo que hacer? ¿Ser una figura fraternal? ¿Su amigo? Ni siquiera quiero pensar en esa mierda.

—Dudo mucho que ese sea el caso —dijo Jax arrastrando las palabras—. Es muy difícil hacer daño a alguien si no hay un poco de ternura. No es como si os conocierais desde hace suficiente tiempo como para haber entablado una amistad que peligre. Ella está susceptible porque los dos estáis dando rodeos a lo que sentís realmente. Supongo que no veo el problema en que le hagas saber que te gustaría que todo esto termine en el dormitorio.

«*¿En el dormitorio?* Ni que fuera tan quisquilloso. En mi cama, en la cocina, en el patio, en el salón, en el gimnasio». En realidad no me importaba un carajo el lugar. Estuviéramos donde estuviéramos, siempre me sentía igual: patéticamente desesperado por hacer mía a Taylor.

—Lo cierto es que dudo poder aguantar mucho más sin que lo sepa —dije con voz desgarrada—. Y no estoy seguro de cómo manejar eso.

—Porque no estás acostumbrado a no tener control total —dijo mi hermano con delicadeza—. Estás acostumbrado a ser un adicto al trabajo que siempre tiene el control. Antes de eso, eras un oficial de las fuerzas especiales muy reglamentado. Ninguno de nosotros hemos tenido una verdadera infancia, y desde luego no se nos animó a expresar abiertamente ningún tipo de emoción. Nunca. Éramos robots en miniatura, Hudson. Se suponía que no teníamos que sentir nada. Solo se esperaba de nosotros que sobresaliéramos. ¿Recuerdas llorar alguna vez siendo niño? Yo, no, desde luego. Y dudo mucho que Riley y Cooper lo recuerden. Joder, nuestra propia hermana ocultó los abusos de nuestro padre durante años. Ni siquiera pudo contarnos a nosotros que había ocurrido, mucho menos a nadie en quien no confiara plenamente —terminó Jax en tono disgustado.

Yo solté una bocanada de frustración.

—Tienes razón —admití en tono sombrío—. Taylor y yo somos prácticamente polos opuestos. Ella vive cada día como viene y lo hace plenamente, mientras que yo intento convertir ese día en lo que quiero que sea. Tal vez el hecho de que seamos tan diferentes es lo que me atrae de ella para empezar; no le cambiaría ni un pelo de la cabeza para que se pareciera más a mí.

—Creo que os parecéis mucho más de lo que crees —dijo él en tono contemplativo—. Simplemente mostráis distintas caras al mundo.

—No te sigo del todo —musité.

Él soltó un suspiro de exasperación.

—Quiero decir que tal vez mostréis las cosas de manera distinta, pero en el fondo queréis lo mismo. Joder, probablemente yo estaría dispuesto a castrarme para que una mujer me confrontara como Taylor hizo contigo. Que dijera que le hice daño, en lugar de simplemente arruinar sus probabilidades de estar con un Montgomery multimillonario. Porque eso significaría que le importo yo, Hudson. Si tienes la capacidad de hacer daño a Taylor, lo que está diciendo en realidad es que le importa lo que pienses de su carácter, tanto si se da cuenta como si no. Dios sabe que no soy ningún experto en relaciones. Quizás sea porque nunca he tenido nada de verdad. Pero, en última instancia, creo que tú y Taylor queréis lo mismo: ella quiere importarle a alguien y tú también.

—Me importa —dije con voz áspera—. Probablemente demasiado.

—Pues, mira, hay un problema con esa situación —comentó Jax—. Ella no lo sabe. Te conozco, Hudson. Eres un maestro del juego y en no dejar que nadie sepa lo que ocurre en tu cabeza. Aunque eso te convierte en un empresario excelente y, antes de eso, en miembro de las fuerzas especiales, no está funcionando muy bien en tu vida privada.

—No tengo vida privada —le informé.

—Ahora la tienes —espetó él en respuesta—. Tienes a Taylor y creo que ella quiere quererte, así que empieza a comunicar y hazle saber qué piensas exactamente. Esto no son negocios, Hudson. Ya, no. Creo que se sintió decepcionada porque creía que tenías más fe en su capacidad de cuidar de sí misma. Sí, quizás necesitara que alguien cuidara de ella durante un tiempo cuando no podía hacerlo ella misma, pero es muy inteligente, tiene formación y es perfectamente capaz de dirigir su propia vida.

—Lo sé —gruñí—. Veo todos los días lo lista y cabal que es. Nunca he visto a nadie que hubiera sido secuestrado recuperarse tan rápido como ella y, para serte sincero, me asusta muchísimo.

No pensaba compartir el hecho de que Taylor se había visto obligada a permitir al líder rebelde usar su cuerpo cada maldita noche. Estaba casi seguro de que Jax lo sabía de todas maneras, porque Harlow lo había mencionado, pero no necesitaba conocer todos los detalles. Yo tampoco podía decir que los conociera para compartirlos en cualquier caso. Esa era la única cosa de la que Taylor no había hablado mucho conmigo.

—Fue un periodo breve, Hudson. Su cuerpo ya casi está recuperado y, si tenía la cabeza en su sitio para empezar, puede que esté bien. No estoy diciendo que pasar por algo así no vaya a dejar secuelas, pero joder, ¿no tenemos todos algunas?

—Es posible —dije sin comprometerme; no estaba preparado para reconocer mis defectos. Al menos, no a Jax. Nos parecíamos demasiado al venir del mismo entorno, así que eso sería como decirle que él también era un desastre.

—Voy a decirte una cosa —me ofrecí.

—¿Qué?

—No tengo elección en esta situación —reconocí, refiriéndome a la conversación que mantuvimos camino de Lania—. Si pudiera haberme convencido de no desear a Taylor, ya lo habría hecho a estas alturas.

Jax dio un bufido.

—Creo que me había dado cuenta de eso.

Cambié adrede el tema de conversación, alejándolo de mí hacia el resto de nuestros negocios. Pasados unos treinta minutos, habíamos terminado de ponernos al día cuando Jax preguntó:

—¿Qué quieres que haga con Harlow?

—Nada —dije llanamente—. Necesita tiempo para llorar y aclararse las ideas. Como sus empleadores, le debemos todo el tiempo y apoyo que necesite. Yo no acepto su renuncia, aunque lo hiciera algún supervisor o jefe de departamento. Por lo que a mí respecta, tiene un permiso prolongado, un permiso con sueldo. ¿Estás de acuerdo con eso?

—Desde luego —dijo Jax con énfasis—. Yo me encargo de Nóminas y del jefe del laboratorio. ¿Qué hay de Taylor?

—También se queda como empleada con sueldo. La mujer ya recibe un sueldo ínfimo para su formación, sea becaria o no. Creo que eso es algo que tenemos que estudiar en el futuro. Sus prácticas no terminan hasta principios de septiembre. Para entonces, será mejor que acepte mi oferta de empleo y vaya a su puesto fijo con nosotros —dije descontento.

—¿No quiere? —preguntó Jax perplejo.

—No cree tener la experiencia necesaria para trabajar con nosotros —contesté yo.

—Con una persona promedio, probablemente sea verdad —sopesó Jax—. Pero no es nada inaudito que un becario empiece en un puesto fijo con nosotros si es realmente excepcional. Ya ha pasado antes. Simplemente no ocurre con frecuencia, pero estoy totalmente de acuerdo en que Taylor es una de esas excepciones. Es una de esas becarias poco comunes que preferiría no perder frente a otra empresa. Cualquiera que tenga cerebro para darme una paliza al ajedrez es peligroso fuera —dijo Jax; sonaba como si solo bromeara en parte—. Hablaré con ella en la barbacoa, le haré saber lo que pienso. Tal vez ella dé por hecho que le estás haciendo un favor o algo así. Tú intenta no darme un puñetazo por hablar con ella en casa de Riley —pidió.

—Ya he te dicho que siento la forma en que actué —respondí. Lo había mencionado al principio de nuestra conversación—. Nada de guiñar el ojo, flirtear, engatusar, y estaré tranquilo.

—Ya veremos —dijo Jax, alargando las palabras más de lo necesario. Para irritación mía, habría jurado que oí al cabrón reírse antes de terminar la conversación.

Capítulo 15

Taylor

—Creo que es hora de que aclaremos algunas cosas —dijo Hudson en tono ominoso desde su tumbona.

Yo me estremecí. Normalmente, ese tono gutural no me molestaba en absoluto, pero las cosas habían estado increíblemente tensas desde nuestra desavenencia la noche anterior. Di un trago más grande de lo habitual del vino blanco que estaba bebiendo y lo tragué a toda prisa. Cansada de sentirme inútil, había hecho la cena e informé a Hudson de que estaba preparada. Básicamente habíamos comido en silencio, que fue bastante incómodo.

Se me había pasado el enfado por completo mucho antes de llamarlo para cenar. Había hecho un juicio rápido sobre él, así que no podía sentirme devastada porque él hubiera hecho lo mismo conmigo. Hudson y yo teníamos un vínculo extraño, pero en realidad no nos conocíamos muy bien. Estábamos juzgándonos el uno al otro basándonos en nuestras experiencias vitales previas y, por mi parte, eso iba a acabarse.

Aprendería más acerca de él y de su familia, en lugar de intentar medirlo por el mismo rasero que a cualquier otro chico rico que había conocido en mi vida. Sí, había muchos herederos idiotas en Los Ángeles que miraban por encima del hombro a los niños más pobres cuando yo estaba creciendo, y más que suficientes asistían a Stanford también. Tal vez Hudson tuviera más dinero del que podría soñar con tener cualquiera de ellos, pero eso no significaba que el nivel de esnobismo aumentase exponencialmente simplemente porque él fuera multimillonario. No podía meter a todas las personas asquerosamente ricas en el mismo saco.

—Siento haberte juzgado mal —solté de repente—. Has hecho demasiado por mí para merecer cómo actué. Supongo que me sentía dolida, así que… me retiré.

—Entonces, ¿significa eso que aceptarás el dinero? —preguntó esperanzado.

—En absoluto —repliqué yo.

—Temía que dijeras eso —respondió él; sonaba decepcionado—. No era una especie de soborno, Taylor. Quiero que entiendas eso. No esperaba ni quiero que firmes una renuncia, y tampoco pretendía satisfacer mi sentimiento de culpa. Lo único que quería en realidad era hacerte la vida más fácil. En mi opinión, ya has tenido bastante con lo que lidiar y no necesitas preocupaciones económicas. Si pudiera quitarte esa carga sin más que una maldita firma para transferir los fondos, ¿por qué no hacerlo? Al margen de todo lo demás, estabas trabajando para Montgomery cuando sucedió, así que si podemos aliviarte de alguna manera, te lo debemos.

Yo suspiré.

—Mira esto desde mi perspectiva, Hudson. Estaría muerta ahora mismo si tú y Jax no hubierais aparecido exactamente cuando lo hicisteis. Fuiste mucho más allá de lo que cualquier empresa haría por un empleado y sigues haciéndolo. Sé que tenías buena intención, pero yo no puedo ver esto como trabajo únicamente. Es personal para mí. No puedo seguir tomando lo que me ofreces. Y, en serio, he tenido que ahorrar durante toda mi vida. Es la manera en que siempre he vivido y por lo que me esforcé en la universidad. Estoy atada temporalmente porque tomé la decisión de hacer unas prácticas que sabía que me darían una experiencia de valor incalculable antes de aceptar un puesto fijo, pero estoy en una situación mucho más ventajosa que en toda mi vida. Puedo conseguir un buen trabajo que tarde o temprano me conduzca a los extras que nunca he tenido, y lo he hecho por mí misma. Probablemente, lo más importante para mí es que todo esto ocurrirá mientras sigo siendo capaz de trabajar en un sector que significa algo para mí. No soy diferente a ti. Yo también quiero cambiar el mundo. Si viertes una cantidad de cinco o seis cifras en mi cuenta bancaria, eso básicamente ignora todo aquello por lo que he trabajado durante todos estos años.

—Siete cifras —dijo malhumorado.

Yo puse los ojos en blanco. ¿Es que Hudson siempre tenía que hacerlo todo a lo grande?

—No voy a aceptarlo —le advertí.

—Quiero asegurarme de que estés a salvo, Taylor —dijo con voz tensa—. Eso es lo único que he pretendido siempre.

El corazón se me derritió un poco.

—Y agradezco el hecho de que te importe como amigo. Solo saberlo es más valioso que cualquier cantidad de dinero. Pero como tu amiga que no quiere que nunca te sientas menospreciado, me da náuseas pensar siquiera en aceptar semejante pago viniendo de ti. Dame la oportunidad de devolverte algo, por Dios. Esta amistad ha sido desigual hasta ahora.

—No soy tu amigo, Taylor —respondió él bruscamente—. Creo que esa es una de las cosas más importantes que tenemos que aclarar ahora mismo.

Se me pusieron los ojos como platos mientras giraba la cabeza para mirarlo. El sol empezaba a ponerse y Hudson tenía la mirada fija en el horizonte, pero la tensión en su rostro era demasiado evidente. «*¡Mierda!*», pensé. ¿Había sido demasiado presuntuosa al considerar a Hudson Montgomery como un amigo?

—Lo siento, supongo que creía…

—No —me interrumpió Hudson—. Esto es problema mío, no tuyo, y no has hecho nada para alentarme, pero entiende que nunca voy a verte como una especie de amiga.

Los ojos se me llenaron de lágrimas de inmediato. No es que ignorase que ambos éramos muy, muy diferentes, pero Hudson me importaba tanto que el dolor de escuchar que él no sentía lo mismo resultaba atroz. Quizás la mayoría de los hombres no se morían por salir conmigo, pero era la primera vez que me habían echado a la cara por completo mi amistad con uno de ellos. Por desgracia, también era la primera vez que deseaba tanto estar unida a alguien.

—Entendido —farfullé, incapaz de sacar de mi boca otra respuesta.

—No, creo que no lo entiendes —carraspeó Hudson—. Si pudiera tratarte como a una amiga, lo haría, pero no puedo. Nunca en toda mi vida he querido acostarme con ninguna de mis amigas o colegas. El pene no se me pone duro como una roca desde el segundo en que una de ellas entra en la habitación. Y, desde luego, no pienso en ponerlas contra la encimera de la cocina mientras sirven un poco de helado. Sé que no me obsesiono por su seguridad, por si están bien o son felices a cada puñetero minuto del día hasta acabar medio loco. Nunca me he masturbado pensando en cómo sería escucharlas gritar mi nombre mientras se vienen tan intensamente que el placer parece eterno. —Se detuvo de pronto y bebió su copa de *whisky* de un largo trago.

«*¡Santo Dios!*». Lo observé con todo el cuerpo tenso de la sorpresa, mientras él intentaba visiblemente poner sus emociones bajo control. Apretó los puños y los abrió; lo hizo una y otra vez hasta que parte de la tensión de su hermoso rostro empezó a aliviarse. Yo no sabía qué decir, así que mantuve la boca cerrada hasta que pude comprender lo que acababa de decir.

Él dejó el vaso en la mesilla que había junto a él y añadió:

—Nunca me he sentido así por nadie. Solo me pasa contigo. Así que no me pidas que intente actuar como si fueras una amiga cuando lo único que quiero en realidad es intimar tanto contigo como pueden hacerlo dos personas.

Esta vez me temblaba la mano cuando tomé un sorbo de vino. Probablemente, mis emociones eran aún más caóticas que las suyas en ese momento. El corazón me latía desbocado y apenas podía respirar. Yo deseaba a Hudson Montgomery casi del mismo modo desde el comienzo. Al principio, fue mi rescatador. Luego, la persona que estuvo a mi lado en una de las peores épocas de mi vida. El chico al que no parecía importarle llevarme en volandas de una habitación a otra y que ni siquiera se avergonzaba cuando yo necesitaba ayuda para ir al baño. Después de eso, Hudson se convirtió en el colchón sobre el que caer cuando estaba aclarándome las ideas. Pero, a decir verdad, siempre lo había deseado. Deseaba lamer cada centímetro de su poderoso cuerpo desde la primera vez que lo vi.

En verdad, la intimidad no era algo con lo que me sintiera completamente cómoda, pero Dios, vaya si la deseaba. La ansiaba con aquel hombre. Al igual que él, había tenido orgasmos con fantasías sexuales sobre él. Pero nunca creí que él sintiera lo mismo, ni en sueños. Es posible que hubiera deseado haber visto el deseo en su rostro la noche anterior, pero no fue difícil desechar la idea de que alguien como Hudson me deseara a mí. No era sofisticada; no era hermosa; no sabía realmente cómo ser coqueta. No sabía cómo ser una mujer por la que Hudson pudiera sentirse atraído, pero él lo sentía. Esta noche lo llevaba escrito en la frente y no eran imaginaciones mías. El deseo percibido de la noche pasada también era real.

Un lagrimón me cayó en la mejilla, pero no me importaba una mierda. Hudson acababa de hacerse tan vulnerable ante mí que me desgarró por dentro. No era la clase de chico que soltaba sin más lo que sentía ni le daba a nadie la munición para destrozarlo si ese era su objetivo. Por suerte, esa no era mi ambición. Lo que quería en realidad era desnudarlo y satisfacer todas las fantasías sucias que él hubiera tenido. Saborearía cada segundo de la pasión cruda y feroz de este hombre con avaricia y después, sin duda, suplicaría más. A decir verdad, yo tampoco me había sentido así nunca, pero estaba más que dispuesta a descubrir qué se sentía al regodearse en esos deseos en lugar de ocultarse tras ellos.

—¡Joder! —maldijo—. Estás llorando. No pretendía disgustarte, Taylor. Solo necesitaba que supieras la verdad. Olvida lo que he dicho. Intentaré ser tu amigo si eso es todo lo que necesitas.

No lo era. Ni de lejos. Por una vez en mi vida, quería que alguien me conociera realmente, cada parte de mí. Al igual que había hecho muchas veces desde que Hudson me había rescatado, busqué mi colgante de dragón para una inyección de confianza, pero no estaba ahí.

—¿Por qué haces eso? —preguntó Hudson en tono ronco.

—¿Qué?

—Llevarte la mano al cuello así. Te he visto hacerlo antes.

—Los rebeldes me quitaron todas mis joyas, que no eran gran cosa —expliqué—. Pero tenía un colgante que me regaló Mac Tanaka cuando era adolescente, un dragón con una cola de espinas que envolvía una perla. Nunca me lo quitaba. Supongo que lo extraño.

Hudson se levantó y me ofreció la mano.

—Ha anochecido. Vamos dentro. No tenemos que volver a hablar de esta mierda. No volveré a mencionarlo. Aún no te has recuperado totalmente y ya tienes bastante con lo que lidiar ahora mismo.

Yo tomé su mano porque quería tocarlo. En realidad, ya no necesitaba ayuda. Levanté la mirada hacia él cuando estaba de pie y me sentí decepcionada cuando lo único que vi en sus ojos era preocupación. Evidentemente, él había conseguido conquistar sus emociones, anteriormente fuera de control. La expresión de Hudson era cuidadosa, cerrada, pero yo sabía lo que había visto antes. Seguía ahí, en algún lugar, pero ¿podía culparlo realmente por necesitar defenderse? Yo no había dicho absolutamente nada para ayudarlo. Sostuve su mirada mientras decía:

—Siento lo mismo que tú, Hudson. Supongo que no estoy muy segura de cómo darte lo que quieres.

Él asintió marcadamente y apartó la mirada.

—Lo entiendo.

Lo seguí al interior de la casa con un suspiro. Al igual que yo no le había entendido antes, ahora él no me entendía a mí. ¿Cómo podía explicarle que, aunque tenía los mismos deseos que él, no tenía ni idea de qué hacer con ellos?

Capítulo 16

Hudson

Más tarde aquella noche, no lograba conciliar el sueño cuando me fui a la cama. En lugar de eso, no dejé de maldecirme por ser un cobarde y huir a mi despacho después de confesarle a Taylor que no podía verla como una amiga. Yo quise terminar la conversación una vez que entramos, aunque sabía que Taylor tenía más que decir. Ella no estaba preparada para oír mis mierdas, porque me había dicho directamente que no sabía cómo darme lo que quería. Casi seguro de que ella solo estaba intentando rechazarme sin hacerme daño al decir que sentía lo mismo que yo, había musitado una excusa diciendo que necesitaba hacer algo en el despacho y me había alejado de ella.

«¡Joder! ¿Y si se sentía confusa? ¿Y si no solo estaba intentando rechazarme educadamente? ¿Y si...? ¿Y si...? ¿Y si...?», me reproché. Debería haber esperado más tiempo y habérselo dicho más adelante si creía que había posibilidades de que pudiéramos hacernos amantes cuando ella estuviera completamente recuperada.

Tal vez yo no quisiera ser relegado a la categoría de amigo en su mente, pero podría haber sido mucho más sutil al respecto. Podría haber esperado hasta que se sintiera más cómoda con el sexo en general después de ser agredida sexualmente. Y, decididamente. no debí haber sido un imbécil cuando ella tenía más que decir. El problema era que no quería oírle decir que no sabía o no estaba segura de si podía ser más que una amiga. No quería ser el chico que sufría por un deseo no correspondido.

Tampoco quería ser el hombre que había amenazado utilizar algo que ella me había prometido como herramienta para conseguir exactamente lo que quería. Pero lo fui, porque quería saber que Taylor siempre tendría suficiente dinero para conseguir cualquier cosa que quisiera o necesitara. Dios sabía que tenía que reemplazar su auto viejo. El feo compacto azul parecía a punto de dar el último suspiro en cualquier momento. No cabía duda de que tenía créditos de estudios que pagar también y podría borrarlos de un plumazo si aceptara el maldito dinero.

«Eso es lo que quiero. ¿Acaso importa lo que quiere Taylor? ¿Lo que siente?», me reproché. Sí, claro que importaba, pero como un imbécil, no la había escuchado. Estaba demasiado preocupado por calmar mis propias inquietudes sobre su bienestar, así que había pasado como una apisonadora sobre lo que ella quería o sentía que era correcto para ella.

Estaba dando vueltas en la cama por milésima vez cuando escuché el primer grito aterrador. Me incorporé con el corazón saliéndose del pecho y al siguiente grito estuve a punto de tener un infarto.

—Taylor —carraspeé mientras movía el trasero para levantarme de la cama y correr la corta distancia que me separaba de su dormitorio.

«¡Dios!», pensé. Su grito había sonado tan desesperado y aterrorizado que ni siquiera me molesté en llamar. Cuando vi su pequeña figura en la cama grande, me sentí aliviado al comprobar que estaba sentada. Al acercarme a la cama para inspeccionarla más de cerca, no estuve tan seguro de que ella estuviera bien.

La luz de la luna se filtraba por las persianas levantadas. Vi su cuerpo tembloroso y ella se frotaba los brazos como si tuviera frío. Seguía sollozando de miedo mientras mecía el cuerpo. Todos los instintos protectores de mi cuerpo me gritaban que la abrazara, la consolara, pero no tenía ni la menor idea de qué la había asustado en primer lugar. Tal vez mi confesión de antes lo hubiera desencadenado y quizás no quisiera que la tocara, así que me contuve.

—¿Taylor? —dije, intentando mantener la calma—. ¿Qué ha pasado? Estabas gritando, me he cagado de miedo.

—Siento haberte despertado. He tenido una pesadilla —farfulló antes de inspirar profundamente como si estuviera intentando arrancarse el miedo paralizante que había estado experimentando—. Supongo que me desperté tan rápido que entré en pánico.

Observé como se levantaba de la cama y añadía:

—Creo que necesito beber algo. Puedes volver a la cama.

«Ni hablar de volverme a la cama». Actuaba como si estuviera impávida, pero yo sabía perfectamente que Taylor seguía agitada. Se acercó hacia la puerta con un pijama que probablemente no estaba diseñado para resultar *sexy*, pero que en ella lo era. La camiseta era fina y los pantalones cortos a juego apenas le cubrían el trasero. La seguí, aunque yo tampoco estaba muy tapado exactamente. Pero los calzoncillos bóxer que llevaba ocultaban lo suficiente.

Cuando llegamos abajo, Taylor fue directamente a la cocina, tomó un vaso enorme y lo llenó de agua y hielo de la nevera. Se apoyó contra la encimera y bebió medio vaso antes de decir:

—En serio, Hudson, estoy bien.

—No estás bien —dije malhumorado mientras abría la nevera. Saqué una jarra de agua saborizada con fruta y me serví un vaso. Le tendí la jarra y ella asintió, así que llené el vaso que acababa de vaciar.

—Vamos a sentarnos —sugerí mientras avanzaba hacia el salón y encendía la lámpara en lugar de inundar la habitación con la luz del techo.

Taylor tomó asiento en un extremo del cómodo sofá de cuero, así que yo me dejé caer en el lado opuesto. La miré mientras le preguntaba:

—¿Es la primera pesadilla que tienes? Era sobre el secuestro, ¿verdad?

Me había contado que tenía sueños ocasionales sobre el secuestro, pero no los había descrito así exactamente.

Ella sacudió la cabeza.

—No. Empezaron varios días después de que me trajeras aquí, pero esta ha sido la peor. Te conté que básicamente desconectaba mientras el líder rebelde me agredía sexualmente y, la mayor parte de las veces, era verdad. Ahora es como si experimentara todas las cosas que hizo en sueños, y ya no puedo desconectar.

Di un trago de agua, deseando haberle añadido una buena cantidad de vodka.

—¿Hablaste de ello con tu terapeuta? —pregunté.

—Sí. Creyó que mi cerebro se calmaría tarde o temprano y que los sueños terminarían. Y lo hicieron. No soñaba con el secuestro desde hace casi una semana, hasta esta noche. —Dio otro sorbo de agua y la dejó en la mesilla.

—¿Crees que fue porque te dije que quería acostarme contigo? —pregunté con voz ronca.

Taylor sacudió la cabeza firmemente.

—No. No te tengo miedo, Hudson. No podría. Te dije que siento lo mismo. De hecho, me gustaría mucho sentarme más cerca de ti si no te importa. Creo que me sentiría mejor.

Yo dejé el vaso en mi mesilla con un golpe seco y abrí los brazos.

—Soy todo tuyo, cariño. Acércate tanto como quieras.

Ella se arrastró por la distancia que nos separaba tan rápido que casi me sorprendí cuando se acurrucó contra mi cuerpo.

—Estás muy calentito —musitó mientras presionaba su cuerpo contra el mío, pegándose a mi costado como un misil detector de calor.

Le rodeé los hombros con el brazo y la atraje hacia mí hasta que su cabeza descansó sobre mi hombro. En ese momento, no me importaba un carajo si solo me necesitaba ahí como un cuerpo cálido en el que confiar. Lo único que quería era que se sintiera segura. Enredé la mano en su preciosa melena de fuego y la acaricié, intentando hacer que se tranquilizara.

Suspiró contenta antes de decir:

—No estoy segura de por qué sueño ahora con la agresión. Tal vez sea porque antes no podía pensar en ello. Te dije que fue horrible, y lo fue. Pero ahora que puedo sentir todas las emociones y ver todas las acciones, estoy furiosa y aterrada. Ese hombre tenía los ojos más fríos que he visto en toda mi vida, muertos y sin vida, como si no tuviera alma. Sinceramente, ni siquiera estoy segura de por qué se molestó en violarme, porque era evidente que me veía como una especie de mal que necesitaba hacer desvanecerse. Creo que sentía que, si podía conquistarme, lo haría más poderoso.

Le di un beso en la cabeza.

—Cuéntamelo —la alenté—. No voy a juzgarte nunca por algo que estaba totalmente fuera de tu control.

Ella asintió.

—Lo sé. Era lo mismo cada noche. Solo me desnudaba de la cintura para abajo y luego tiraba de mis manos atadas por encima de la cabeza y las amarraba a un largo poste cerca del cabecero de su catre. Nunca duraba mucho, pero parecía una eternidad. Siempre despotricaba unos minutos en laniano y luego me escupía en la cara antes de violarme. Intentaba meditar y evadirme de la experiencia durante la diatriba, tratando de desconectar todo lo posible.

—¿En qué pensabas? —pregunté tenso, intentando no perder la cabeza. Aquello se trataba de Taylor, no de mí, pero mataría al cabrón despacio y con dolor su pudiera dar alcance al líder rebelde en ese instante.

—Principalmente en los buenos momentos con Mac Tanaka. O intentaba pensar en lugares bonitos de todo el mundo que todavía no he tenido la oportunidad de visitar —dijo en voz baja—. Cualquier cosa positiva para reemplazar las cosas malas. Estaba absolutamente aterrorizada, pero no quería que él lo viera. Sabía que me odiaba tanto que temía que acabara con mi vida justo después de terminar. —Hizo una pausa antes de proseguir—. En mi pesadilla de esta noche, me mataba. Sacó un cuchillo y me cortó el cuello. Me desperté cuando la daga hizo contacto, razón por la que probablemente estaba gritando. Cuando abrí los ojos, creí que estaba muerta.

Cerré los ojos un instante, odiando cada segundo de dolor y humillación que había sufrido Taylor.

—Tenías todo el derecho a estar horrorizada y asustada —gruñí—. Fuiste increíblemente valiente, cariño.

—Quería ser valerosa, pero no siempre lo era —dijo con voz temblorosa—. Me parece que mi pesadilla era una manifestación de todo el miedo que sentí mientras era su prisionera.

Incliné su mentón hacia arriba para poder mirarla a la cara. Tenía los ojos muy abiertos y cristalinos por las lágrimas que veía cayéndole por las mejillas. «¡Dios!». Apenas podía respirar de la opresión que sentía en el pecho.

—Nelson Mandela dijo una vez que el valor no es la ausencia de miedo, sino el triunfo sobre él. Luchaste y saliste de aquello, Taylor.

—Pero no pude luchar contra él —dijo con voz llorosa—. Y lo deseaba desesperadamente, Hudson. No quería permanecer ahí tumbada y someterme.

Apoyé una palma a cada lado de su rostro.

—Lo hiciste para salvar a una amiga, Taylor. Ni se te ocurra culparte por eso, porque es casi imposible hacerlo cuando lo único que quieres es resistirte. Date crédito por lo que hiciste por Harlow. No te odies a ti misma por hacer lo que tenías que hacer. La mayoría de la gente ni siquiera habría pensado en sacrificarse para salvar a otra persona.

—No me arrepiento —dijo sinceramente—. A veces solo desearía haber podido darle una patada en las pelotas o arrancarle esos ojos sin vida de la cara.

Taylor apoyó la cabeza sobre mi hombro una vez más cuando yo respondía:

—Y eso te hace humana —le dije—. Me gustaría matar yo mismo a ese cabrón, pero está encerrado, Taylor. Pagará el precio por lo que hizo durante el resto de su puta vida.

—Estaré bien, Hudson —dijo con voz pensativa—. Yo estaré viviendo mi vida mientras él se pudre en prisión. La mayor parte del tiempo me conformo con eso. Supongo que aún no he resuelto completamente todo lo que sucedió.

—Ni siquiera ha pasado un mes aún —dije con voz grave—. Lo conseguirás. No debería haber mencionado lo que siento antes, Taylor. Metí la pata.

—No —dijo ella en un tono más fuerte —Nunca te disculpes por ser sincero, Hudson. Por favor.

—Elegí un mal momento —dije firmemente—. Dios, ni siquiera te has recuperado todavía, Taylor. Y cuando intentaste decirme que no estabas preparada, no escuché.

—En ningún momento dije que no estoy preparada —contestó Taylor—. Lo entendiste mal.

¿No había dicho básicamente que no sabía cómo darme lo que quería? ¿No era aquello un buen indicador de que estaba totalmente confusa?

—Explícamelo, entonces —insistí amablemente. Estaba harto de dar rodeos a un tema que me corroía las entrañas. Ella me había escuchado…

—En primer lugar, quiero contarte cómo fue realmente todo eso que leíste en mi historial —dijo con nerviosismo—. Tenías razón cuando dijiste que lo único que viste eran hechos.

Yo asentí.

—Te escucho.

Aparentemente, ella confiaba en mí lo suficiente para contarme cualquier cosa y yo tendría que contentarme con eso. Por ahora.

Capítulo 17

Taylor

Había cosas que quería decirle a Hudson y no iba a quedarme tranquila hasta que lo hiciera. Él había acortado la velada cuando entramos en casa antes yendo a su despacho y abandonándome a mis propios medios.

Vi una película y luego me dirigí a la cama. Lo único que había hecho era mirar fijamente el techo a la luz de la luna en la preciosa *suite* de invitados hasta que finalmente me quedé dormida y tuve la peor pesadilla que había experimentado en toda mi vida.

Ahora estaba más tranquila, y se debía al hombre que me abrazaba en ese momento. Si Hudson no hubiera estado tan decidido a irse a su despacho como si tuviera un petardo en el trasero, le habría explicado exactamente por qué me sentía un poco confusa. Enfrascarse en el trabajo era su manera de asegurarse de que no se dijera nada más de su confesión, levantando un muro entre nosotros dos hasta que, con un poco de suerte, yo olvidara toda la conversación. Eso no iba a suceder.

Tendría que escuchar y entender que antes hablaba literalmente, y no era un concepto muy difícil de captar, pero primero debía conocer mi historia. El hombre había compartido bastante de su propio pasado como para darme cuenta de que nunca había sido realmente un niño. En eso podíamos sentirnos identificados mutuamente, al menos. Inspiré hondo.

—Tenía cuatro años cuando murieron mis padres. Sinceramente, no los recuerdo mucho excepto por vagos destellos de memoria. Crecí en Los Ángeles y mi padre trabajaba en una fábrica allí. Mi madre trabajaba a jornada parcial en un restaurante de comida rápida. Vivíamos en un apartamento. Ambos eran muy jóvenes cuando yo nací y seguían intentando hacer que las cosas funcionaran. No era el mejor barrio de Los Ángeles, pero tampoco era el peor.

El brazo de Hudson me estrechó con más fuerza a medida que yo proseguía:

—Nunca he comprendido por qué a mi padre se le cruzó el cable un día cuando volvió a casa de trabajar, disparó a mi madre y después se pegó un tiro con la misma pistola. —Inspiré hondo—. Siempre me he preguntado por qué no me disparó a mí también. No vi el suceso cuando se produjo, porque estaba jugando en mi habitación, pero según los testigos, lo vi después del hecho. Aparentemente, estaba cubierta de sangre y suplicándoles a ambos que se despertaran cuando me encontraron y el Estado me recogió.

No era tan difícil hablar de la muerte de mis padres porque no los recordaba realmente, ni el asesinato y posterior suicidio. Principalmente solo eran hechos. Proseguí:

—La familia de mi padre apenas podía cuidar de sí misma, mucho menos de una niña que aún no había empezado preescolar, y la familia de mi madre era extremadamente religiosa. No querían tener nada que ver conmigo. Desheredaron completamente a mi madre cuando se quedó embarazada antes de tener dieciocho años y, lo que era peor para ellos, antes de estar casada. Así que durante la primaria pasé mucho tiempo de casa de acogida en casa de acogida. —Sonreí débilmente—. Era una niña con aspecto torpe, fea, con la cara llena de pecas y gafas demasiado grandes que nunca me sentaban bien a la cara. Y estaba enfadada. Dios, estaba furiosa con todo el mundo. Estaba enfadada porque nadie me quería, pero tampoco era una niña adorable exactamente y me metía en muchas peleas, que normalmente terminaban conmigo yendo a otra casa de acogida. Terminaba pegando a otro niño de acogida o a alguno de los hijos biológicos de mis padres de acogida porque se metían conmigo, y vuelta a empezar. Para cuando tenía once años, estaba completamente convencida de que nadie podía quererme y de que nunca tendría un hogar como la mayoría de mis amigos.

—¿Qué pasó? —preguntó finalmente Hudson de viva voz—. Cuéntamelo.

—Acababan de echarme de mi último hogar y no quería volver al sistema de acogida, siempre de casa en casa —le expliqué—. Así que me escapé. Hacía lo necesario para comer. Robaba comida, dormía donde podía, hasta que una mañana conocí a Mac Tanaka. Fue un capricho extraño que cambió toda mi vida. Yo estaba durmiendo en un banco y él paseaba por el parque. Se sentó y habló conmigo durante horas, y después me llevó a su casa. En retrospectiva, creo que ambos nos sentíamos solos. Él y su mujer nunca habían podido tener hijos propios. Cuando la mujer de Mac murió, no creo que él supiera qué hacer con su vida. Solía decir que yo lo había salvado, pero en realidad, él me salvó a mí.

—Entonces, ¿te quedaste con él? —preguntó Hudson en tono aliviado.

Yo asentí.

—Probablemente éramos una pareja singular, una niña de once años y un hombre de setenta y tantos, pero creo que a ninguno de los dos nos importaba. Al final, empecé a confiar en él y me hizo oficialmente su hija de acogida. Él y su mujer habían acogido niños antes, pero él lo dejó cuando ella falleció. Mac empezó a enseñarme a jugar al ajedrez y a hacer taichí para que aprendiera a estar en paz con mi mundo, y yo cocinaba y lavaba la ropa porque a él se le daban realmente mal las dos cosas. Aprendí a querer y qué era ser amada por una figura paterna. Mac cambió mi vida y me cambió a mí. Cuando murió hace siete años, me sentí como si todo mi mundo estuviera desmoronándose.

—Puede que lo estuviera —dijo Hudson estoicamente—. Suena como si fuera todo tu mundo.

—Durante mucho tiempo, lo fue —convine—. Quería que fuera a Stanford cuando cumplí los dieciocho, pero yo quería quedarme con él porque acababan de diagnosticarle un cáncer, así que conseguí un empleo a jornada completa como cajera en un supermercado. Aplacé mi admisión a Stanford porque Mac me necesitaba y yo necesitaba estar con él. El tratamiento no tuvo éxito y falleció.

—Lo siento mucho, Taylor —dijo Hudson toscamente—. Lo único que sabía en realidad era cómo habían muerto tus padres y que fuiste de casa en casa. Palabras en un papel. Sabía que al final conseguiste un hogar permanente, pero no tenía ni idea de quién era el padre de acogida. Ahora que sé exactamente lo que pasó, me imagino que estarías devastada cuando murió Mac.

—Lo estaba. Me destrozó. Tardé un año en volver a la universidad, pero sabía que haría algo que Mac deseaba para mí y era algo que yo también quería. Me dejó todo lo que tenía, que no era mucho cuando terminó su vida, pero me ayudó a aguantar durante parte de los años de universidad.

—¿Te adoptó? —preguntó Hudson con curiosidad.

Yo sonreí.

—Quiso hacerlo, pero ese papel no me importaba. Fue una figura paterna para mí en todos los sentidos que significan algo realmente.

—Parece un hombre increíble —contestó Hudson sinceramente.

—Lo era. Era increíble. Y sabio. Puede que ya no esté conmigo físicamente, pero llevaré su sabiduría conmigo durante el resto de mi vida —respondí con la voz temblando de emoción.

—Lo querías como a un padre —afirmó Hudson.

—Con todo mi corazón —dije yo atragantándome—. Incluso siete años después, raro es el día en que no lo extraño. Echo de menos el colgante que me regaló, pero sé que solo era un talismán para recordarme que era lo bastante fuerte para lograrlo sola. En realidad, siempre llevaré a Mac aquí. —Apoyé la mano delicadamente sobre mi pecho.

Permanecimos unos minutos en silencio hasta que Hudson preguntó:

—¿Por qué ya no llevas gafas?

—Mac me enseñó las lentes de contacto cuando tenía la edad suficiente y me abrió una cuenta de ahorros para que me hiciera la cirugía láser cuando fuera lo bastante mayor. No toqué esa cuenta hasta hace tres años, cuando finalmente me hice la cirugía, porque sabía que era lo que Mac quería que hiciera con ese dinero.

—No es que no me alegre mucho de que me lo hayas contado —dijo desenfadado—. Ni de que confíes lo suficiente en mí como para contarme todo esto, pero ¿por qué ahora?

Yo tragué saliva:

—Estaba intentando decirte algo abajo, antes de que te marcharas a tu despacho, pero creo que no estabas escuchando. Quería explicártelo. Hice muchas cosas de las que no me siento orgullosa…

—Por Dios, Taylor, eras una niña que nunca había tenido un momento de seguridad en su vida. ¿De verdad piensas que me importa un carajo si robaste para comer? —preguntó en un barítono grave y retumbante—. Sí, me importa porque no tenías un solo lugar o persona a quien acudir entonces a quien le importara un bledo lo que te pasara hasta que Mac llegó a tu vida, pero lo único que estabas haciendo era intentar sobrevivir.

Sonreí porque Hudson sonaba muy disgustado. Debería haberme dado cuenta de que lo entendería.

—El caso es que… —dije con nerviosismo—. Estaba satisfecha pasando el tiempo con Mac o con amigos. Tuve un novio en el instituto y mantuvimos relaciones cuando cumplí los dieciocho, pero los dos éramos vírgenes y no teníamos ni idea, y rompimos un mes o dos después. Estaba muy ocupada cuidando de Mac mientras estaba enfermo y antes de que falleciera. En Stanford, ya te dije que tampoco hubo nadie realmente. Y entonces se produjo el incidente del secuestro y el líder rebelde. ¡Maldita sea! Estoy intentando decirte que no tengo ni idea de cómo seducir a alguien. Que nunca he tenido sexo ardiente, sudoroso y salvaje. Nunca me he sentido como cuando te miro —terminé a toda prisa.

—Taylor —dijo. Entonces se detuvo, como si no supiera qué demonios decir.

Yo continué:

—Hudson, lo que quería decir antes abajo es que yo también te deseo y siento lo mismo que tú, pero no sabría por dónde empezar ni qué hacer si pudiera desnudarte.

Por primera vez en mi vida, me quedé sin palabras. La verdad tardó unos minutos en entrarme en la cabeza. Taylor no estaba intentando decirme que no estaba segura de si me deseaba. Había intentado transmitirme el hecho de que no tenía experiencia. Su primer encuentro sexual había sido con un chico que no tenía ni idea de cómo hacer que su cuerpo llegara al frenesí. El único contacto sexual que tuvo aparte de ese fue con un animal que la había tomado repetidamente, con odio y contra su voluntad.

—Eh… tal vez no debería haber dicho nada —comentó Taylor; sonaba incómoda mientras se movía para ponerse en pie.

Yo agarré su cintura y la atraje de vuelta a mi lado.

—Oh, no, no lo hagas —gruñí—. No voy a dejar que me lances esa bomba y luego te vayas como si no hubieras dicho nada.

Como el mero hecho de pensar en ella atrapada e indefensa me daba ardor de estómago, tomé una de sus piernas y tiré de ella sobre mi regazo hasta ponerla a horcajadas sobre mí.

«Mucho mejor. Ahora puedo verle la cara. ¡Dios! Es preciosa», pensé. Llevaba el pelo suelto y sus gloriosos rizos como llamas le caían alrededor de los hombros, pero apreté la mandíbula e intenté no permitir que eso me distrajera.

—Entonces, ¿lo que intentabas decir en realidad es que, aunque no eres virgen, eres inexperta en el sexo? —inquirí.

Observé cómo tragaba saliva con dificultad para después asentir antes de murmurar:

—Podría decirse que soy totalmente ignorante. Las ganas están ahí y, cada vez que te miro, quiero trepar este cuerpazo tuyo y suplicarte que me lo hagas, pero aparte de eso, no tengo ni idea. Sé que es una locura para una mujer de veintiocho años, pero, no, no sé nada de la verdadera pasión.

«*¡Joder!*», *pensé atónito.* Quería enseñarle todo lo que quisiera saber y mucho más, pero no dejaba de recordarme que ahora no era el momento. Era un milagro que Taylor pudiera sentir deseo después de lo que había pasado. Íbamos a tomarnos aquello despacio. Muy despacio. Estuve a punto de gemir cuando meneó un poco el trasero. Tenía el pene duro como una roca y cada vez que se movía…

—¿Qué quieres de mí, Taylor? —pregunté, la voz ronca de deseo.

Ella me envolvió el cuello lentamente con los brazos, su mirada de ojos verdes inmersa en la mía cuando habló sinceramente:

—Todo y nada. No me importa tu dinero, Hudson, aunque si te importo tanto como para dejarme tener tu cuerpo, no oirás una queja por mi parte. Ya no necesito que cuides de mí. Solo te quiero a ti. Creo que eres el único que puede mostrarme todo lo que me he estado perdiendo durante estos años.

El pulso me latía con fuerza cuando miré a Taylor a los ojos y vi la misma sed intensa que llevaba días acechándome.

—No quiero que nos precipitemos, Taylor. Tienes que superar el trauma de lo que te sucedió en Lania. Cuando hablé contigo fuera, solo quería que supieras lo que siento, por qué actúo como lo hago a veces, por qué no siempre soy racional en lo referente a ti y por qué no puedo ser tu puñetero amigo.

Estiré los brazos y ensarté las manos en su melena, dejando que los mechones sedosos fluyeran entre mis dedos. Me resultaba imposible estar tan cerca de ella y no tocarla.

—Estaré bien, Hudson. Confía en mí —musitó a medida que me acariciaba la nuca con los dedos—. Tengo una terapeuta fantástica y siempre he sabido la diferencia entre esas agresiones y lo que siento cuando estoy contigo. No es como si no supiera que sería diferente algún día con alguien a quien quisiera realmente. Simplemente no sabía que empezaría a sentirme así cuando menos lo esperase.

Yo estudié su rostro.

—Creo que probablemente eres la mujer más increíble que he conocido nunca, Taylor Delaney. La vida no te ha dado nada más que mierda. Sin embargo, de alguna manera sientes que tiene valor. ¿Cómo encuentras lo bueno cuando ha habido tanto malo?

—No siempre fue malo —dijo sacudiendo la cabeza levemente—. Solo mi tierna infancia. Perder a Mac fue duro, pero él me hizo lo bastante fuerte como para superarlo.

Sonrió y todo mi mundo se quedó patas arriba. En ese preciso instante, entendí a la perfección por qué tipos como Mason y Seth estaban dispuestos a mover montañas para asegurarse de que sus mujeres fueran felices. Porque sabía de sobra que nunca estaría contento si Taylor no sonreía en el futuro. Debería recibir toda la alegría posible después de que todo el mundo la decepcionara cuando era niña. Solo un anciano había visto realmente el dolor de Taylor y había intentado arreglarlo, pero solo pudo permanecer con ella durante un breve periodo de tiempo.

«Bueno, ¡a la mierda con eso!», me dije. Yo no iba a ninguna parte hasta que ella se hartase de mi trasero gruñón y, mientras tanto, me aseguraría de que consiguiera cualquier cosa que quisiera.

—Estoy a punto de pedirte uno de esos favores que ofreciste tan generosamente, cariño —le advertí.

Aún sonriendo, me miró fijamente a los ojos y dijo:

—Lo que pidas.

—Favor número uno —dije yo—. Si no te parece poco ético ni inmoral, ¿puedes besarme de una vez antes de que pierda la cabeza?

Quizás no estuviera a punto de destrozarla como un animal salvaje, pero necesitaba ese condenado beso más que el aire que respiraba en ese momento. Sin embargo, necesitaba que ella se lanzase primero para que ella tuviera el control.

Aún sonriente, Taylor asintió.

—Quiero tocarte, Hudson. ¿Está bien?

«Joder, claro que sí», pensé aliviado.

—Mi cuerpo es todo tuyo, nena —le aseguré. Observé su rostro a medida que ella me recorría los hombros con las palmas de las manos y descendía por mi pecho, explorando toda la piel desnuda que encontraba a su paso.

—Qué rico sentirte, Hudson. Tu cuerpo es precioso —dijo con una voz repentinamente sensual que pedía guerra antes de inclinarse hacia mí y posar sus labios sobre los míos.

Cuando dio el primer paso, yo perdí el control. Empuñé su pelo en mis manos y saboreé plenamente los labios llenos y turgentes con los que solo había podido fantasear. Hasta ahora… Saqueé. Degusté. Absorbí. Cuando ella gimió contra mis labios, pareció un canto de sirena para que le diera todo lo que necesitara. Carcomía mi cuerpo, porque no estaba dispuesto a llevar las cosas tan lejos. «Todavía no», *pensé*. Porque si había algo de Taylor que quería más que acostarme con ella era su confianza total y absoluta de que nunca le haría daño.

Tenía que dejar que ella marcara el ritmo. No importaba que mi verga siempre estuviera lista para correr hasta la línea de meta cuando se trataba de Taylor. Ella había acudido a mí esa noche. Taylor me había contado todas las cosas dolorosas que le habían sucedido. No pensaba fastidiar todo aquello dándole rienda suelta a la lujuria. Enterré el rostro en su cuello, saboreando la suavidad que encontré allí y el gusto de su piel delicada. Sabía a pecado, a placer candente y pasión a fuego lento, y olía a deseo descarado, desenfrenado, mezclado con un ligero toque a naranja y flores. Sabía que nunca podría volver a acercarme a ella sin que el aroma de la cautivadora mujer me volviera absolutamente loco.

—Ay, Dios, Hudson —gimió con voz gutural y seductora mientras ensartaba las manos en mi pelo y giraba la cabeza para darme acceso y dejar que mis labios y lengua la rondaran.

Oír mi nombre de su boca, con ese tono de voz, estuvo a punto de acabar conmigo. El resto de lo que quería escuchar podía imaginármelo.

«*Te deseo tanto, Hudson. Fóllame, Hudson.* Cómeme, Hudson. Sí, Hudson, ¡sí! ¡Hudson, me voy, me voy!».

—¡Mierda! —maldije levantando la cabeza.

Tres palabras habían salido de su boca y mi imaginación las aprovechó al máximo. Estaba jadeante como si acabara de correr una maratón en tiempo récord cuando la miré a los ojos nublados de pasión. La rodeé con los brazos, atraje su cuerpo contra el mío y cerré los ojos mientras posaba los labios cerca de su oreja y decía con un susurro áspero:

—Todavía no, cariño. Ahora, no. Tal vez cuando te hayas curado completamente y sepas exactamente lo que quieres.

—Te quiero a ti, Hudson Montgomery —dijo suavemente mientras descansaba apoyada en mí—. Eso ya lo sé.

Yo contuve un gemido de frustración sexual. Sí, decía eso ahora, pero ¿cómo se sentiría cuando mi miembro estuviera dentro de ella, exactamente donde deseaba estar ahora mismo? Solo tendría una oportunidad de enseñarle lentamente lo bueno que podía ser, de darle recuerdos que fueran mucho mejores que los que tenía ahora mismo.

—Yo también lo deseo, cariño —le aseguré—. No creas ni por un segundo que no quiero acostarme contigo, pero tienes que entender exactamente lo que significa eso cuando lo haga.

Si la penetraba, todo cambiaría. Sería sexo duro y caliente, cosa que probablemente no necesitaba una mujer inexperta. Pero deseaba tanto a Taylor que, sin importar cuánto lo intentase, no podría ser de otra manera cuando me sumergiera en su cuerpo por primera vez. Después de eso, sería mía. No sabía si podría dejarla marchar nunca después de haber estado en su precioso cuerpo. Y, ahora mismo, Taylor necesitaba opciones.

—¿Qué significaría? —preguntó con voz adormilada que no sonó ni remotamente desalentada.

—Significa que es hora de irse a la cama. Tú a la tuya y yo a la mía —respondí firmemente mientras me ponía en pie, la tomaba en brazos y la llevaba arriba.

Taylor

—Entonces, ¿qué le dijiste a tu hermana sobre mí? —pregunté a la tarde siguiente cuando Hudson y yo estábamos en la cocina, preparándonos para salir de casa a la barbacoa de Riley.

Había decidido llevar mis mejores *jeans* ajustados, un top de verano color lavanda y unas sandalias informales blancas. Me había hecho una espesa trenza elegante para domar mi pelo rebelde. Fue un alivio ver a Hudson ataviado tan informal como yo, con *jeans* azules y una camiseta de manga corta de cuello Henley gris que hacía juego con sus ojos y abrazaba cada músculo ondulado de su torso y poderosos brazos. Sinceramente, no importaba lo que llevara o no llevara Hudson, el hombre me quitaba el aliento.

—Lo más cercano a la verdad —contestó—. Le hablé del secuestro y de que estás recuperándote aquí conmigo. Riley no se lo contará a nadie. No sabe nada de Last Hope ni que Jax y yo estuvimos allí para el rescate. Al principio, cuando íbamos a muchas misiones, Jax empezó a contarle historias a Riley diciendo que éramos cazatesoros para explicar el que estuviéramos fuera e ilocalizables cuando trabajábamos en un caso, y se quedó con la copla. Simplemente no sabe que estábamos cazando tesoros humanos en lugar de oro o artefactos perdidos.

—Si confías en que os guarde los secretos, ¿por qué no se lo habéis contado? —inquirí con curiosidad.

—Riley se preocupaba mucho cuando estábamos en las fuerzas especiales del ejército —explicó—. Se puso eufórica cuando nos dimos de baja del ejército y volvimos a San Diego a ocupar nuestro lugar en Montgomery Mining. Ninguno de nosotros quería que supiera que seguíamos haciendo lo mismo, esta vez como civiles.

—Pero, ahora que ya no viajáis tanto, ¿no podéis contárselo?

Él se encogió de hombros.

—Se sentiría dolida y enojada de que no se lo contáramos desde el principio, así que estamos jodidos.

Yo sonreí cuando Hudson se puso unos zapatos informales.

—¿Te preocupa más que se sienta dolida o que se enfade?

Él me lanzó una sonrisa traviesa que hizo que el corazón me diera saltitos de alegría en el pecho.

—Ahora es feliz y no queremos estropear eso, pero Riley puede ser bastante feroz a veces. La mayor parte de su trabajo como abogada gira en torno a la conservación de la vida salvaje. Yo prefiero que siga desgarrando a grandes corporaciones que ponen los beneficios por encima de la conservación a que vuelque esa ira en mí.

De acuerdo, aquello me sorprendió. Me esperaba que Riley fuera abogada de empresa o corporativa, no una mujer que luchaba contra ellas por los derechos de los animales.

No pude evitar que me hiciera gracia que sus tres hermanos mayores, todos machos alfa que no temían arriesgar sus propias vidas para salvar a otros, se preocuparan por cómo podría lidiar su hermana pequeña con el hecho de que se hubieran inventado historias que no eran verdad.

—Parece increíble —dije con un suspiro—. Y es tan guapa como consumada.

Había visto fotos de todos los hermanos de Hudson por la casa. Riley era absolutamente preciosa, como todos sus hermanos.

—Lo es —convino Hudson con indiferencia mientras se acercaba rondándome—. Al igual que una pelirroja despampanante que conozco yo.

Se me cortó la respiración cuando me puso una mano en cada costado, atrapándome contra la encimera sobre la que me apoyaba.

Sacudí la cabeza lentamente al encontrarme con su mirada intensa y ardiente.

—No soy guapa. Y ahora tengo un par de cicatrices a juego con las pecas tan feas que nunca desaparecieron al hacerme adulta.

Me había puesto una de las pocas bases de maquillaje que mi piel toleraba para intentar cubrir las pequeñas cicatrices de mi rostro, pero no había tapado por completo las furiosas marcas rojas.

—Nunca me convencerás de que no eres la mujer más guapa del planeta —dijo Hudson con convicción ronca en la voz a medida que llevaba su mano a mi rostro y acariciaba suavemente una de las cicatrices con el pulgar—. Así que, mejor, deja de intentarlo, cariño. Esas pequitas restantes en tu cara adorable hacen que quiera explorar todo tu cuerpo para ver cuántas más encuentro en otros lugares. Y esas cicatrices diminutas siempre me excitarán, porque cada vez que las vea, pensaré en la mujer tan extraordinaria que eres.

El corazón me latía desbocado cuando Hudson acarició con el dedo la segunda cicatriz de mi cara.

—Estás chiflado —dije sin aliento abrazándome a su cuello.

No estaba muy segura de cómo manejar el tener a un hombre tan grande y guapo que quitaba el hipo mirándome como lo hacía él en ese preciso instante. Sabía que no era guapa, pero Hudson me hacía sentir como si fuera una reina de la belleza.

Tal vez nunca me hubiera importado demasiado si un chico me miraba con deseo, pero ninguno de ellos era Hudson Montgomery. Ahora me importaba, y la manera en que me miraba aquel hombre, como si quisiera devorarme entera, era tan embriagadora que lo único que podía hacer era hundirme en su aroma masculino y regodearme en el calor de su poderoso cuerpo.

—Estoy mucho más que chiflado, cariño —musitó—. Me mandaste directo a la locura. Peor aún, ni siquiera me importa un carajo que lo hicieras. ¿Quieres saber con qué fantasía me masturbé anoche después de mandarte a la cama?

«Dios, sí, quiero saberlo», pensé excitada.

—Cuéntamelo.

—Mi cabeza entre esos dos bonitos muslos tuyos, jugando con tu precioso conejito hasta que te retorcías jadeando y gritando mi nombre mientras te venías. Podría decirse que nos fuimos… juntos —terminó diciéndome al oído en un tono grave y sensual justo antes de darme un mordisquito en el lóbulo de la oreja.

Cerré los ojos cuando aquella imagen me inundó la mente.

—Nunca he…

—Te encantaría —interrumpió Hudson—. En mi fantasía, me suplicabas que te hiciera venirte.

Un calor húmedo y escurridizo fluyó entre mis muslos; tenía los pezones tan duros que resultaba prácticamente atroz. De acuerdo. Sí. Me masturbaba y, últimamente, lo hacía bastante, pero mi imaginación no era tan vívida como la de Hudson. Probablemente, porque él sabía mucho más que yo sobre sexo sucio y ardiente. Yo tenía el cuerpo en llamas y me exigía la satisfacción que solo Hudson podía proporcionarle. Su boca pasó a ras de piel desde mi oído a mis labios antes de tomar mi boca con una fuerza insistente que me consumió por completo. Me besó como si necesitara marcarme, reivindicarme, y yo no deseaba nada más que ser suya.

Claro que le suplicaría que me hiciera venirme. Gritaría su nombre. Estaría tan perdida en el placer de que Hudson me tocara que terminaría completamente sin sentido. Solté un gemido hambriento contra sus labios y ensarté las manos en su cabello. Necesitaba más. Lo necesitaba a él. Yo estaba jadeante cuando liberó mi boca, me agarró la trenza en la nuca y tiró para inclinarme la cabeza y tener mejor acceso a mi cuello sensible. Todo mi cuerpo empezó a temblar de deseo cuando su lengua acarició mi piel caliente.

—Hudson —dije con un largo gemido—. Por favor. Necesito… necesito…

—Me necesitas a mí —me dijo al oído con voz ronca mientras una mano grande me acariciaba la espalda de abajo arriba—. Dios, Taylor. ¿Nunca llevas sujetador?

Yo negué con la cabeza en un gesto de impotencia.

—No lo necesito. Son demasiado pequeñas.

Sus manos me ahuecaron los pechos, cada uno de sus pulgares jugando con las cimas duras de mis pezones.

—Son perfectas —respondió con voz áspera.

Yo solté un gritito cuando pellizcó ligeramente un pezón para después acariciarlo con un movimiento circular, calmante. Mis manos empuñaron su pelo corto con fuerza, todo el cuerpo tenso de deseo a medida que desplazaba una mano hacia la cremallera de mis pantalones.

—Ay, Dios, Hud…

Cuando su boca aterrizó sobre la mía, tragó mis palabras por completo y se me fue todo de la cabeza al escabullirse sus dedos bajo mi ropa interior para acariciarme el clítoris palpitante.

Arrancó su boca de la mía antes de maldecir:

—Joder, estás empapada.

—Porque te deseo demasiado —siseé yo.

—Nunca podrías desearme demasiado —negó con voz grave—. Vente para mí, cariño. Haré que se vaya esa agonía.

Jadeé cuando hizo más presión sobre el pequeño manojo de nervios, cada caricia escurridiza de sus dedos volviéndose más rápida, más dura. Hudson era implacable. Cuando volvió a enterrar su rostro en mi cuello y empezó a mordisquearme y lamerme la piel, dejé caer la cabeza hacia atrás y me arqueé contra él. El clímax me sobrevino rápido e intenso.

—¡Hudson, sí! —grité, abandonando toda tentativa de recobrar la apariencia de control.

Mi cuerpo implosionó y después se estremeció cuando él me agarró por el trasero y me presionó contra su cuerpo hasta que sentí su enorme erección de acero apretando la cremallera de sus pantalones. Me sentí completamente abrumada cuando acunó mi cuerpo contra su forma musculosa mientras yo intentaba que mi ritmo cardiaco y respiración fuera de control volvieran a la normalidad. Deslicé las manos por su espalda, luego hacia arriba bajo su camisa, sumergiéndome en su aroma masculino y en la sensación de su piel caliente y desnuda. Hudson dejó escapar una larga bocanada junto a mi oído. Su tono era deliciosamente travieso cuando dijo con voz ronca:

—Hacer que te vinieras ha sido probablemente lo mejor que he hecho en mucho tiempo.

—Me gustaría de veras devolverte el favor —susurré mientras intentaba alcanzar la parte delantera de su cuerpo con la mano. Deslicé las manos por su espalda y volví a subir bajo su camiseta, hundiéndome en su aroma masculino y en el tacto de su piel caliente y desnuda.

Él tomó mis muñecas y, con firmeza, se llevó mis brazos alrededor del cuello. Yo sabía que lo había hecho para apartar mis manos de su miembro.

—Estarías jugando con fuego, cariño —gruñó—. No va a pasar.

Besé sus labios sensuales con ternura antes de decir:

—Creo que me las apañaría viéndote arder.

No solo podría lidiar con ver a Hudson perder el control, sino que disfrutaría cada momento. Se ataba la correa tan en corto para controlar todas sus emociones que me gustaría verlo dejarse llevar completamente.

—Ya veremos —gruñó—. Cuando te hayas curado.

Tomó mi rostro entre las palmas y besó, primero, una cicatriz de mi cara, y luego la otra. Sus gestos eran tan tiernos que hicieron que se me saltaran las lágrimas. Tal vez porque en el fondo sabía que Hudson me encontraba completamente irresistible. Veía una belleza en mí que yo no veía cuando me miraba al espejo.

—Gracias —musité cuando retrocedió y nuestras miradas se encontraron.

—¿Por qué? —preguntó alzando una ceja inquisitiva—. ¿Por hacer que te vinieras? Nena, te lo aseguro, el placer es todo mío.

«*Gracias por* quererme. Gracias por verme. Gracias por cuidar de mí. Gracias por rescatarme. Gracias por entenderme cuando yo apenas comprendo mis propias reacciones. Gracias por desearme. Gracias por ser el amigo más *sexy* que he tenido nunca. Gracias por ser… tú», pensé en silencio.

Una cosa en la que se había equivocado Hudson fue al afirmar que no podía verme como amiga. *Éramos amigos y él nunca me convencería de lo contrario.* Podía contarle casi cualquier cosa, consciente de que nunca me vería de otro modo después de pronunciar las palabras. Si era una confesión dolorosa, simplemente me abrazaba y me decía que todo saldría bien. Si estaba decaída, me hacía sentir cómoda. Si estaba triste, intentaba animarme. Eso era la amistad e, independientemente de cuánto deseáramos conocer nuestros cuerpos mutuamente, esa base sólida de camaradería y afecto siempre estaría ahí. Al menos, para mí.

Yo siempre había visto más allá del adicto al trabajo, del empresario multimillonario que dirigía su imperio con mano muy firme, del macho alfa con tendencias autoritarias y de su fachada de hombre que no necesitaba nada ni a nadie. Tal vez engañase a la mayoría de la gente, pero no a mí. Hudson tenía sus propias necesidades bajo esa apariencia fría y poderosa que mostraba a casi todo el mundo.

El chico cargaba mucha culpa. Asumía todas las responsabilidades que le echaban y pedía más. Hudson era un perfeccionista con respecto a sus propios actos, pero olvidaba fácilmente muchos defectos en otras personas. Era bueno por naturaleza. Sin embargo, por algún motivo, no creía merecer recibir parte de esa consideración. Yo veía a Hudson como un hombre, porque bajo el disfraz de empresario multimillonario, a veces gruñón, necesitaba que alguien lo viera a él. Tomé su cabeza entre las manos y posé un delicado beso en sus labios sensuales antes de responder finalmente:

—Gracias por ser el chico más increíble que he conocido nunca, Hudson Montgomery.

Él sonrió de oreja a oreja.

—Cariño, si hubiera sabido que hacerte llegar al orgasmo iba a conseguir que me besaras tanto, lo habría intentado antes.

Me eché a reír porque esa faceta sexual y juguetona de Hudson era totalmente irresistible.

—La próxima vez es mi turno para tocarte —dije en un tono coqueto que ignoraba poseer—. Será mejor que nos vayamos o llegaremos tarde a la fiesta.

Me subí la cremallera de los pantalones mientras observaba a Hudson meterse la cartera en el bolsillo trasero y tomar sus llaves mientras comentaba arrastrando las palabras:

—¿No te había advertido ya acerca de jugar con fuego?

Sonreí y tomé mi bolso, no tan nerviosa por conocer a Riley y Cooper como creí que lo estaría.

—Quizás me has convertido en pirómana —bromeé.

Nuestra relación había sido muy desigual desde el principio, y yo lo detestaba. Hudson daba constantemente, hacía todos los sacrificios. Tanto si se daba cuenta como si no, yo estaba curándome y estaba bien. Estaba totalmente preparada para igualar la balanza. Quería ver sonreír a Hudson, aliviar su carga y verlo más relajado. Él había nacido en un mundo que esperaba la perfección de su parte desde muy temprana edad. Ya era hora de que se percatase de que merecía ser feliz y no necesitaba ser perfecto. De alguna manera, sería yo quien le enseñase eso. De repente me di cuenta de que, en algún momento entre el increíble rescate que me había salvado la vida y ese preciso instante, me había enamorado locamente de Hudson Montgomery.

Capítulo 20

Hudson

Miré a Taylor cuando tomó un puñado de arena. La dejó caer cuidadosamente entre los dedos mientras hablaba con Maya Sinclair con expresión viva y animada. Maya era la hija más joven de Aiden Sinclair, el hermano de Seth; la pequeña observaba y escuchaba a Taylor embelesada. Las dos chicas estaban sentadas con las piernas cruzadas en la playa de arena, cerca del patio trasero de la casa de Riley y Seth.

Desde mi tumbona en el patio no oía absolutamente nada de lo que decían, pero como ambas sonreían, no me importaba lo más mínimo de qué estuvieran hablando. Como era de esperar, todos los presentes en la barbacoa informal parecían adorar a Taylor, especialmente Riley y Cooper. Sinceramente, me sorprendió lo poco que le costó a Taylor hacer que Cooper dejase a un lado su introversión habitual.

—Parece que te vendría bien una cerveza —bromeó Seth ofreciéndome una botella fría y dejándose caer sobre la tumbona contigua, con una botella medio vacía en la otra mano.

—Gracias —dije tomando la birra fría que me ofrecía—. Hace un calor de mil demonios hoy.

—Es verano en el sur de California —dijo Seth despreocupadamente—. No viene mucha brisa del mar, así que da más sensación de calor. —Hizo una pausa momentánea antes de señalar con la cabeza a Maya y Taylor—. Esas dos parecen haberse hecho amigas íntimas. Parece que Taylor está enseñándole a Maya algo sobre la arena o la playa, y Maya está disfrutando cada minuto.

Yo asentí. Maya siempre había sido avanzada para su edad académicamente, así que probablemente no tendría problema en seguir nada de lo que Taylor estuviera intentando enseñarle.

—No lo dudo —respondí—. Taylor es geóloga ambiental y a Maya siempre le ha gustado Ciencias de la Tierra.

Seth resopló.

—A esa pequeña sabelotodo le encanta cualquier ciencia. Y punto. Es demasiado inteligente para una niña de su edad. Y Taylor es brillante. La escuché antes hablando de geología con Cooper, pero se me escapaba la conversación. Un chico que nunca fue más allá del instituto no tenía ninguna posibilidad de unirse a la charla.

Yo aparté la vista de Taylor lo suficiente como para lanzarle una mirada rápida a Seth. Parecía perfectamente feliz de no haber entendido absolutamente nada de lo que estaban discutiendo Cooper y Taylor.

—Estoy seguro de que te lo habrían explicado encantados. Por favor, no empieces con esa mierda de que solo terminaste el instituto. Eres uno de los tipos más inteligentes que conozco.

Aunque era cierto que Seth no había ido a la universidad, eso no le había impedido levantar su propio imperio de la propiedad y la construcción. Absorbía el conocimiento más rápido que nadie que yo conociera, incluido yo, y había aprendido el negocio de la construcción desde cero. En otro tiempo, el marido de mi hermana fue un trabajador de la construcción que solo intentaba sobrevivir y ayudar a criar a sus hermanos pequeños. Yo respetaba mucho a Seth, solo que no se lo decía muy a menudo.

—Eso es un elogio viniendo de ti —musitó Seth—. Debes de estar de buen humor hoy. ¿Tiene algo que ver con la bonita pelirroja a la que no has quitado ojo desde que llegaste?

—No es asunto tuyo, y ¿quién ha dicho que estoy de buen humor? —refunfuñé.

—Vamos, Hudson, nunca has traído una cita a ninguna de las fiestas de Riley ni has mirado a una mujer como miras a Taylor. Soy un hombre que está y siempre estará locamente enamorado de su mujer. Conozco las señales. Además, vive contigo ahora mismo. ¿Cuándo fue la última vez que tuviste a una mujer en casa?

Di un largo trago de cerveza antes de responder.

—Nunca.

—Exactamente. ¿Por qué ahora?

—¿Riley no te lo ha contado? —pregunté con escepticismo. Seth me lanzó una mirada perpleja—. ¿No me ha contado qué?

O Seth se merecía un Óscar de la Academia, o Riley ni siquiera le había contado el incidente del secuestro a su propio marido porque yo le había pedido que lo mantuviera en secreto. Miré a mi alrededor. Seth y yo estábamos bastante alejados del resto de los asistentes a la fiesta. Todos los demás estaban en el agua, en la playa o pasando el rato cerca de la comida y de la barra. No pretendía que Riley no se lo contara a Seth, así que le expliqué rápidamente lo que le había sucedido a Taylor, excepto la agresión sexual, la participación de Last Hope y mi papel en el rescate.

—Es becaria de Montgomery Mining, así que, sí, está recuperándose en mi casa. La chica ha pasado por un infierno. Era lo mínimo que podía hacer —dije al terminar la explicación.

—¡Dios! —maldijo Seth—. No había oído ni una palabra del secuestro de ninguno de tus empleados, mucho menos el de tres.

—Nos gustaría que siguiera así —le advertí—. Sería mucho más difícil para la familia de Mark, Harlow y Taylor si la prensa los persiguiera. El Gobierno de Estados Unidos tampoco está impaciente porque salga a la luz, así que no ha sido difícil no hacer ruido.

—Yo no pienso contárselo a nadie y, por lo visto, Riley ya lo sabe —comentó Seth—. Taylor tiene un aspecto increíble para no haber pasado un mes desde el suceso. Debió de ser un calvario para ella.

—Lo fue —convine—. Yo lidié con los rebeldes lanianos cuando estaba en las fuerzas especiales y no son conocidos precisamente por dar un trato humano a los rehenes. Taylor está increíblemente bien.

Le proporcioné a Seth tanta información como pude sobre el secuestro, cómo había intentado escapar Taylor y el estado en que se encontraba después de ser rescatada.

—Entonces, ¿el Gobierno laniano la ayudó? —preguntó Seth con curiosidad.

—Podría decirse eso —respondí con una evasiva. No era una mentira exactamente. El príncipe Nick había llevado al doctor y material. Sabía que Seth se refería a su rescate, pero si quería pensar que un equipo encubierto laniano había llevado a Taylor a puerto seguro, me parecía bien—. Yo envié mi avión privado para traerla de vuelta a Estados Unidos y terminé ofreciéndole un lugar donde quedarse mientras se recuperaba.

«No es mentira exactamente», *pensé restándole importancia.*

—No es de extrañar que estés loco por ella —respondió Seth—. Ni siquiera podría imaginarse que le sucedió algo así. Es muy amistosa y dulce con todo el mundo.

—¿Quién ha dicho que estoy loco por ella? —pregunté lanzándole una mirada que intimidaría a la mayoría de la gente. Pero no a él.

Seth me devolvió la mirada con una ceja levantada mientras decía:

—Déjate de tonterías, Hudson. Como ya he dicho, conozco las señales. No tiene nada de malo estar enamorado de una mujer como Taylor. Es linda, fuerte, muy inteligente y parece mirarte igual que tú la miras a ella.

—Me gusta. Probablemente desde el momento en que nos conocimos, pero me gusta mucho más desde que le dio una paliza a Jax al ajedrez —bromeé.

A Seth se le abrieron los ojos como platos.

—¿Cómo pudo ocurrir eso?

—Le enseñó Mac Tanaka, un gran maestro legendario del ajedrez, y Jax se puso muy arrogante —le expliqué.

Seth soltó un bufido.

—Habría pagado al menos un millón de pavos para verlo. Riley dijo que Taylor también es maestra de taichí. Una mujer con muchos talentos, lo cual la hace muy misteriosa.

—Joder, es auténtica. No le impresionan el apellido Montgomery ni mi dinero, y no le intimida en lo más mínimo nada de eso, ni yo. Cuando me mira… solo me ve a mí, y es increíblemente tolerante con todos mis defectos. Si realmente te interesa saber lo que siento, sí, estoy loco por ella. No pretendía que sucediera, pero no pude impedirlo cuando empezó. ¿Ya estás contento? —Le lancé a Seth una mirada contrariada.

Él dio un trago de cerveza antes de responder:

—La pregunta es… ¿Eres feliz, Hudson? No importa lo que piense nadie más. Pero, que conste, sí, estoy contentísimo de que hayas conocido a una mujer como Taylor. Te mereces a alguien que te quiera por ti, no por tu dinero o el apellido Montgomery. Entonces, ¿qué vas a hacer ahora al respecto?

Yo me encogí de hombros.

—¿Qué puedo hacer? Taylor sigue recuperándose. Espero poder convencerla de aceptar un puesto fijo en Montgomery Mining, pero es bastante reacia por ahora, porque cree que no tiene la experiencia suficiente para formar parte del equipo de laboratorio de Montgomery. Creo que siente que le estoy haciendo un favor, cosa que no estoy haciendo. Sería un valor extraordinario para nuestro laboratorio y centro de investigación. Es dulce, sin duda, pero a veces es más terca que una mula.

Observé a Jax acercarse a paso lento al lugar donde estaban sentadas Maya y Taylor para intercambiar unas palabras con las dos. Maya se levantó con una sonrisa de oreja a oreja y corrió hacia la casa. Supuse que Jax le había dado a Maya un recado divertido para poder charlar con Taylor unos minutos.

—Parece que Jax está dando algún paso —dijo Seth con voz pensativa—. ¿Sabe ya…?

—Lo sabe —le aseguré—. También va a intentar convencerla de que acepte un puesto fijo en Montgomery. Quiere que se quede. Es demasiado inteligente como para dejarla marchar sin luchar por mantenerla con nosotros.

—Creo que deberías luchar con la misma fuerza para que se quede contigo, Hudson —sugirió.

Seguí observando a Jax y Taylor. Parecían enfrascados en una conversación sincera.

—Ponte en mi lugar —le dije a Seth—. La mujer acaba de ser rehén, fue golpeada y maltratada, y todavía intenta orientarse después del suceso. No importa lo desesperadamente que la quiera; no está preparada para nada más que una amistad ahora mismo.

—Entonces, sé su mejor amigo —respondió Seth—. Y luego convéncela de que quieres mucho más que eso. Mira, sé que probablemente aún tiene traumas y miedos sin resolver que solo el tiempo puede curar, pero no creo que esté dañada irremediablemente, Hudson. De hecho, parece más cabal que mucha gente que conozco. Deja que ella decida exactamente lo que quiere y lo que está preparada para hacer. Te lo digo: te mira igual que tú a ella. Creo que quiere algo más, igual que tú.

—Ya te lo he dicho, Seth, fui quien cuidó de ella al principio. Probablemente solo se siente agradecida…

—¡Ni hablar! —me interrumpió Seth—. Ni se te ocurra ir por ahí, Hudson. Esto no es una especie de idolatría al héroe. Te mira como si fueras un postre irresistible que está impaciente por catar. Venga ya. Conozco esa puñetera mirada y basta para volver completamente loco a cualquiera. Como estoy casado con tu hermana pequeña, eso es lo único que voy a decir del tema, pero, por favor, seamos sinceros. La gratitud y el deseo son dos cosas totalmente diferentes.

Me crucé de brazos mientras confesaba:

—Odio sentirme así. ¿Cómo puedo desear tanto acostarme con una mujer cuando acaba de ser liberada después de ser rehén? Toda esta situación es un caos. Taylor se merece mucho más que yo.

—Porque, a veces —dijo Seth solemnemente—, cuando encuentras a la mujer sin la que no puedes vivir, no te importa cuánta mierda tengas que soportar para hacerla tuya. Y sabes perfectamente que no es solo físico, Hudson. Tal vez no quieras reconocerlo, pero ¿cómo te sentirías si conociera a otra persona con la que no le importara salir?

—Me volvería loco —reconocí con voz ronca—. Taylor es mía.

Seth asintió despacio, como si me comprendiera perfectamente.

—Cuando conocí a Riley —dijo en tono bajo y serio—, no quería complicarme la vida en absoluto y lo último que creía necesitar era enamorarme de la abogada pesada que se interponía entre una excelente propiedad inmobiliaria que quería y yo. Pero no tardé mucho en darme cuenta de que no importaba que fuera mi enemiga temporal, porque sabía de sobra que nosotros no podríamos ser adversarios durante mucho tiempo. Claro que sí, ambos nos resistimos a esa atracción. Mucho. Pero al volver la vista atrás ahora, en el fondo, bajo toda aquella animosidad, reconocía el hecho de que había estado esperando a Riley toda mi vida. Ella lo era todo para mí. Era la elegida. Cuando mi mente y mi corazón alcanzaron a mis instintos, no había nada que no estuviera dispuesto a hacer para conquistarla. Tenía que hacerlo porque nunca hubo ni habrá otra Riley ahí fuera para mí. Era todo o nada.

»Afortunadamente, al final descubrí que ella sentía lo mismo y ambos tuvimos que aguantar mucha mierda para conseguir nuestro final feliz. Pero yo volvería a hacer eso y mucho más si significase que acabaría teniendo a Riley. La amo y, si la perdiera, sería un pobre cabrón que solo ocupa sitio en el planeta. Ella me hace el hombre que soy hoy y no me avergüenzo en lo más mínimo de reconocerlo. Antes de ella, no creía mucho en el destino, pero creo que Riley y yo siempre estuvimos destinados a estar juntos. Supongo que, si lo hubiéramos fastidiado, habríamos construido nuestro propio destino, pero mi vida sería asquerosa sin ella, razón por la cual nunca subestimo ni un solo momento que paso con ella. Jamás.

Permanecí allí sentado, totalmente estupefacto durante un momento porque Seth nunca se había mostrado tan franco conmigo. Bromeábamos mucho, disfrutábamos de la compañía del otro, hablábamos mucho de negocios y actualidad, pero él no se había sincerado así conmigo desde el día en que me prometió que siempre amaría y cuidaría de mi hermana pequeña cuando él y Riley se comprometieron. Incluso entonces, nunca fue tan sentido acerca de cuánto amaba a Riley. Sí, era evidente que la adoraba y que el afecto era mutuo. Quizás creyera que yo no lo entendería y era posible que hacía unos meses no hubiera concebido cómo podía sentirse así un hombre.

Pero ahora lo entendía y sabía que debió de ser una agonía para Seth descubrir que mi padre había abusado repetidamente de Riley cuando era niña.

—Creo que ella quizás también estaba esperándote —dije con voz desgarrada—. Cuando no podía contarle a un alma lo que le hizo mi padre, finalmente pudo decírtelo a ti. No sé cómo demonios la ayudaste a superar algo tan doloroso que lo mantuvo enterrado durante tantos años, pero me alegro de que lo hicieras.

Seth se encogió de hombros.

—Lo único que hice en realidad fue quererla e intentar hacer que viera que nada de eso era culpa suya. Aunque se abata, aun cuando parece frágil, en el fondo, Riley es una mujer fuerte e increíblemente inteligente. Lo entiende. Yo, básicamente, estoy ahí para darle apoyo cuando me necesita. —Vaciló antes de añadir—: Tengo la corazonada de que Taylor es igual, aunque apenas la conozco. Has de estar ahí para ella, Hudson. Sé su hombro para llorar cuando lo necesite, pero ten fe en que tarde o temprano lo resolverá porque es independiente y valiente. Y, por Dios, no des por hecho que sabes lo que siente. No lo sabes… a menos que salga directamente de su boca. Cuando te diga algo, escucha y tómalo como la verdad en lugar de darle demasiadas vueltas a todo.

No estaba seguro de cómo sabía aquello, pero en mi cabeza no cabía la menor duda de que Seth había percibido que Taylor fue víctima de agresiones sexuales mientras estaba cautiva. Ciertamente, era algo que nunca habría compartido con él ni con nadie más, dicho sea de paso. Pero probablemente era una conclusión lógica por su parte, puesto que sabía que Taylor había sido atormentada de todas las maneras posibles durante su secuestro en Lania.

Le lancé una mirada cautelosa.

—Es demasiado pronto —dije con voz áspera.

Él me devolvió la mirada con expresión empática.

—En tu mente, puede ser. Pero creo que tienes que dejar a Taylor tener la última palabra. Mira, estás en una posición terrible ahora mismo. Lo entiendo. Pero no dejes que tu preocupación le parezca un rechazo si realmente la deseas. Ninguna mujer en el mundo quiere sentirse indeseable cuando ocurre algo así.

Yo asentí marcadamente.

—Hablamos. Sabe que me atrae, supongo que solo estoy…

—¿Preocupado de que ella no sienta lo mismo? —adivinó Seth—. Hombre, no te ofendas, pero creo que puedo decir sin duda que, a juzgar por cómo te mira, no se trata de una profunda gratitud.

Me terminé el último trago de cerveza antes de preguntar:

—¿Cómo superaste esto? Taylor me vuelve completamente loco, y yo solía ser un hombre muy racional. No soy la clase de chico que pierde los papeles por una mujer. Nunca lo he sido ni creí que fuera a serlo.

Seth sonrió de oreja a oreja.

—La mujer adecuada puede hacer caer a algunos de los tipos más duros del mundo. Personalmente, lo siento por los pobres cabrones que creen que nunca podrían sentirse así y no han tenido tanta suerte como yo.

—Es difícil sentirse afortunado cuando se te están poniendo las pelotas azules de aguantar —gruñí.

Seth soltó una risita ante mi miseria y luego dijo:

—Oh, oh… Parece que Riley no puede esperar ni un minuto más para tener una pequeña charla a solas con Taylor.

Mis ojos volaron de vuelta al lugar donde Jax había estado hablando con Taylor hacía unos instantes. Maya y Jax estaban comiendo helado; probablemente este le había pedido a la niña que fuera a buscarlo para tener unos minutos a solas con Taylor.

Gemí al ver a las dos pelirrojas paseando hacia el muelle.

—¿Tengo que rescatar a Taylor? —le pregunté a Seth.

Este sacudió la cabeza mientras se levantaba de la tumbona.

—No. Estás a salvo. A Riley parece gustarle Taylor. Si no le gustara, quizás tendrías que preocuparte. Voy por otra cerveza. No me apetece jugar al voleibol ahora mismo. Hace mucho calor.

—Tráeme una. Creo que la necesito —le dije a Seth—. Me parece que no quiero saber de qué están hablando ahora mismo.

—Ya lo sabes. Estamos hablando de Riley —respondió en alto—. Y Taylor es la primera mujer con la que te ha visto desde hace mucho tiempo.

Sí, conocía a mi hermana pequeña, eso era exactamente lo que me preocupaba.

Capítulo 21

Taylor

Riley Sinclair me gustó casi de inmediato. Sí, era preciosa, pero no parecía tener un pelo de clasista, y tenía una bonita sonrisa auténtica. Me miró mientras caminábamos playa abajo, incapaz de ocultar la sincera preocupación en sus ojos cuando me preguntó:

—¿De veras estás bien después de todo lo que has pasado? El secuestro debió de ser muy traumático.

Yo le sonreí.

—Me llevará un tiempo recuperar la forma física en que estaba antes de que sucediera y sigo teniendo pesadillas a veces, pero por lo demás estoy bien, sinceramente. En realidad, la mayor parte del tiempo solo me siento agradecida de estar viva.

—¿Estás cómoda en casa de Hudson? —inquirió vacilante.

—¡Cómo no iba a estarlo! —respondí con una carcajada—. Tiene una preciosa casa en la playa, igual que tú. Es tranquila, Hudson tiene mucha intimidad allí y ese hombre sabe cocinar. ¿Qué más podía pedir? Tu hermano ha sido un apoyo increíble. No estoy segura de qué habría hecho sin él.

—Bueno —dijo Riley, alargando la palabra—. Hudson puede ser un poco…

—¿Hosco? ¿Gruñón? ¿Mandón? Sí, me he dado cuenta, pero solo es así por fuera. Tiene buen corazón. Hudson es un hombre increíble. Simplemente no estoy segura de que él se vea así.

Riley asintió.

—Trabaja demasiado, duerme muy poco, carga demasiada responsabilidad y tú eres la primera mujer que ha traído a una de mis reuniones. Desde siempre.

—¿De verdad? —dije sorprendida—. Me pregunto por qué.

Riley soltó un largo suspiro.

—Tal vez esto suene un poco extraño, pero no es fácil nacer con dinero y llevar un apellido que acarrea un montón de expectativas. Hace muy difícil distinguir a la gente que realmente te quiere de la que solo quiere tu dinero o tu apellido. Creo que Hudson renunció a las relaciones después de que le hicieran daño unas cuantas veces mujeres a quienes no les importaba una mierda. Lo único que les importaba eran su dinero y su estatus.

—No entiendo muy bien que ninguna mujer vea el hombre tan alucinante que es Hudson bajo su riqueza y poder. De hecho, es increíblemente humilde, brillante, ingenioso y realmente bueno. Creo que esas cualidades son mucho más importantes que su cuenta bancaria —dije un poco indignada. Me molestaba realmente que ninguna de las mujeres con las que había salido lo hubiera visto.

—Estoy completamente de acuerdo —dijo Riley firmemente—. Pero, en nuestro mundo, es muy difícil conocer a alguien a quien no le importen en absoluto el estatus ni el dinero.

—Tú lo hiciste —le recordé.

—Seth es… especial —dijo Riley con una voz que revelaba completamente cuánto amaba a su marido—. Creció pobre y trabajó duro para cuidar de su familia. Sabía cuáles eran sus prioridades y qué era lo realmente importante antes de heredar una fortuna. Seth creció en un hogar lleno de amor, aunque no tuvieran mucho dinero. Nosotros… no. A nuestros padres no les importábamos una mierda ninguno de nosotros. Eran abusivos y completamente superficiales.

Como todos mis hermanos eran superdotados, fueron enviados a un internado cuando eran muy pequeños y se esperaba de ellos que actuasen como adultos.

—Así que ninguno de vosotros tuvisteis una infancia en realidad —dije con tristeza.

—No —respondió ella con solemnidad—. Mi padre abusó de mi cuando era niña, lo cual traumatizó toda mi infancia, y los chicos fueron enviados a un lugar donde no importaba nada excepto la excelencia académica.

—Dios mío, Riley —dije horrorizada—.Siento muchísimo lo que te ocurrió.

—No lo sientas —pidió—. Ya no importa. Mi padre lleva muerto mucho tiempo y mi madre bien podría estarlo, porque ninguno de nosotros habla con ella después de descubrir que sabía lo que hacía mi padre pero lo ignoró para no manchar el apellido Montgomery. Solo te lo he contado para que entiendas la familia tan jodida que teníamos.

Anduvimos en silencio durante unos instantes hasta que yo dije:

—Lo entiendo. Crecí en el sistema de acogida después de que mis padres murieran en un asesinato y posterior suicidio cuando tenía cuatro años. Me mandaron de casa en casa hasta que finalmente encontré un hogar permanente cuando tenía once años. Las cosas mejoraron mucho para mí después de aquello, pero te marca la psique crecer sintiéndote indeseada y no amada.

—Totalmente —convino Riley—. ¿Por qué no te adoptó nadie?

Yo me eché a reír.

—Era una niña pelirroja salvaje y sin ningún atractivo, y era más probable que pegara a cualquiera que me hiciera una broma a que llorase. Pasé la mayor parte de esos primeros años enfadada, aterrorizada y sintiendo que nadie podía quererme.

—No te culpo —contestó Riley—. Pero eres una mujer guapa, Taylor. Me cuesta mucho creer que no fueras una niña monísima.

—Créelo —dije llanamente—. Tenía unas gafas enormes que nunca me sentaban bien, la cara llena de pecas y una melena pelirroja rebelde. Me deshice de las gafotas cuando llegué a un buen hogar donde mi padre de acogida me compró lentillas. Después me hice la cirugía láser para quitármelas también, pero creo que las pecas y el pelo rebelde siguen ahí. Además, terminaré con un par de cicatrices en la cara por una paliza que recibí durante el secuestro.

Riley se detuvo y me agarró del brazo suavemente hasta que estuvimos cara a cara.

—Esas cicatrices apenas serán perceptibles cuando se curen y la mayoría de tus pecas han desaparecido. Si las que quedan te molestan realmente, puedes utilizar varios productos o métodos para deshacerte de ellas.

Yo puse los ojos en blanco.

—Por lo visto a tu hermano le parecen adorables. He probado algunos productos, pero tengo una piel muy sensible y lo demás está fuera de mi alcance, porque soy una estudiante con dificultades económicas desde hace ya seis años.

Riley sonrió.

—De hecho, a mí también me parecen adorables. Pero se trata de ti y de lo que a ti te haga sentirte guapa.

No podía decirle a Riley que su hermano era lo único que me hacía sentir totalmente deseable. No podía mencionar eso. Sonreí con satisfacción mientras separaba los brazos de los costados.

—¿De verdad parezco una mujer que se preocupa demasiado por su aspecto? Este suele ser mi estilo todos los días. Como soy geóloga y estoy mucho en el campo… Algún día, puede que necesite atuendo profesional, pero no ha sido necesario hasta ahora.

Riley me miró de arriba abajo.

—En realidad pareces una mujer que se preocupa por su aspecto. Ese violeta de tu camiseta resalta tus preciosos ojos verdes y vas muy bien conjuntada para una fiesta informal. Eres preciosa, Taylor, tanto si te das cuenta como si no. Me gustaría estar tan delgada como tú, pero me encanta la comida.

Empezamos a caminar hacia el muelle de nuevo antes de responderle:

—Perdí peso en Lania, pero he recuperado la mayor parte. Si sigo comiendo todo lo que intenta darme Hudson, me inflaré como un globo.

Riley se echó a reír antes de preguntar:

—¿Crees que tu relación con Hudson seguirá cuando te hayas repuesto completamente? Me refiero a que es evidente que os tenéis cariño, supongo que esperaba que así fuera.

—No estoy segura —respondí con sinceridad—. Hudson me importa mucho, pero seamos francas, soy una geóloga ambiental recién licenciada y Hudson es… bueno, es Hudson Montgomery. De no haber sido por el secuestro, dudo que nuestros caminos se hubieran cruzado siquiera. Además, has de reconocer que no soy la clase de mujer con la que saldría normalmente. Así que, sí, me gustaría que siguiera adelante, pero no sé si lo hará. Estoy buscando un trabajo fijo y es posible que termine fuera de California.

—Si os queréis, podéis encontrar una solución —contestó Riley—. Y Hudson raramente sale con gente ultrarrica a menos que se vea obligado a hacerlo por compromisos de los negocios o de las organizaciones benéficas que apoya. Ninguno de nosotros lo hacemos, en realidad. Es un grupo miserable en su mayoría. Mira, no quiero pasarme de la raya, pero veo que Hudson está loco por ti por la forma en que te mira, y creo que él también te importa.

—Me importa. Y mucho. Pero el líder rebelde me agredió sexualmente repetidas veces mientras era rehén y creo que Hudson siente que no estoy preparada para llevar esto a otro nivel ahora mismo. —No pretendía contarle a Riley esa parte de mi cautiverio, pero se me escapó de todas maneras. No fue difícil contárselo porque ella había sido muy franca conmigo.

—Ay, Dios, Taylor. Debió de ser horrible.

Yo asentí.

—Lo fue, pero soy capaz de ver que la agresión sexual fue algo diferente de una relación con consentimiento mutuo. Soy maestra de taichí y estoy muy entrenada para vivir en un estado de atención plena desde la adolescencia. Eso significa que he aprendido a siempre dirigir mi atención hacia el momento presente sin juzgar y a estar abierta a nuevas experiencias y emociones. Sí, he tenido algunas pesadillas y, justo después del secuestro, tenía *flashbacks*. Sigo trabajando en eso con ayuda de una terapia intensiva. Mi terapeuta me dijo que cada persona lidia con el trauma y la agresión sexual de distinto modo. A veces, puede llevar mucho tiempo trabajarlo y volver a tener una relación sexual normal.

»Entiendo perfectamente por qué, y es posible que tarde una temporada en lidiar con todos mis traumas subconscientes, pero para mí, todo lo que sufrí durante el secuestro y lo que siento por Hudson son experiencias totalmente independientes. No asocio lo ocurrido en Lania con nada de lo que pasa ahora mismo con Hudson. Durante un tiempo, creí que era rara, pero mi terapeuta me aseguró que mi cerebro es normal y que está lidiando con mis experiencias a su manera única. Sin embargo, Hudson no lo entiende. Creo que sigue intentando protegerme, aunque en realidad ya no necesito cuidador. Ahora que he podido volver a mi práctica de taichí, estoy más centrada.

Riley puso los ojos en blanco.

—Acostúmbrate a su comportamiento protector. El instinto protector de Seth nunca desapareció y dudo que el de Hudson vaya a hacerlo. Estoy de acuerdo con tu terapeuta en que deberías lidiar con el trauma y las secuelas de la agresión de cualquier manera en que se manifiesten, y no como otra persona crea que deberías reaccionar. Cada mujer es única, con historias y experiencias muy diferentes.

—A veces desearía tener el atractivo sexual para seducirlo sin más —farfullé.

—Oh, lo tienes —dijo Riley con una sonrisa de suficiencia—. Solo que aún no has utilizado esas habilidades.

Capítulo 22

Taylor

Una semana después, estaba más que dispuesta a buscar cualquier habilidad de seducción oculta que tuviera para hacer que Hudson perdiera el control. Estaba harta de dejar que me hiciera llegar al orgasmo con toda la ropa puesta. Cierto, era increíblemente creativo, pero a mí ya no me parecía suficiente. Quería tocarlo, pero cada vez que mi mano impaciente buscaba su miembro, me lo impedía antes de que pudiera empezar.

Había progresado mucho en nuestra relación desequilibrada durante la velada fuera. Hudson había empezado a ir a su oficina el pasado lunes, así que yo me ocupé de cocinar encantada todos los días. No es que fuera una tarea enorme, ya que tenía una cocina que probablemente haría llorar de alegría a un chef, pero también hice repostería todos los días.

Como a Hudson, a Mac le encantaba todo lo dulce, así que yo había aprendido a hacer prácticamente todos los postres conocidos. Me entusiasmaba probar nuevas recetas, pero no había tenido mucho tiempo libre para la repostería durante mis años en Stanford. Ahora tenía entre manos más tiempo del que deseaba.

Mi fisioterapeuta me dejaría libre en dos semanas y habíamos reducido las sesiones a una semanal, ya que la mayor parte del trabajo giraba en torno a mi rutina de taichí y a asegurarnos de que podía aguantar los movimientos más rápidos y duros del arte marcial. Seguiría viendo a mi terapeuta una vez a la semana para tratar el trauma del secuestro, pero no había tenido ninguna pesadilla desde la ocasión en que me desperté gritando. Ahora que había vuelto a hacer taichí todos los días, mi mente estaba mucho más tranquila y mi cuerpo más fuerte. Por fin volvía a sentirme yo misma.

—Hoy he recibido una oferta de trabajo —le conté a Hudson mientras terminábamos de cenar en la mesa del comedor.

Su cabeza se alzó bruscamente y me miró perplejo.

—¿Dónde? Creía que Jax había hablado contigo la semana pasada acerca de aceptar el puesto disponible con nuestro equipo de investigación en conservación.

Yo suspiré. Jax me había hablado de ese trabajo. Era un puesto que codiciaba y era muy relevante en mi especialidad, pero no creía tener la experiencia necesaria para aceptarlo.

—Le dije que me lo pensaría. Ya había enviado currículums y esta semana he tenido varias entrevistas virtuales que han ido bastante bien. Cuando hice la que estaba programada para hoy, me ofrecieron el puesto en el momento.

—¿Qué empresa?

Se lo dije y luego vi cómo se formaba una expresión de disgusto en su cara.

—La odiarías —dijo malhumorado—. Siguen haciendo principalmente minería sucia de oro. No trabajarías en remediación, en prevención ni en nuevas maneras de reducir el impacto ambiental de la minería. Estarías demasiado ocupada corriendo de un desastre de cianuro o mercurio al siguiente. No les importa una mierda la minería sostenible.

—Lo sé. ¿Y si pudiera ayudarles a cambiar eso?

—Taylor, en esa empresa, si alzaras la voz en lugar de permanecer a raya, te aplastarían como un bicho. No lo hagas —me advirtió en tono ominoso.

—El sueldo es decente y no tengo que quedarme allí para siempre.

—¿Y dónde estarías exactamente?

—Su central está en Nevada —dije—. Probablemente tendré que viajar…

Taylor gruñó. Cerré la boca esperando que hablara.

—Estoy a punto de pedirte el segundo favor —murmuró en tono sombrío.

Los ojos se me abrieron como platos.

—Si vas a insistir otra vez con lo del dinero, no te molestes. Soy perfectamente capaz de encontrar trabajo.

«Dios, Hudson está tan *sexy* cuando empieza con estas chorradas de macho alfa», pensé. No me intimidaba en absoluto, pero ver su rostro cuando se ponía como una bestia me hacía sentir un hormigueo por todo el cuerpo en respuesta.

Él me fulminó con la mirada.

—Ya te dije que no volvería a sacar el tema. Pero plantéalo con total libertad si te sientes preparada para aceptarlo.

—No lo estoy —dije con vehemencia—. Así que, si no se trata del dinero, escuchémoslo.

—De veras quiero que aceptes el trabajo en Montgomery. Sabes que ese equipo en concreto encajaría fenomenal y no sería la primera vez que ofrecemos un puesto fijo a un becario. No quiero que te vayas con otra compañía. Jax y Cooper también esperan que decidas quedarte. No estoy haciéndote ningún favor. Te estoy pidiendo que tú me lo hagas a mí. Eres demasiado inteligente como para ser feliz en un puesto de principiante en otra empresa a la que no le importa nada el daño geológico que está haciendo.

¿Estaba pidiéndome Hudson que hiciera algo inmoral o poco ético en mi opinión? No, no lo estaba haciendo. Estaba siendo sincero acerca del hecho de que Montgomery también había contratado a becarios sobresalientes para puestos fijos. Harlow había empezado con Montgomery como becaria y, con el paso del tiempo, había ascendido. Me sentía casi ansiosa ante la idea de aceptar algo que no creí que vería hasta dentro de tres años, hasta que hubiera superado mi etapa en un puesto de menor categoría en otra empresa.

No es que quisiera trabajar en otra empresa. Montgomery siempre había sido mi objetivo a largo plazo. Pero, en el fondo, no sabía si ya estaba preparada para Montgomery. Además, quizás aún creyera que Hudson me ofrecía el puesto debido a aquella… relación que teníamos, que no era de amigos ni de amantes.

Le sostuve la mirada al responder:

—Por favor, no me digas que no podríais encontrar a alguien más cualificado que yo para ese puesto.

Él se encogió de hombros.

—Siempre tiene ventajas contratar a un recién licenciado, especialmente a uno como tú. No siempre es genial terminar con un geólogo más experimentado. Si no han trabajado en una empresa como la mía, es muy probable que tengan malos hábitos. Además, nos sales más barata, porque empezarías en un puesto de menor categoría hasta que superes la formación inicial y el periodo de prueba.

—¿Cómo de barata sería para vosotros?

Hudson mencionó despreocupadamente un salario promedio de principiante y luego me dijo lo que sacaría de la formación y el periodo de prueba.

Lo miré boquiabierta.

—Eso es muchísimo.

—Es el sueldo normal en Montgomery para ese puesto. No estoy inventándomelo. Valoramos tu formación e incluso te ofreceremos asistencia cuando hayas trabajado un año con nosotros para ayudarte a hacer el doctorado si eso es lo que quieres.

Yo tragué saliva. ¿Cómo podía no aceptar el trabajo que se me ofrecía? Tendría que estar loca para rechazarlo. Era todo lo que quería, incluida la asistencia para matricularme en un doctorado en el futuro. El salario era una locura, pero Montgomery siempre había sido conocido por ser uno de los mejores empleadores para geólogos.

—¿De verdad es esto lo que quieres? ¿De veras estoy lista para entrar en un equipo ahora mismo?

Terminada su cena, Hudson apartó el plato y apoyó los brazos sobre la mesa frente a él.

—De verdad, es lo que quiero, Taylor. No quiero que te vayas a otro lado. Y, claro que sí, estás preparada. No es como si fuéramos a tirarte a la piscina y esperar que nades o te hundas. Se asignará a alguien para que te enseñe todos nuestros procedimientos, con el fin de que te sientas segura cuando termines la formación.

—Aprendí algunas cosas durante el tiempo que pasé con Harlow como becaria —cavilé.

—Creo que te debes a ti misma darle una oportunidad a Montgomery —dijo bruscamente—. Siempre tendrás la opción de ir a otro sitio si resulta no ser lo tuyo.

—¿No ser lo mío? Es una oportunidad única en la vida para una recién licenciada, Hudson, y habría enviado mi solicitud de empleo a Montgomery en algún momento. Sabes que mi objetivo es colaborar en los esfuerzos para ayudar a las compañías mineras a tener el menor impacto posible en el medio ambiente.

Él sonrió.

—Trabajarás en eso con un equipo que tiene los mismos objetivos.

El corazón me latía desbocado cuando por fin dije:

—Entonces acepto ayudarte con el segundo favor. ¿Cuándo empiezo?

Observé cómo se disipaba la tensión del apuesto rostro de Hudson.

—Cuando terminen tus prácticas —dijo con voz ronca—. Y este favor viene con una segunda parte.

—Hudson, no necesito otras cuatro o cinco semanas para empezar a trabajar…

—Sí las necesitas —me interrumpió—. ¡Dios! Te has dejado la espalda trabajando sin descanso durante los diez últimos años. Cuidaste de Mac y mantuviste un trabajo durante tres años. Después de eso seguiste trabajando y lloraste su pérdida. Durante los seis años siguientes, fuiste a la universidad a jornada completa y trabajabas. Y después, en lugar de tomarte libre el verano, dejaste tu vida en Stanford y viniste aquí para hacer unas prácticas exigentes antes de buscar un puesto fijo. Para ponerle la guinda al pastel, terminaste siendo rehén y estuviste a punto de perder la vida.

»Ahora que ya estás sana y bien, tienes que tomarte un tiempo para ti, Taylor. No me importa que hagas el papeleo previo al trabajo durante las próximas cinco semanas, ya terminaste la orientación básica antes de empezar como becaria, así que será una transición sencilla. Tómate este tiempo para disfrutar de tu vida antes de meterte de cabeza en un trabajo exigente.

Hizo una pausa, con aspecto ligeramente aprensivo antes de añadir:

—Además, quiero ayudarte a que estés completamente preparada. Deja que te ayude a renovar tu equipo electrónico. Necesitarás un portátil nuevo, un teléfono mejor, etc. No te estoy pidiendo que me dejes hacerlo como tu empleador. Quiero hacerlo como yo, Hudson, el chico al que le importas. También me gustaría que no hagas planes para buscar casa propia. Quédate, Taylor. Quédate aquí conmigo. No porque te esté haciendo un favor, sino porque te echaría muchísimo de menos si ya no estuvieras aquí.

Las lágrimas me nublaron la vista, pero no me importó. Si había alguien que necesitara tomarse unas vacaciones, era el hombre sentado a la mesa frente a mí ahora mismo. Probablemente, lo más conmovedor de la segunda parte de aquel favor era que tenía todo que ver conmigo, y no con Montgomery Mining. Quería hacer esto por mí porque le importaba. Y punto. Hudson me conocía. Me veía. Sentí deseos de encaramarme a la maldita mesa, arrojarme en sus brazos y nunca marcharme. Pero me contuve porque tenía mis propias condiciones.

—Nadie necesita unas vacaciones más que tú, Hudson, y no estoy hablando de tomarte tiempo libre para atender obligaciones familiares, asistir a bodas, reuniones o fiestas. Quiero pasar tiempo contigo, Hudson, y quiero verte relajarte. Quiero al menos dos semanas. Te daré una hora en el despacho todas las mañanas, pero después de eso, eres mío.

Sus ojos se nublaron, como si fuera a estar totalmente satisfecho poniéndose en mis manos.

—Hecho —convino de buena gana—. Ya soy tuyo de todas maneras.

El corazón me dio un vuelco al ver la mirada posesiva en sus ojos de plata líquida. Aunque él ya debería entender cuánto lo deseaba, que yo ya era suya también, no estaba segura de que comprendiera lo que sentía exactamente.

Tal vez no me hubiera abierto lo suficiente para que lo supiera, pero planeaba rectificar ese fallo de comunicación lo antes posible.

—Trato hecho —musité mientras intentaba averiguar exactamente cómo conseguiría desnudar a Hudson.

Capítulo 23

Hudson

Más tarde aquella noche, me metí en la ducha, el pene hinchado y ansioso, y suplicando por un desahogo. Todas las malditas noches me decía que podía aguantar un poco más antes de presionar a Taylor para tener algo más que sesiones intensas de besos ardientes y embriagadores que siempre la llevaban al éxtasis al final. Nada me gustaba más que verla cuando llegaba al clímax sabiendo que había sido yo el que la había llevado al frenesí, pero aquello también me dejaba excitado y frustrado. Me lavé el cuerpo y después el pelo, con los gritos de placer sin remedio aún resonándome en los oídos.

«¡Maldita sea, Dios!», pensé excitado. Aquella mujer merecía la pena la espera y yo esperaría siempre si eso era lo que hacía falta para hacer mía a Taylor. *«Cuando esté preparada...»*, me dije.

Deslicé la mano hacia abajo y envolví mi miembro erecto, tal y como había hecho cada noche desde la primera vez que llevé a Taylor al orgasmo y escuché esos dulces gritos saliendo de sus labios. Me acaricié la verga de arriba abajo con el recuerdo de sus gemidos de placer que pedían que se lo hiciera y terminaron en su clímax hacía menos de treinta minutos.

—¡Joder! —dije con voz ronca antes de cerrar los ojos y dejar caer la cabeza contra la pared de la ducha. Me había sentido muy tentado de dejarla tocarme cuando su mano estuvo a punto de acariciarme el miembro. Pero, como de costumbre, había apartado esos dedos exploradores fuera del alcance de lo que, sin duda, sería más de lo que ella podía manejar. «No está lista. No está lista. No está lista». Aceleré el ritmo. Necesitaba correrme para atemperarme…

—¿Tienes idea de lo increíblemente *sexy* que es verte tocarte? —me dijo al oído una sensual voz de mujer.

Se me abrieron los ojos porque sabía que tenía que estar profundamente inmerso en una fantasía ardiente. Parpadeé y volví a hacerlo. Si aquello era una fantasía sexual, era condenadamente vívida, porque vi a Taylor completamente desnuda y tan cerca de mí que pudo estirar el brazo y deslizar la mano atrevidamente por mi cuerpo a medida que decía:

—Es una vista increíblemente erótica y me gustaría verlo algún día hasta que llegues al orgasmo, pero ahora quiero participar.

Sí. Estaba ahí. No cabía duda al respecto. Mis ojos recorrieron su cuerpo hambrientos, desde el pelo suelto húmedo, bajando por sus perfectos pechos respingones hasta ese sexo que hacía la boca agua. Se lo había depilado desde que la vi completamente desnuda después del rescate, pero aún tenía una pista de aterrizaje de rizos rojos sobre el monte que deseaba tocar desesperadamente.

Dejé caer la mano a un lado y solo la miré fijamente, porque no conseguí pronunciar ni una sola palabra. Me había dejado mudo del asombro, fascinado al ver a Taylor comiéndose con los ojos cada centímetro de mi cuerpo descaradamente. Me miraba como si estuviera hambrienta y yo fuera el único sustento que necesitara o quisiera. Acercándose más, ni siquiera parpadeó cuando su cuerpo se introdujo bajo uno de los chorros de agua. Su único foco de atención parecía ser yo. Todos los músculos de mi cuerpo se tensaron a medida que ella exploraba mi desnudez resbaladiza con las palmas de las manos, acariciándome los hombros, el pecho y después el abdomen mientras decía:

—Eres hermoso, Hudson, y quiero tocarte desde hace mucho tiempo. No me lo impidas esta vez, porque si lo haces, seguiré intentándolo. Necesito tocarte.

Dejé caer la cabeza otra vez contra la pared de mármol, plenamente consciente de que esta vez no iba a pararle los pies. Le daría a aquella mujer lo que necesitara. Joder, quería sus manos por todo mi cuerpo. Había fantaseado con ello cientos de veces, pero mis imaginaciones nunca habían sido tan deliciosas. Al acercarse tanto como pudo, su boca trazó un surco sobre mi pecho y su mano se desplazó a mi entrepierna.

Inspiré hondo cuando ella empuñó mi pene con delicadeza.

—Eres enorme, Hudson —me dijo en voz baja al oído—. Y estás durísimo.

—Es tu culpa —conseguí decir finalmente entre los dientes apretados.

Taylor soltó una carcajada *sexy* y pícara que nunca había oído de su boca.

—Me excita hacer que te pongas tan duro.

«¡Santo Dios!». ¿Cuándo se ha convertido esta mujer en una gatita ardiente?», me pregunté atónito. No es que no me hubiera encendido los motores siempre, pero ahora mismo era completamente irresistible. Tal vez porque parecía no tener ninguna duda acerca de explorar su sexualidad. Conmigo. Apreté los puños, todo mi cuerpo tenso cuando se abrió paso a besos y lametones por mi abdomen antes de dejarse caer de rodillas.

«¡Santo Dios! No estará a punto de...», pensé. Siseé cuando estrechó el apretón sobre mi miembro y sentí que su boca tomaba todo lo que podía de mi sexo antes de deslizarse hacia atrás para dejar que su lengua acariciase lentamente la punta sensible.

Mi mente me gritaba que pusiera fin a una de las mejores cosas que había experimentado nunca, pero cuando gimió, a todas luces disfrutando de lo que hacía, acallé por completo ese hilo de pensamiento. Ensarté las manos en su pelo mojado, cerré los ojos y me permití sentir cada sensación, cada emoción y cada sonido que emitía ella.

—¡Joder, nena! —grité mientras guiaba su cabeza—. Qué sensación tan increíble.

Estaba a punto de venirme como un adolescente que recibe su primera mamada. Había deseado a Taylor durante lo que parecía una eternidad y el que estuviera allí devorando mi miembro felizmente con la boca era más de lo que yo podía soportar. Sinceramente, nunca había habido una mujer en toda mi vida que hubiera deseado comérmelo con tanto gusto. Generalmente, yo no dejaba que la cosa fuera demasiado lejos, porque solía darme cuenta de que a mi pareja sexual no le gustaba mucho hacerlo. Pero ¿a Taylor? Decididamente, le gustaba, y cada gemido lujurioso que emitía estaba a punto de hacerme caer al abismo. Hizo una pausa sin dejar de acariciarme el pene con la mano mientras decía en tono suplicante:

—Vente para mí, Hudson. Por favor. Lo deseo tanto.

Empuñé su pelo al darme cuenta de que lo último que ella deseaba era que me reprimiera. Esa súplica implorante hizo más que redoblar mi deseo. Me liberó del miedo que albergaba desde el día en que me di cuenta de que deseaba a Taylor. La insté a ir cada vez más rápido, cada movimiento guiado por una urgencia cruda. No iba a aguantar mucho más. Así, no. No con ella.

—Sí. ¡Joder! ¡Sí! —gemí a medida que se me tensaban los huevos—. Voy a correrme, nena. Mucho.

Era una advertencia para que retrocediera. No lo hizo. Taylor gimió y tomó tanto de mi miembro como pudo. Aquello desencadenó el orgasmo más intenso que había experimentado nunca.

—Dios, Taylor —bramé mientras todo mi cuerpo se sacudía y ella seguía tragando avariciosamente hasta que quedé vacío.

La incorporé y nos sostuvimos la mirada. Yo seguía respirando pesadamente y el corazón estuvo a punto de salírseme del pecho cuando vi la excitación en su mirada. No tenía miedo. No estaba traumatizada. Taylor respiraba tan intensamente como yo en ese momento, aún perdida en el éxtasis mientras sacaba la lengua y se lamía los labios. La atraje contra mi pecho y la besé. De inmediato, ella presionó su bonito cuerpo contra el mío y se abrazó a mi cuello.

¡Mía! Aquella mujer era toda mía. No necesitaba acostarme con ella para reivindicarla. Acababa de sellar su destino entregándose a mí de una manera tan íntima que sacudió todo mi mundo.

Cuando finalmente liberé su boca, ella dijo sin aliento:

—Eso es lo más excitante que he hecho en mi vida.

Le aparté el pelo mojado de la cara, mi pecho tenso al ver la satisfacción mezclada con el anhelo en sus preciosos ojos verdes.

—Ahora me toca a mí —gruñí levantando su cuerpo y apoyando su trasero en el gran banco de la ducha—. Acabas de soltar a la bestia. Espero que estés preparada para manejarla.

Los ojos se le llenaron de deseo desenfrenado y no había ni pizca de reticencia en su voz cuando musitó:

—Dale, guapo.

Capítulo 24

Taylor

El corazón me latía desbocado cuando Hudson se puso de rodillas, me separó los muslos y colocó su poderoso cuerpo entre ellos. Nos sostuvimos la mirada cuando él puso la mano en mi nuca y dudó, como si no pudiera soportar la idea de perder el contacto visual.

«Espéralo. Espéralo. Espéralo». El sensato consejo de Mac no cesaba de repetirse en mi mente como un disco rayado, porque cuando Hudson me miraba así, veía lo que yo sentía devolviéndome la mirada. Me necesitaba tanto como yo a él. No necesitaba seguir esperando. Ese reflejo de todo lo que yo sentía estaba ahí, en los hermosos ojos grises de Hudson Montgomery.

¿De verdad creía que me aterrorizaría al ver esa clase de pasión, de adoración, de ferocidad de su deseo enfocadas en mí? Ni hablar. Me deleité en ellas porque Hudson era la bestia más *sexy* y ardiente a la que le había echado el ojo en toda mi vida.

Me besó. Fue un abrazo prolongado de ternura mezclada con un anhelo desnudo y urgente que me hizo sentir una opresión en el pecho. El banco era tan grande que probablemente podría darse una fiesta en él, así que, cuando liberó mi boca, Hudson empujó mi cuerpo hacia abajo hasta dejarme tendida sobre la espalda. Estábamos fuera de los chorros de agua, pero yo aún podía sentir una fina llovizna que calentaba mi cuerpo. Hudson no perdió un momento antes de que su boca estuviera por todas partes. Se tomó su tiempo para explorar mi cuello, deteniéndose para carraspear contra mi piel:

—Nunca vuelvas a decirme que no eres hermosa, nena. No tienes ni idea de lo despampanante que te ves ahora mismo.

—¡Hudson! —di un gritito cuando su boca se desplazó sobre uno de mis pezones duros como diamantes mientras pellizcaba el otro con los dedos. El deseo se desenroscó por mi cuerpo a medida que lamía, mordía y succionaba mis pechos hasta que se me fue la cabeza.

—¡Por favor! —exclamé, ni siquiera estar segura de lo que necesitaba. Solo necesitaba más.

Me estremecí cuando su lengua trazó un sendero hacia mi vientre y sus dedos rozaron la masa cuadrada de rizos rojos justo por encima del lugar donde más necesitaba que me tocase. Pero esa sensación no fue nada comparada con el punzante aguijón de placer que atravesó mi cuerpo cuando su lengua lamió concienzudamente mi carne escurridiza y rosa sin detenerse hasta bañar mi clítoris. El cuerpo se me arqueó y gimoteé:

—¡Ah, Dios, sí!

Hudson enterró la cabeza entre mis muslos con un entusiasmo que sacudió todo mi cuerpo; la sensación de su boca, nariz y lengua trabajando al unísono para volverme loca estuvieron a punto de hacerme despegar. Gemí:

—Sí, sí, sí… Haz que me vaya, Hudson. Por favor.

Mi cuerpo ardía en llamas y la cabeza se me sacudía de atrás adelante porque el placer era casi insoportable. No se parecía en nada a lo que había experimentado antes. Era tan intenso que, cuando su lengua y su boca empezaron a perseguir el manojo de nervios, ya palpitante, me quedé sin aliento. El clímax arrolló mi cuerpo como un tren de carga.

—Me voy. Ah, Dios, me voy. ¡Hudson! —exclamé al estallar en mil pedazos.

Él alargó el placer, su lengua aún activa, lamiéndome el sexo como si no pudiera dejar de saborear ese orgasmo. Permanecí ahí un momento, completamente pasmada. Finalmente, Hudson se movió y fundió nuestros cuerpos desnudos mientras me besaba. Saborearme en esos sensuales labios suyos hizo que enredara las manos en su pelo y mantuviera su boca sobre la mía para prolongar el sabor a él un poco más. Cuando por fin levantó la cabeza, me encontré con sus ojos y dije en un tono de lujuria:

—Házmelo, Hudson. Ahora. Te quiero dentro de mí. Te necesito.

Se le dilataron las fosas nasales, sus ojos centelleaban con un deseo intenso, pero también vi una breve vacilación.

«Oh, por favor, no pares ahora. Ahora no», pensé ansiosa. Cada fibra de mi alma y de mi corazón necesitaban acercarse a Hudson lo máximo posible. Deseaba tan desesperadamente que nuestros cuerpos se fundieran que no iba a encontrar alivio del profundo anhelo que sentía en mi interior hasta que la unión se produjera. Me senté y rodeé su tronco superior con los brazos, envolviendo su torso con las piernas.

—Házmelo, Hudson. Sé que tú quieres lo mismo.

Él se levantó, tomando mi trasero para levantarme con él. Cuando mi espalda estuvo apoyada sobre el mismo punto donde lo había visto acariciándose al principio, al entrar en la ducha, él gruñó:

—No debería caber duda en tu mente de que eso es exactamente lo que quiero, pero lo cambiará todo, Taylor.

Tomé su cabeza entre las manos.

—¿En qué será diferente?

Sus ojos se clavaron en los míos, posesivos y codiciosos.

—Serás mía, ¡maldita sea! No compartiré. No puedo. Seremos solo tú y yo, juntos. Nada de otros chicos para ti ni otras mujeres para mí. ¡Joder! Como si fuera a querer mirar a otra si tú fueras mía. Estoy demasiado obsesionado contigo para darme cuenta siquiera de que existe otra mujer.

Yo le acaricié el pelo mojado con la mano mientras el corazón me aleteaba en el pecho. ¿No se percataba de que acababa de decir las palabras que casi cualquier mujer quería escuchar cuando estaba locamente enamorada de un hombre?

—Yo tampoco deseo a nadie más, Hudson. No tengo absolutamente ningún problema con una relación monógama. Ahora, házmelo ya antes de que pierda la cabeza.

Me dio un beso intenso y rápido antes de farfullar:

—Un condón.

—No hace falta —dije con vehemencia—. Tomo anticonceptivos y ya has visto todas mis pruebas negativas.

—No es por mí. Es por ti —dijo con voz ronca—. Tú no has visto mis pruebas negativas.

¿No acababa de decir que íbamos a ser monógamos? Como si no supiera que nunca haría nada para hacerme daño. Nunca.

—Confío en ti —dije las palabras con firmeza mientras seguía observando sus iris cambiar hasta que se volvieron de un remolino de acero.

—¿Tienes idea de cuánto tiempo llevaba queriendo oírte decir eso? —preguntó con voz ronca.

—Tienes mi confianza desde hace mucho tiempo —musité—. Solo que nunca te has dado cuenta.

Jadeé cuando Hudson levantó mi cuerpo y me penetró como si no pudiera soportar un segundo más de no estar exactamente donde quería.

—Sí —siseé, estrechando mis piernas en torno a él.

Hudson era un hombre corpulento y la sensación de adaptarme a su miembro enorme y duro enterrado en mi interior fue ligeramente incómoda durante unos segundos. Sin embargo, el placer de sentirlo por fin dentro de mí la eclipsó totalmente.

—¡Dios! Qué apretada estás, nena —gruñó.

—Estoy bien —dije—. Házmelo duro, Hudson. No te contengas. Lo necesito tanto como tú.

—Lo dudo —respondió con un barítono grave y sensual—. Agárrate fuerte, porque no creo que esto pueda suceder de ninguna otra manera.

Me apretó el trasero al retroceder y volvió a embestir. Y otra vez. Y otra vez. Me aferré más fuerte a su espalda y capté el ritmo rápido y furioso de nuestros cuerpos a medida que se movían juntos.

—Qué rico, Hudson. Qué rico —gemí mientras mi cuerpo alcanzaba el suyo con cada poderosa embestida.

Enterré el rostro en su cuello con el corazón henchido, la mente insensible a todo excepto a Hudson y el placer intenso de tenerlo penetrándome como un maniaco. Cuando cambió de postura para que cada embestida estimulara mi clítoris, empecé a retorcerme y a golpearme contra él.

—Más duro —lo insté al notar acercarse el clímax.

—Vente para mí, Taylor. No aguantaré mucho más. No puedo. Sentirte es increíble —dijo con la respiración pesada.

Mi espalda se arqueó ligeramente. Mi cuerpo era insensible a todo excepto al hombre que estaba a punto de hacer que me desatara. Cuando me apretó el trasero más fuerte y empezó a joderme a un ritmo frenético, los fuegos artificiales empezaron.

—Sí, así, Hudson. ¡Sí! ¡Hudson! —El clímax fue tan intenso que mis uñas cortas le arañaron la espalda. Aquel orgasmo fue diferente, me llegó al alma y fue tan intenso que me sacudió hasta la médula. Los músculos internos se abrazaron a su pene mientras el placer se prolongaba más y más.

Él soltó un gemido gutural, profundo, carnal.

—¡Joder! ¡Taylor!

Yo me eché hacia atrás, jadeante, solo para verle el rostro mientras él llegaba a su propio desahogo. Tenía los ojos cerrados, la cabeza inclinada hacia atrás, los músculos tensos y una mirada de euforia frenética en la cara que me oprimió el pecho.

«Te quiero, Hudson. Te quiero tanto que duele», pensé. Tuve que contener aquellas palabras, aunque quería gritarlas de viva voz. Permanecimos así un momento, encajados, intentando recobrar el aliento, hundiéndonos en la felicidad poscoital.

Hudson me besó con tanta ternura y reverencia que estuvieron a punto de saltárseme las lágrimas. Me sentía adorada, atesorada, querida. Y realmente me sentía como si fuera la única mujer que

Hudson deseaba de verdad. Sentirse así era embriagador. Dejé caer la cabeza sobre su hombro, sintiéndome completamente agotada, mi cuerpo por fin satisfecho.

—Creo que te mordí —le susurré al oído—. Es posible que también te haya arañado un poco la espalda.

Lo oí reírse entre dientes.

—Me di cuenta. Fue muy *sexy*. Puedes desgarrarme siempre que quieras, cariño.

Retrocedió un poco para poder mirarme.

—¿Estás bien? Ha sido un poco brusco.

Yo le devolví la sonrisa y sacudí la cabeza.

—No tengo la suficiente experiencia para saberlo con certeza, pero puede que sea un poco pervertida y me guste duro —lo provoqué.

Él dejó que bajara los pies al suelo de baldosa y después me abrazó la cintura.

—No oirás una queja mía —dijo con una sonrisa de satisfacción—. Estoy más que dispuesto a descubrir todas tus fantasías pervertidas y hacerlas realidad.

Yo me reí en voz baja.

—¿Y qué hay de las tuyas?

Me levantó el mentón y nuestras miradas se encontraron mientras él decía en tono auténtico:

—Cariño, acabas de hacer realidad varios de mis sueños húmedos.

Yo estaba casi segura de que nunca había sido la principal atracción de los sueños húmedos de ningún chico, así que no tenía ni idea de qué decir, pero sin duda podía acostumbrarme a ser la fantasía de Hudson Montgomery. Atraje su cabeza hacia abajo y lo besé, y él pareció sobradamente satisfecho con esa respuesta.

Capítulo 25

Taylor

—Ah, ese definitivamente va a la pila de lo que nos llevamos —dijo Riley Sinclair con una enorme sonrisa cuando salí del probador—. Tiene clase, pero hará que a Hudson se le salgan los ojos de las cuencas.

Lancé una mirada exasperada a Riley.

—Se supone que estamos comprando ropa de trabajo —le recordé.

Había pasado la mayor parte de las dos últimas semanas después de aceptar el puesto en Montgomery Mining organizándome. Me reuní con Recursos Humanos, hice más papeleo y lo puse todo en orden para poder empezar mi nuevo trabajo con todo preparado.

Hoy, Riley había venido desde Citrus Beach a San Diego para que pudiéramos pasar un divertido día de compras en Fashion Valley. Hudson estaría dos semanas de vacaciones a partir del día siguiente y quería terminar todo lo que tenía que preparar para el trabajo para que pudiéramos pasar ese tiempo juntos.

Hasta ahora, Riley y yo habíamos modernizado mi teléfono con el último iPhone y yo me había comprado un portátil más propio de una profesional que de una universitaria. Después de eso, ella me había arrastrado a una peluquería, donde me hice la manicura y me di reflejos en el pelo rebelde, que me cortaron con un estilo más elegante y ordenado que me permitiera llevarlo suelto más a menudo sin demasiada molestia. También descubrí exactamente por qué la mayoría de los maquillajes me producían urticaria, porque algunos productos hipoalergénicos perfectos para mi piel costaron una pequeña fortuna. Era algo que nunca se me habría ocurrido probar de no haber sido porque Riley también me arrastró hasta esa tienda. Las bolsas se apilaban en el coche y todavía seguíamos mirando ropa.

Riley puso los ojos en blanco.

—Hemos comprado unos conjuntos estupendos para el trabajo, pero necesitas ese vestido y más ropa informal. A Hudson le gusta ir a un restaurante bueno de vez en cuando, así que te cansarás de llevar *jeans*. Y este vestido es perfecto para cualquier ocasión, informal o elegante —dijo haciendo un gesto para que diera una vuelta.

Sinceramente, a mí también me encantaba el vestido. El cuello *halter* empezaba alto, en la nuca, y el material sedoso caía en un vestido con vuelo que terminaba entre el medio y el bajo muslo. No era exactamente mini, pero tampoco sería algo que llevase al trabajo.

—Estás preciosa —dijo Riley cuando quedé frente a ella de nuevo—. Y puedes ir sin sujetador, así que no tendrías que pelearte con un adhesivo.

—Lo cual es una manera muy agradable de decir que tengo las tetas pequeñas —respondí con una carcajada.

Era tan fácil hablar con Riley que no me costaba decirle prácticamente nada. Durante las dos pasadas semanas, nos habíamos escrito y hablamos mucho, y aprendí a valorar su sentido del humor y su honestidad.

—¡No! —dijo ella—. Significa que puedes llevar un vestido como ese cómodamente, pero no estás plana.

—¿Quiero mirar el precio? —pregunté.

—Ni hablar. Tienes un novio muy rico y yo tengo su encantadora tarjeta de crédito. No necesitas saberlo. Creo que puede permitírselo.

Suspiré.

—Me siento culpable. Sé que accedí a dejar que me ayudase a renovar mi equipo electrónico para el nuevo trabajo, pero hemos comprado un montón de cosas, Riley. Quiero su cuerpo, no su dinero.

En realidad, Hudson y yo probablemente ya deberíamos empezar a bajar el ritmo, pero cada vez que me tocaba yo lo deseaba tanto como la primera vez. Antes de que se fuera aquella mañana, me dijo que me comprase cualquier cosa que quisiera o necesitara, no solo artículos de electrónica, pero la cantidad de cosas que habíamos comprado era una locura.

Riley se echó a reír.

—Créeme, cuanto más compres, más contento estará. A Hudson le gusta cuidar de ti, evidentemente y, te guste o no, es un macho alfa. Si traemos un quintal de bolsas de las tiendas, es posible que empiece a golpearse el pecho porque se sentirá como un hombre de verdad.

Yo arrugué la nariz.

—Eso es muy retorcido —dije con las comisuras de los labios curvándose en una sonrisa.

—Sabes que es verdad. A Hudson le gusta sentirse… necesitado. Quiere hacer cosas por ti y quiere comprarte cosas que te hagan sentir bien. Seth también es así. Sabe que yo también soy asquerosamente rica y estamos casados, por Dios, pero aún quiere ser el que paga cuando estamos juntos y siempre me hace regalos, aunque yo podría salir a comprar cualquier cosa que quisiera fácilmente.

—¿Y qué haces tú al respecto? —pregunté con curiosidad.

—Absolutamente nada —respondió con una sonrisa dulce—. Es multimillonario. Le dejo pagar con su tarjeta aunque tenga una a mi nombre en el bolso, porque no me importa. Si me compra algo, le hago saber que me encanta con mucho afecto, porque suele ser un regalo realmente considerado. No me entiendas mal, soy una mujer independiente y, si se muestra muy autoritario, lo pongo en su sitio. Pero a mí también me gusta ver feliz a Seth, así que no me preocupo. Si esas pequeñas cosas le hacen sentirse como si estuviera cuidando de mí y eso le hace feliz, dejo que las haga.

—Pero yo no soy pudiente, y Hudson y yo acabamos de empezar una relación exclusiva hace dos semanas —le recordé—. Lo último que quiero es que piense es que intento hacerle comprar mi cariño. Ya lo tiene, rico o pobre.

—No está intentando comprar tu cariño, Taylor. Creo que tienes que entender eso. Quiere asegurarse de que estás a salvo, cómoda y feliz. Si necesitas algo, quiere comprártelo porque para él es fácil hacerlo. Todas las cosas que estamos comprando hoy sería como si tú le compraras unos chicles en el supermercado porque sabes que le gustan. Mi hermano es increíblemente rico. Deja que el pobre te compre unas chucherías, por Dios. Créeme, va a disfrutar de ese vestido en particular tanto como tú —dijo contoneando las cejas.

Yo sonreí ante su analogía, consciente de que probablemente tenía razón.

—No soy pobre exactamente. Solo estoy un poco corta de efectivo después de mis años en Stanford. Cuando empiece a trabajar, tendré mucho más dinero. Mi padre de acogida me dejó todo lo que tenía, pero no era suficiente para seis años en Stanford. El último curso fue realmente duro. Estuve a punto de pasar de las prácticas en Montgomery porque quería empezar un trabajo profesional lo antes posible. Ahora me alegro de no haber dejado escapar la oportunidad. Si la hubiera rechazado, nunca habría conocido a Hudson.

Volví al probador y empecé a quitarme el vestido con cuidado. Oí la voz de Riley a través de la cortina.

—Estoy segura de que no habrías hecho lo mismo de haber sabido que serías secuestrada y vejada.

—En realidad, sí lo habría hecho —contesté—. Volvería a pasar por todo esto. No me arrepiento de nada, Riley. Estoy viva. Estoy sana. Tengo un futuro increíble por delante. Y estoy saliendo con el chico más atractivo del mundo. Así que, sí, volvería a pasar por todo eso si fuera la única manera de terminar con Hudson.

Acabé de ponerme el pantalón y el top y, cuando abrí la cortina, vi a Riley apoyada contra la pared, cruzada de brazos.

—Estás enamorada de él.

No era una pregunta, era una afirmación. Tal vez yo hubiera evitado la pregunta cuando estábamos en la playa el día de su fiesta, pero no parecía necesitar una respuesta esta vez. Asentí despacio.

—¿Cómo no voy a estar enamorada de Hudson? Es la clase de hombre que toda mujer sueña conocer algún día. Supongo que nunca creí que fuera a sucederme a mí. Nunca fui capaz de imaginarme locamente enamorada de ningún chico.

Ella levantó una ceja.

—¿Lo sabe?

Yo sacudí la cabeza.

—Es demasiado pronto para todo eso. Quiere que tengamos citas las próximas dos semanas. Dijo que detesta que todo sucediera al revés con nosotros y que me robó la parte del cortejo de la relación que, en su opinión, debería haberse producido primero; excepto el secuestro, claro.

—¿Qué piensas tú? —preguntó Riley.

Yo me encogí de hombros.

—Creo que si empiezas con las cosas realmente difíciles, sabes que la relación es fuerte. Me alegro de que fuéramos amigos primero, aunque él dijo que nunca podríamos ser amigos porque se sentía atraído por mí. Pero se equivoca. Somos amigos. Solo que él no lo ve. Hudson ha estado ahí durante algunos de los días más duros de mi vida.

—Me alegro de que lo quieras y, personalmente, creo que tocará el cielo cuando te oiga decir que estás enamorada de él —dijo Riley en voz baja mientras tomaba el vestido y lo añadía a la creciente pila de ropa que sí nos llevábamos en una silla cercana—. Necesita a alguien como tú, Taylor. Necesita y merece un poco de felicidad en la vida.

—Lo sé. Me alegro de que se tome unas vacaciones —contesté—. En realidad, solo quiero verlo relajarse un poco. Pasa muchísimo tiempo trabajando o cuidando de otras personas y dedicó muchas horas solo a cuidar de mí. Ahora yo quiero cuidar de él un poquito.

Riley amontonó parte de la ropa en mis brazos y recogió el resto. Mientras caminábamos hacia la caja, dijo:

—Según él, cocinas para él todos los días, te encargas de las tareas de la casa y haces unos postres deliciosos. Me dijo que lo estás mimando mucho.

—No es nada —discutí—. No en comparación con todas las cosas que él ha hecho por mí, Riley.

Ambas pusimos la ropa en el mostrador y la mujer de la caja nos sonrió mientras empezaba a marcarlo todo y a doblar las prendas cuidadosamente.

—Significa algo para él, Taylor —dijo en tono sincero—. A veces, lo que nos parece una pequeñez puede ser una enormidad para los demás. Él nunca ha tenido a nadie que haga esas cosas por él. Es asquerosamente rico. Las mujeres esperan restaurantes caros, fiestas lujosas y clubes muy exclusivos cuando salen con él. Estoy casi segura de que ninguna de ellas era capaz de cocer agua sola y dudo que le dedicara tiempo a algo que lo haría feliz.

Yo fruncí el ceño.

—Qué triste.

Ella asintió.

—Es así como ha ido toda su vida. La gente espera mucho de Hudson, pero no creen que necesite nada porque es muy rico y parece tener mucho autocontrol. Por eso me alegro de que salga con una persona auténtica que ve más allá de su fachada.

—Lo veo —le aseguré—. Creo que siempre lo he visto.

No podía contarle que Hudson y Jax me habían salvado la vida y que Hudson hubiera estado allí cuando necesitaba un hombro para llorar o ir al baño.

—Sé que lo ves —respondió entregándole la tarjeta de Hudson a la cajera—. ¿Dónde vamos después?

—Creo haber visto una de las tiendas de chucherías preferidas de Hudson al entrar. Creo que deberíamos parar allí y yo pago el paquete de chicle —bromeé—. Así que deja esa tarjeta negra en el bolso hasta que tengas la oportunidad de devolvérsela a Hudson.

Cada una tomó una bolsa grande.

—Sabes por qué me dio a mí la tarjeta en lugar de dártela a ti, ¿verdad?

—¿Porque eres su hermana? —supuse.

—No. Lo hizo porque sabe que no tengo ningún problema en gastar su dinero por él —dijo con una sonrisa de satisfacción—. Probablemente temía que la utilizaras escasamente.

—Probablemente lo habría hecho —musité.

—Y él lo sabía. Se alegrará de que hayas comprado todo lo que necesitas, y estás absolutamente preciosa. Probablemente, lo único que alegraría aún más sería que llegaras a casa en un coche nuevo.

—Ni hablar. Puede que mi Toyota sea viejo, pero funciona perfectamente. Mac me lo compró cuando creyó que iría a la universidad justo después del instituto. Ese auto y yo hemos pasado mucho juntos. Lo cambiaré yo cuando tenga que hacerlo. —Le había contado a Riley casi todo acerca de mi infancia y mi historia con Mac.

—De acuerdo, nos saltaremos el concesionario —contestó Riley en tono jocoso.

—Te lo agradecería —respondí yo irónicamente.

—Entonces, iremos a la tienda de chucherías; después, si no te importa, me gustaría un café helado —dijo Riley con anhelo.

—Me encantaría —dije yo entusiasmada.

De hecho, como no me entusiasmaba ir de compras tanto como a Riley, me parecía perfecto.

Capítulo 26

Taylor

Estaba configurando mi ordenador nuevo cuando oí entrar a Hudson por la puerta del garaje aquella noche. Había tenido una reunión durante la cena, así que yo había encargado comida para mí en lugar de cocinar.

—Hola, cariño —dijo Hudson con voz ronca al entrar en el salón—. Estás aún más preciosa que ayer. ¿Nuevo corte de pelo?

Yo asentí.

—¿Te gusta? Me han puesto reflejos también. Me pareció que estaría bien domarlo para poder llevarlo suelto de vez en cuando. Algo un poco más profesional que una coleta.

—Es increíblemente *sexy*; me encanta. —Señaló la mesilla con un gesto de la cabeza—. Ordenador nuevo, espero.

Alcé la mirada hacia él y el corazón me dio un vuelco, como cada vez que lo veía. Suspiré. Hudson llevaba un traje a medida azul marino con una corbata de seda a rayas anchas azules y grises. Hudson estaba guapísimo con cualquier cosa, o sin nada. Pero cuando se vestía a un hombre como *él* con un traje a medida, estaba buenísimo.

—Sí. Le hemos dado mucho trabajo a tu tarjeta negra hoy —dije con remordimiento—. Riley sugirió cosas en las que yo no había pensado, así que compramos mucho más de lo que yo tenía planeado.

—Bien —dijo con una sonrisa de felicidad—. ¿Qué es eso? —preguntó indicando la mesilla.

—Es un regalo —le dije a Hudson mientras me ponía en pie, me acercaba a él y le daba un beso de bienvenida a casa antes de acercarme a la mesa y tomar la caja.

—¿Para ti? ¿De quién es?

La caja estaba envuelta con papel dorado y un lazo, así que no reconoció la marca de la empresa hasta que se lo entregué.

—Es para ti, de mi parte. Y esta compra no se cargó a tu tarjeta. Vi la tienda de chucherías y no pude resistirme, porque me dijiste una vez que te encantan los Turtles de chocolate de allí.

Hudson pareció atónito durante un momento, y luego ligeramente confuso.

—¿Me has comprado esto como un regalo?

Se me encogió el corazón dolorosamente al ver su expresión y darme cuenta de cuánta razón tenía Riley acerca de que Hudson era un dadivoso que nunca recibía nada a cambio en su vida personal. Era evidente y desgarrador que no sabía cómo lidiar con el hecho de recibir un regalo de su amante. En absoluto. Era un regalo barato, un gesto informal para hacerle saber que estaba pensando en él, aun cuando no estábamos juntos. No era como si le hubiera regalado un coche deportivo de un millón de dólares o un teléfono de alta tecnología. Me acerqué más a él y le susurré al oído:

—Solo es una chuchería, guapetón. No te va a morder.

Él me dedicó una sonrisa burlona.

—Supongo que no estoy acostumbrado a…

Yo le devolví la sonrisa.

—Pues acostúmbrate. Pienso en ti, incluso cuando no estamos juntos. Y si veo algo que me recuerda a ti o algo que sé que te gustará, te lo compraré.

—Probablemente solo mencioné que me gustaban estas tortugas una vez y debió de ser hace tiempo, porque ni siquiera recuerdo habértelo contado —dijo pensativo mientras empezaba a desenvolver la golosina.

—Presto atención —le informé—. Lo mencionaste brevemente durante mi semana horrible de comer como si no me hartara de la comida. Dijiste que podrías comerte una caja de estos Turtles todos los días y menos mal que no había una tienda cerca de aquí o de tu oficina.

«¡Ay, Dios!», pensé conmovida. Después de aquella reacción, me aseguraría de que se acostumbrase a recibir regalos de mi parte lo más a menudo posible. Riley tenía razón cuando dijo que hacer cualquier cosa por Hudson, incluso hornearle algo, era una rareza para él. Evidentemente, recibir cualquier tipo de regalo de una novia ni siquiera había ocurrido nunca. «¡La operación Mima al Novio está en marcha!», me dije.

—Si abres la caja, me encantaría que me ofrecieras una. Nunca las he probado —lo provoqué.

Él sonrió de oreja a oreja mientras terminaba de desenvolver la caja.

—¿Estás intentando decir que tengo algo que deseas?

Levanté la mano y le acaricié la mandíbula mientras musitaba:

—Guapo, tienes muchas cosas que deseo, pero me conformo con un caramelo… por ahora.

Su sonrisa se ensanchó al abrir la caja y tendérmela.

—Más vale que te lo comas antes de que se terminen.

Tomé una tortuga de chocolate de la caja y observé cómo él devoraba dos antes de yo haber terminado la primera. Tenía que reconocer que el caramelo pegajoso con nueces, recubierto del mejor chocolate con leche que había probado en mi vida era una delicia decadente. Sacudí la cabeza cuando me ofreció la caja de nuevo.

—He pedido comida china. Sigo llena. Pedí comida de sobra por si tenías hambre. Puedo calentártela.

Él cerró la tapa de la caja y dejó las chocolatinas en una mesa auxiliar.

—Ya he cenado y esa chocolatina era el postre perfecto. Estoy bien. —Hizo una pausa antes de añadir—: Yo también tengo algo para ti.

Hudson se quitó la chaqueta del traje con un movimiento de hombros y extrajo algo del bolsillo interior antes de colocar la prenda sobre una silla. Sostuvo en alto una cajita de terciopelo rosa con una expresión incierta en el rostro.

Yo levanté la tapa de inmediato, curiosa sobre por qué parecía tan aprensivo. El corazón me dio un vuelco al ver lo que había en su interior.

—Ay, Dios mío —dije con la mano temblorosa al recoger el collar con el colgante. Era el que me había regalado Mac, mi talismán, pero también era… distinto.

Hudson dijo con voz ronca:

—Le pedí al príncipe Nick que intentara encontrarlo en el campamento rebelde. Por desgracia, lo único que apareció fue el dragón. Ni la perla, ni la cadena, y no había nada en las cuencas de los ojos. Hice que lo restaurasen lo mejor que pude. Ojalá lo hubiéramos encontrado intacto, pero al menos el dragón es el original.

Yo tomé la pieza con cuidado, temporalmente muda del asombro. El colgante era reconocible como el original, pero los añadidos lo hacían aún más bonito que antes. Los ojos, originariamente de cristal verde, habían sido sustituidos con pequeñas esmeraldas de excelente calidad que brillaban radiantes contra el oro blanco del colgante. Y la perla encerrada en la cola de espinas era despampanante. Me moví un poco para situarme directamente bajo una de las luces del techo y giré un poco la perla.

«*¡Santo Dios!*». El lustre era alucinante y tenía una forma redonda perfecta. Era de muy buena calidad y medía en torno a los dieciséis milímetros. La perla era, probablemente, la diferencia más notable, puesto que la perla original era artificial. Esta no lo era.

—¿Es una perla de los mares del Sur? —pregunté, aún mirando boquiabierta el maravilloso colgante.

—Sí —respondió Hudson—. Me costó un tiempo localizar una tan grande de grado alto. Sinceramente, no estaba seguro de si te entusiasmaría que el colgante estuviera restaurado o si te partiría el corazón que estuviera tan dañado.

Acaricié la larga cadena, fina pero resistente, con un sello de catorce quilates y a juego con el colgante de oro blanco.

—Ojalá hubiéramos podido encontrar la perla original y los ojos —prosiguió Hudson—. Pero no fue posible. Nick y sus hombres revisaron el campamento con lupa, Taylor.

La cadena era lo bastante larga como para poder metérmela por la cabeza, así que me la puse y envolví el colgante con los dedos. Daba gusto tenerlo de vuelta. Se me llenaron los ojos de lágrimas y, esta vez, no pude contenerlas. Me dolía el pecho de solo pensar en el tiempo y energía que Hudson había invertido en encontrar algo tan valioso para mí para después intentar arreglarlo concienzudamente. Solo para hacerme feliz. Para mí, aquello no tenía precio. Intenté tragar el enorme nudo que tenía en la garganta, pero no podía. No había nada que desease más que decirle a Hudson exactamente lo que sentía. Cuánto lo amaba. Cuánto significaba aquello para mí. Dios, estaba matándome no decírselo y la frustración caía por mis mejillas en forma de lágrimas.

—Lo siento, Taylor. Estás llorando —dijo él con voz grave—. Quizás debería haberlo olvidado.

Sentí levantarse la ira en mi interior, una furia nacida de la frustración de que dudase de su decisión. Le di un puñetazo en el hombro.

—No estoy triste —dije airada antes de darle otro puñetazo en el otro hombro—. Me has devuelto algo que nunca pensé que volvería a ver. Y ahora es realmente especial porque es en parte tuyo y en parte de Mac, los dos hombres más importantes de mi vida. —Empecé a golpearle el pecho, la cara empapada en lágrimas hasta que prácticamente me cegaron—. ¿No sabes cuánto significa esto para mí?

Sus brazos poderosos envolvieron mi cuerpo y me apretujaron contra él.

—¿Siempre pegas a los hombres que son especiales para ti? —preguntó secamente.

—¡No! —exclamé—. Solo a ti.

Sabía que estaba fuera de control, pero al menos el enfado me impidió decirle las tres palabras que no lo creía preparado para oír. Hudson ni siquiera había insinuado aquellas emociones y no estaba acostumbrado a que nadie lo amara excepto su familia.

«Si se lo digo demasiado pronto, podría destrozar la relación antes de que haya tenido tiempo para crecer», pensé temerosa.

Hudson me acarició la espalda de arriba abajo con una mano tranquilizadora.

—No te ofendas, cariño, pero no pareces muy contenta.

Yo resoplé contra su hombro.

—Lo estoy. Pero no lo ves. —Di un paso atrás y me sequé las mejillas húmedas mientras decía—: Acabas de hacer lo más increíble que nadie ha hecho por mí en toda mi vida, Hudson Montgomery.

Estiré los brazos y empecé a desabotonarle la camisa. Si no podía decirle lo que sentía, podía mostrárselo. Cuando la camisa estuvo en el suelo, tomé su cinturón y trabajé en sus pantalones hasta que fueron al sur de sus tobillos.

—¿Puedo preguntar qué estás haciendo ahora? —inquirió Hudson con voz áspera mientras dejaba atrás los pantalones en el suelo.

Yo me quité la camisa, la arrojé al suelo y me bajé con cuidado los *jeans* y la ropa interior. Cuando estaba completamente desnuda, contesté:

—Desnudarnos. Te necesito, Hudson.

Atraje su cabeza hacia abajo para conseguir lo que realmente deseaba en ese instante y empecé a besarlo.

Capítulo 27

Hudson

Besé a la preciosa mujer desnuda en mis brazos como un poseso. Lo cual, básicamente, era. Estaba hambriento de Taylor cada minuto del día. Gemí contra sus labios cuando su piel cálida y sedosa se deslizó contra la mía. Taylor me volvía completamente loco. Tenerla en mi cama cada noche durante las últimas semanas no había aliviado mi obsesión con ella. Si acaso, se había intensificado. Ahora no solo deseaba el cuerpo de Taylor. Quería cada parte de ella. Sí, incluso sus lágrimas si realmente necesitaba llorar, aunque prefería tomar medidas preventivas y asegurarme de que siempre fuera feliz. Casi acabó conmigo verla llorar. Finalmente, arranqué mi boca de la suya y apoyé su cabeza sobre mi hombro, con el corazón latiéndome tan rápido que no podía recobrar el aliento. Eso era lo que me hacía Taylor. Cada vez que hacía algo dulce por mí como aquella noche, como hacía todos los días, me sentía el cabrón más afortunado del mundo por tenerla en mi vida. ¿Mi problema? Me sentía cada vez más desesperado por asegurarme de que se quedara.

«¡Maldita sea! Sé que le importo, pero necesito… más. Necesito saber que es mía, joder, y que siempre lo será. ¿Es una metedura de pata completa? Sí, probablemente lo sea, porque simplemente debería estar disfrutando de cada minuto que paso con ella, en lugar de querer… algo más. De acuerdo. Sí. Puedo admitirlo. Me aterra hacer algo que pueda echar a perder lo mejor que he tenido nunca. Así que de verdad necesito saber qué le pasa», pensé.

—Cuéntame qué acaba de pasar, Taylor —dije intentando mantener un tono calmado. Le había regalado un colgante arreglado y se había derrumbado. Tenía que saber por qué. Por qué se había enfadado. Por qué había llorado.

Si realmente le encantaba el colgante restaurado, nada de eso tenía sentido. Taylor no era la clase de mujer voluble. No tenía cambios de humor semejantes. No pasaba de estar contenta a estar enfadada y después rompía en llanto en el transcurso de diez minutos. Algo la corroía por dentro y yo quería saber qué era exactamente para poder deshacerme de lo que estuviera haciéndola infeliz.

«Corrijo: quiero deshacerme de ello siempre y cuando no sea yo». Aquellas últimas semanas con ella en mi cama cada noche, el ver su preciosa cara sonriéndome cada tarde al llegar a casa, que me tocara cuando quisiera y poder hacer yo lo mismo, me habían hecho más feliz de lo que lo había sido en toda mi vida. Me equivoqué por completo cuando dije que Taylor no era mi amiga. Supongo que lo que debería haber dicho entonces era que no podía ser únicamente su amigo.

«¡Maldita sea! Tengo todo lo que siempre he querido con Taylor y no voy a perderla. Nunca», pensé. Finalmente entendía de verdad qué quería decir Seth en la barbacoa. Yo también sería un cabrón patético si no tenía a Taylor en mi vida. La necesitaba y no me avergonzaba de reconocerlo para mis adentros.

—Solo házmelo, Hudson. Por favor. Te necesito —dijo con voz sensual y *sexy*.

«¡Santo Dios!». Quería darle todo lo que necesitara y yo también lo deseaba, pero no podía ocultar bajo la alfombra lo que acababa de suceder. Tenía que arreglarlo. Tomé a Taylor en brazos y me senté en el sofá de cuero con ella en el regazo.

—Pasa algo, cariño. Lo presiento. Háblame.

Ella se retiró de mi regazo, se puso en pie y empezó a recoger su ropa.

—Si no quieres hacérmelo, solo tenías que decirlo —respondió indignada—. No voy a seguir echándome encima de ti. Me siento ridícula.

La vi marchar con su bonito trasero hacia la escalera y desaparecer. «Vale, ¿qué demonios acaba de pasar?», me pregunté perplejo. Me levanté y la seguí. Llegué a la escalera justo a tiempo para verla doblar la esquina arriba. «Ni hablar. No pienso dejar que huya de esto sin más», me dije. Subí las escaleras corriendo y fui a mi dormitorio.

Taylor no estaba allí, pero la puerta del baño estaba cerrada y la luz encendida, así que me senté en la cama, resuelto a esperar a que saliera de allí, aunque tuviera que esperar toda la maldita noche. Me quité los calcetines, poniéndome cómodo para la espera, cuando se abrió la puerta del baño. Allí estaba Taylor, mucho más tranquila que antes. Se había puesto unos pantalones cortos y una camiseta de tirantes con los que solía dormir mientras estaba en el cuarto de baño.

La observé cruzar el dormitorio y sentarse en la cama a mi lado, pero no lo bastante cerca como para que la tocara. Aquello me parecía bien si necesitaba su espacio, con tal de que hablara.

—Lo siento —dijo en tono arrepentido—. No tenía ningún motivo en absoluto para enfadarme contigo y tampoco te merecías la forma en que actué. Acababas de llegar a casa de trabajar. Puede que no estuvieras de humor para desnudarte conmigo y debería haber estado bien si así era. Supongo que mi reacción instintiva fue que quizás estés cansado de que follemos como conejos todo el tiempo o que quizás te estés aburriendo de mí.

Se me retorció el estómago cuando no me miró a los ojos.

—¿En serio, Taylor? No llegará el día en que no quiera que nos desnudemos y terminemos sudorosos, pero hay más detrás de todo esto. Lo sé. Algo te molesta. Y mucho. —Hice una pausa antes de proseguir, intentando adivinar qué decir. Al final, simplemente decidí ser sincero como siempre lo éramos el uno con el otro—. ¿Sabes? Me equivoqué cuando dije que nunca podríamos ser amigos. Somos mejores amigos y, aunque esa solo es una parte de nuestra relación, es importante. No puedo acostarme contigo sin más y fingir que no sé que algo te molesta. Eso no funciona para mí. Dime que se te está pasando por la cabeza. Quiero ayudarte a arreglarlo.

Ella sacudió la cabeza.

—No puedes arreglar esto, Hudson. Es problema mío, no tuyo. No eres tú, soy yo.

—Eso es una chorrada y lo sabes. Tus problemas también son mis problemas, Taylor —la persuadí—. Dime que, si tú supieras que algo me estuviera perturbando, no me sonsacarías cualquier problema que tuviera de alguna manera.

—Probablemente lo intentaría —reconoció con el esbozo de una sonrisa en la cara.

—Y lo conseguirías, como pienso hacer yo. Voy a seguirte hasta que te canses de oírme preguntarte qué pasa y me lo cuentes. No lo entiendo. Nunca has tenido ningún problema para contarme cosas realmente duras. En cuanto confiabas lo suficiente en mí para hablar de ello, me lo contabas. ¿Cuánto más tiempo necesitas para confiarme lo que te perturba ahora?

«¡Joder!», pensé frustrado. Sabía que estaba perdiendo los papeles, pero dolía saber que, sin importar lo que dijera, no confiaba lo suficiente en mí como para compartir algo que, evidentemente, la corroía viva.

Ella sacudió la cabeza al responder en tono de frustración:

—No se trata de confianza. Se trata de mí. De mi miedo.

—¡Dios! Daría mi vida encantado para protegerte, Taylor. ¿No lo sabes?

—No es esa clase de miedo, Hudson. Bah, a la mierda. Lo único que estamos haciendo es discutir y eso es lo último que quiero. ¿De veras quieres saber qué pasa? —Finalmente me miró a los ojos.

Se sentó más erguida y vi su determinación cuando enderezó la columna. La miré a los bonitos ojos verdes y la vulnerabilidad que vi en ellos me desgarró el corazón.

—Solo si de verdad quieres contármelo, cariño —dije retrocediendo un poco porque parecía muy abierta y vulnerable. Tal vez la había presionado demasiado.

—Bien —dijo con voz tensa y cortante, sin dejar de sostenerme la mirada—. Tengo un problema muy grande. Te quiero, Hudson. Estoy loca, completa y totalmente enamorada de ti. Sé que es demasiado pronto y que probablemente piensas que estoy loca, pero no puedo evitarlo. Y cuando haces cosas tan detallistas conmigo como lo que has hecho con el colgante, quiero arrojarme a tus brazos y decirte cuánto te amo. Quiero que sepas que nunca me había sentido así, y en el fondo sé que nunca volveré a sentirme así. No quería perderte por precipitarme. Pero ya no puedo contenerme más. No solo tienes mi cuerpo y mi mente. También tienes mi alma y mi corazón.

«Lo veo. ¡Dios! Lo veo en sus ojos», pensé tan atónito que perdí el habla. No podía reaccionar.

Taylor jugueteaba con los dedos cuando rompió el silencio:

—Pues, sí, eso es. Te quiero. Quería poder decírtelo, pero no quería asustarte. Eso es todo.

Se puso en pie y noté que se sentía incómoda porque empezó a alejarse de la cama. «¡Ni hablar!», pensé. Atrapé a Taylor por la cintura y tiré de ella hacia la cama. Aterrizó sobre su espalda y yo le sujeté las muñecas a ambos lados de la cabeza.

—¿Alguna vez, de alguna manera, te he dado la impresión de que no querría oír eso? —gruñí.

A ella se le abrieron los ojos como platos.

—Nunca pareciste inclinado en esa dirección —dijo dubitativa—. No sabía cómo te lo tomarías, pero tenía que decírtelo, Hudson. Tenías que saber que estoy loca por ti. Para mí, he llegado demasiado lejos como para no ser sincera, pero estaba intentando esperar. Sé que me deseas con locura y que te importo…

Le cerré la boca con un beso para que no pudiera decir ni una palabra más. La besé como si quisiera respirar cada gramo de amor que quisiera darme y gemí cuando enredó su lengua con la mía, presionando, retrocediendo, enredándonos. Respiraba pesadamente para cuando emergí en busca de oxígeno, pero eso no me impediría hablar.

—No digas nada, Taylor. Ahora mismo, no. Solo escucha —dije con voz que sonaba como si acabara de recorrer ocho kilómetros a toda velocidad. Evidentemente, yo le había lanzado señales cruzadas. De alguna manera, había pasado por alto lo evidente y eso se terminaba ahora. Inspiré hondo un par de veces—. Probablemente empecé a enamorarme de ti desde el día en que te rescaté. Eras tan increíblemente valiente, inteligente y fuerte que me sentí atraído por ti casi de inmediato. Para cuando te traje de vuelta a Estados Unidos, estaba totalmente obsesionado con ayudarte a recuperarte y asegurarme de que nadie volviera a hacerte daño. ¿Me sentía culpable? Sí. ¿Era esa mi motivación principal? No. Tú eres y siempre serás la mujer más fascinante que he conocido nunca. Tú eres y siempre serás la mujer más fascinante que he conocido nunca. No quería que nadie te tocase excepto yo cuando eras vulnerable y quería que confiaras en mí tan desesperadamente que también me obsesioné con eso. Para cuando empezaste a excitarme, sabía que estaba jodido. Ya estaba locamente enamorado de ti. Te amo, Taylor. Casi desde el principio. Nunca me he sentido ni volveré a sentirme así, y probablemente yo tenía más miedo de perderte a ti que tú de perderme a mí. ¡Dios! Creía que era bastante evidente lo que sentía. De haber sabido que te parecería bien que pronunciara las palabras en alto, lo habría hecho. Hace mucho tiempo. Así que, no, ni hablar, no es demasiado pronto. Solo estaba esperando a que tú me dieras alcance a mí en el amor obsesivo. —Estudié su mirada, intentando calcular su reacción, pero parecía totalmente centrada en lo que estaba diciendo—. Puede que sea un cabrón avaricioso, pero lo quiero todo, Taylor. Tu corazón, tu alma, tu cuerpo, tu mente. Quiero que seas mía y yo quiero ser tuyo. Y lo quiero para siempre. Dime que eso es también lo que tú quieres.

A ella empezaron a caerle lágrimas por las comisuras de los ojos mientras asentía.

—Sí. Muchísimo.

Solté una enorme bocanada que ni siquiera me había percatado de que contenía.

—¡Gracias a Dios! Te garantizo que la fastidiaré en el futuro y que lo que siento por ti es bastante extremo, pero siempre haré todo lo que esté en mi mano para hacerte feliz, Taylor.

Ella dio un tirón para liberar sus muñecas y yo la solté. Cuando me rodeó el cuello con los brazos y me dio un beso ardiente, todo lo que antes estaba mal ahora era absolutamente perfecto.

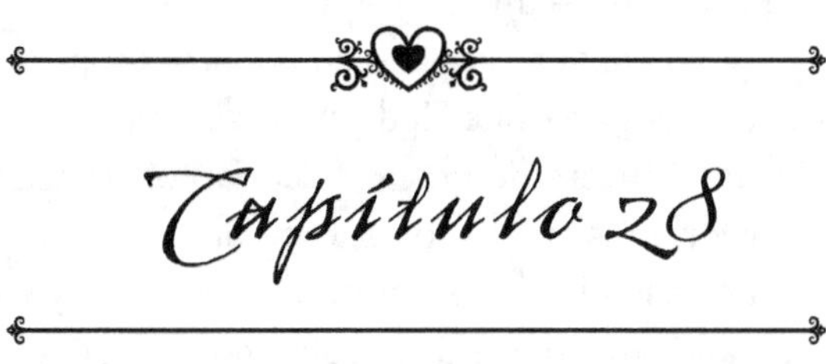

Capítulo 28

Taylor

Finalmente relajé el abrazo mortal al cuello de Hudson y puse fin al frenético beso. Durante varios instantes, nos miramos fijamente hasta que yo dije:

—Una vez, Mac me contó que, cuando encontrase al chico adecuado, lo sentiría con toda mi alma y vería reflejado lo que sentía en sus ojos.

Su mirada gris se volvió intensa.

—¿Y lo ves?

Yo asentí.

—Sí. También lo vi aquella noche en la ducha contigo. Debería haber tenido más fe…

Él apoyó un dedo en mis labios.

—No, Taylor —dijo con aspereza—. Yo también he metido la pata. Esto es nuevo para ambos. Habrá una curva de aprendizaje. Solo necesitamos seguir hablando constantemente.

Yo rodeé su cintura con las piernas.

—Preferiría estar haciendo otra cosa ahora mismo. Te necesito, Hudson.

Ahora que sabía que me amaba, lo deseaba tan desesperadamente que todo mi cuerpo lo anhelaba. El deseo que brillaba en sus ojos era candente y voraz. Me incorporó y me quitó la camiseta de tirantes.

—No sé por qué te has molestado en vestirte. Siempre terminará así para nosotros —farfulló—. Independientemente de la desavenencia que tuviéramos antes.

No me había molestado en ponerme ropa interior, así que levanté las caderas y dejé que Hudson me deslizase los finos pantalones por las piernas. Sinceramente, no discutíamos muy a menudo, pero cuando lo hiciéramos en el futuro, esperaba que siempre terminase así.

Él se sacudió los calzoncillos bóxer y yo abrí más las piernas, esperando que se tumbase sobre mí. Quería su cuerpo pegado al mío, su peso encima de mí. Suspiré cuando descendió sobre mí. Saboreé la sensación de su piel suave y músculos duros, acariciándole la espalda y los hombros con las manos.

—Qué bueno tocarte —murmuré, perdiéndome en su aroma masculino—. Házmelo, Hudson. Ya no aguanto más.

Él se movió para girarme y ponerme sobre él.

—¡No! —insistí aferrada a él—. Así. Por favor.

Por alguna razón, él nunca quería estar encima. Tenía la sensación de que creía que me haría sentir incómoda porque me habían agredido sexualmente, pero ahora necesitaba que me tomara así.

Hudson me miró fijamente.

—¿Estás segura?

Yo asentí.

—No tengo miedo de tu fuerza, Hudson. Me deleito en ella porque sé perfectamente que nunca me harías daño.

—Te quiero, Taylor —dijo con un gemido antes de enterrar el rostro en mi cuello.

Yo incliné la cabeza, dándole acceso a todo lo que quisiera mientras me lamía y mordisqueaba la piel. Me retorcí, le rodeé la cintura con las piernas y me moví contra él.

—Yo también te quiero, Hudson. Ahora, házmelo ya antes de que pierda la cabeza.

Él deslizó una mano entre nuestros cuerpos y agarró su miembro. Jugó con mi clítoris con la punta.

—¿Es esto lo que quieres? —preguntó en tono grave y travieso.

—Nada de provocar —gimoteé—. Te quiero dentro, ahora.

—¡Joder! Estás empapada, cariño —siseó.

Hilé su cabello con las manos, deleitándome con la sensación de los mechones ásperos entre los dedos.

—Porque me pones así —le susurré al oído antes de mordisquearle el lóbulo de la oreja.

—¡Joder! Yo tampoco puedo esperar más —carraspeó; entonces me embistió con un movimiento poderoso de las caderas.

—Ah, Dios. ¡Sí! —jadeé.

Él retrocedió y embistió de nuevo.

—Mía. Eres mía, Taylor, joder. Dilo —exigió con voz ronca.

—Soy tuya, Hudson. Siempre lo seré.

Nunca dudaría en decirle eso. Sabía que necesitaba escuchar esas palabras cuando necesitaba sentirse seguro y yo se lo daría encantada. De cualquier manera en que lo necesitara. Recibí cada embestida furiosa de sus caderas, deseándolo tan profundo como llegara. La intensidad, la manera en que nos esforzábamos por acercarnos todo lo posible me proporcionó tanto placer que ya sentía el clímax empezando a erigirse. Apreté las piernas alrededor de la cintura de Hudson.

—Más duro, Hudson. Jódeme más duro —supliqué.

Él enterró las manos en mi pelo, inclinó mi cabeza y fundió nuestros labios mientras su lengua trabajaba en mi boca al compás rápido y loco de su miembro. Gemí contra sus labios, rindiéndome a la locura que siempre sentía cuando Hudson estaba dentro de mí, a mi alrededor, envolviéndome. Mis manos empuñaron su pelo a medida que mi cuerpo se perdía en el ritmo seductor. Cuando finalmente levantó la cabeza, yo jadeé, intentando recobrar el aliento.

—Te quiero, Hudson. Te quiero muchísimo —le dije sin aliento, con el corazón henchido y el cuerpo palpitante.

Podía decirle a Hudson exactamente lo que sentía, así que era completamente libre. Él cambió de postura ligeramente y yo gemí cuando puso una mano bajo mi cuerpo y me apretó el trasero, atrayéndome con fuerza contra él con cada embestida de su pene.

—Sí, Dios, es increíble… —masculló.

—Vente para mí, nena —dijo en tono gutural.

Yo ya estaba cerca. Muy cerca.

—¡Hudson! —grité su nombre al estallar mientras mi cuerpo se estremecía y el orgasmo tomaba el control.

Se me arqueó la espalda y, cuando miré hacia arriba, vi la mirada de Hudson centrada en mi rostro; saber que me miraba mientras me iba hizo que el clímax fuera aún más intenso.

—¡Joder! —maldijo—. No puedo esperar.

—Pues no lo hagas —supliqué. No quería que esperase. Quería que montara su orgasmo conmigo. Necesitaba que se sintiera tan desatado como yo en ese momento.

Mis ojos se sintieron atraídos al rostro de Hudson cuando encontró su desahogo; me quedé absorta por la miríada de emociones que podía ver en sus expresivos ojos. Placer intenso, necesidad desesperada, deseo ardiente, adoración, pura felicidad y amor infinito.

Él dejó caer la frente en mi hombro cuando finalmente se vació.

—Te amo, Taylor. Espero que nunca vuelvas a dudarlo ni por un momento.

Sentí su respiración caliente y pesada contra el cuello hasta que ambos empezamos a recobrar el aliento. Su voz sonó áspera y ronca cuando habló finalmente.

—Quédate conmigo y quiéreme para siempre, Taylor. Si lo haces, seré el imbécil más feliz del planeta.

El corazón se me contrajo en el pecho.

—No pienso irme a ningún sitio, Hudson. ¿Por qué iba a hacerlo cuando eres todo lo que necesito?

A veces era realmente difícil creer que un tipo como Hudson pudiera contemplar siquiera la posibilidad de que cualquier mujer se alejase de él. Pero él lo hacía. Como cualquier otra persona en el mundo, Hudson tenía sus inseguridades. Y, por desconcertante que me pareciera, muchas de ellas parecían girar en torno a mí. No estaba segura de si me sentía maravillada o absolutamente aterrada de parecer ser el talón de Aquiles de Hudson. Sinceramente, él también era mi mayor vulnerabilidad. Supongo que, siempre y cuando supiera que yo era su debilidad, podría hacer todo lo que estuviera en mi mano para convertirme también en su mayor fuerza.

Hudson giró sobre su espalda y atrajo mi cuerpo sobre el suyo como si no pudiera soportar que hubiera distancia entre nosotros.

—Probablemente serás mi muerte algún día, nena, pero al menos me iré con una sonrisa en la cara.

—Eso no pasará nunca —le aseguré—. Siempre te cubriré las espaldas, guapo —le dije, utilizando la jerga militar.

Él rio entre dientes.

—Y sabes que yo siempre te cubriré las tuyas. Mirar tu precioso trasero es una de mis actividades favoritas.

Le golpeé el brazo con un gesto juguetón.

—Pervertido.

—Solo contigo, cariño —replicó—. ¿Tienes alguna queja al respecto?

—Solo una —cavilé.

—¿Cuál es tu objeción? —preguntó con voz divertida.

—Si me miras el trasero, es virtualmente imposible que yo te mire el tuyo. Que conste, estoy segura de que a mí ya se me caía la baba por el tuyo mucho antes de que tú empezaras a mirar el mío.

—Lo dudo —dijo en tono escéptico.

Yo suspiré.

—¿Por qué crees que siempre quería sentarme en la barra a desayunar cuando cocinabas? Tenía unas vistas perfectas.

—Por favor, no intentes decirme que me deseabas cuando ni siquiera podías caminar —dijo dubitativo.

Yo me moví para apoyarme sobre el costado y le abracé la cintura.

—Vale, no te lo diré, pero así era. No puedo explicarlo, pero me sentí atraída por ti incluso antes de eso, desde el momento en que me sacaste de ese cuchitril en Lania. Confiaba en ti, aun cuando estaba fuera de mis cabales y probablemente no debería haber puesto mi fe en nadie entonces.

Él me acarició el cabello con una mano delicada.

—No te ofendas, cielo, pero era básicamente lo único que tenías.

Yo sacudí la cabeza.

—No se trataba de eso —le aseguré—. No era solo porque me rescataste.

—Bueno, puede que lo entienda —farfulló—. Creo que sabía que me traerías problemas desde que vi tu foto. Apenas dormí antes de que Jax y yo llegáramos a Lania. Lo único en lo que podía pensar era en si serías capaz de aguantar un poco más o no. Probablemente no era lógico pensar que te encontraríamos viva; no tengo ni idea de cómo conseguiste aferrarte a la vida, pero yo tampoco renuncié a la esperanza.

Le acaricié el pecho y el estómago.

—Puede que estuviera esperando a que me rescataras, guapetón.

—¡Joder! Sin duda, me tomé mi tiempo en llegar hasta allí. Si Jax y yo lo hubiéramos sabido en cuanto sucedió, habríamos mandado un equipo allí en veinticuatro horas. Tampoco habríamos contado con la liberación de Harlow. Quizás, nada de lo que podríamos haber hecho hubiera salvado a Mark, pero podría haberlo hecho mucho menos traumático para ti y para Harlow.

—Oye —dije enredando la mano en su pelo y volviendo su cabeza para poder mirarlo a los ojos—. Ya pasó, Hudson. Viniste por mí y estaba viva. Estoy aquí y he recuperado la salud. ¿Sabes el milagro que representa eso para mí?

Él estudió mi rostro.

—Siempre iré por ti, Taylor. Cuenta con ello. Si alguna vez estás en apuros o me necesitas, no hay nada que no haría para llegar hasta ti.

Le di un suave beso en los labios antes de contestar:

—Lo sé. Espero que algún día te des cuenta de que yo siempre encontraré la manera de llegar a ti también.

—Creo que ya lo sé —dijo con voz ronca—. Y me aterra. Tienes mucho coraje, mujer. Ni se te ocurra poner ese bonito trasero en juego para salvar el mío, nunca.

Yo sonreí mientras me sentaba a horcajadas sobre él.

—Ah, así que está bien que lo hagas tú, pero no está bien que yo haga lo mismo.

—Exactamente —respondió con voz cortante—. Taylor, si algo te ocurriera ahora, no lo aguantaría. Te he visto tan cerca de la muerte como puede llegar cualquiera. No puedo soportar volver a verte así.

No había ni una pizca de juego en su voz. Hablaba totalmente en serio. Dejé de hacerle pasar un mal rato en cuanto vi la tensión en su rostro. Me percaté de que aún lo atormentaba la manera en que podía haber terminado mi secuestro.

—No va a pasarme nada, Hudson. Estoy aquí. Te quiero. Y vamos a tener una vida maravillosa juntos —musité mientras me estiraba sobre él.

De pronto, él giró y me atrapó bajo su cuerpo.

—Y por fin eres mía, Taylor —gruñó cerniéndose sobre mí—. Dios sabe que me tenías agarrado por las pelotas casi desde el principio. Soy tuyo básicamente desde el primer día.

Yo lo abracé.

—Entonces, voy a reivindicar lo que es mío ahora mismo —ronroneé, el cuerpo tenso a la expectativa.

—Esta vez iremos despacio —gruñó—. Tenemos toda la noche por delante.

Con Hudson, no existía el despacito y buena letra, y yo lo sabía. En menos de un minuto estábamos frenéticos por reivindicar el cuerpo del otro. Lo mismo ocurrió la siguiente vez que intentó tomarse su tiempo. Y la siguiente. Pero yo, sin duda, no tenía quejas si quería seguir intentando lo imposible, porque el sexo duro, caliente y rápido era cada vez mejor.

Capítulo 29

Taylor

—Cariño, ¿de verdad creías que podrías ponerte ese vestido y no hacer que llegáramos tarde a la reserva para cenar esta noche?

Miré a Hudson, percatándome de la mirada depredadora en su rostro mientras observaba todos mis movimientos de pie en la cocina.

—Esta vez, no —le dije con firmeza.

Cierto, Hudson se veía lo bastante bueno para devorarlo enterito en ese instante, con unos pantalones de vestir color caqui y un polo burdeos, pero estaba vez me negaba a dejarme entretener.

Había estado más relajado de lo que lo había visto nunca durante los últimos diez días de sus vacaciones obligadas. La mayor parte de los días, ni siquiera se había molestado en ir a su despacho de casa. En absoluto. Sus hermanos le habían prometido que le informarían si necesitaban algo y Hudson no se molestó en llamarlos todos los días. No habíamos salido todas las noches. Pasamos unos días simplemente disfrutando de la playa, nadando y jugando fuera.

Sin embargo, como había prometido, Hudson se esforzó al máximo para cortejarme durante nuestras citas nocturnas, y había tenido éxito cada vez. Probablemente, mi cita favorita había sido un crucero por el puerto con cena romántica. Fue una tarde cálida en el agua, lo cual hizo que toda la noche pareciera mágica. Me sentí mucho más que agradecida de haberme dejado convencer por Riley para que comprara tantos conjuntos cuando salimos. Hasta ahora, no había llevado el cómodo vestido negro con vuelo, pero me lo había puesto aquella noche y me recogí el pelo con un estilo *sexy* que dejaba unos rizos sueltos en torno a mi cara.

Aquella noche lo había dado todo, incluso me maquillé cuidadosamente y añadí unas sandalias negras de tiras que compré en un impulso para ir a juego con el vestido.

—Taylor, me dejas sin aliento —dijo Hudson con voz cruda y ronca—. Justo cuando creo que no puedes ponerte más guapa de lo que ya eres, lo haces.

Yo suspiré al detenerme frente a él.

—Cuando dices esas cosas, me doy cuenta de por qué te quiero tanto —musité besando sus labios con cuidado, intentando que no se me borrara el pintalabios.

Siempre habría una gran parte de mí que no era la clase de mujer elegante y meticulosa, pero había de reconocer que disfrutaba de las reacciones de Hudson cuando estaba de humor para explorar mi faceta ultrafemenina. Sinceramente, antes de Hudson, ni siquiera sabía que existía esa faceta mía.

Él me besó los hombros desnudos y el cuello, explorando con las manos el material sedoso.

—Dios, Taylor, no llevas sujetador. Creo que podrían salírsete de esta cosa en cualquier momento. Normalmente sería el último en quejarme, pero un movimiento en falso y todos los tipos del restaurante se quedarán embobados.

Yo me eché a reír. Dios, a veces adoraba su posesividad alfa. Le acaricié la mandíbula.

—En primer lugar, no se me va a salir nada porque tengo las tetas demasiado pequeñas para que ocurra.

De acuerdo, tal vez, si me volvía loca con el vestido, el escote se bajara lo suficiente para que alguien muy cerca de mí viera la diminuta curva de mis pechos, pero no iba a pasar sentada a la mesa, cenando.

—En segundo lugar —añadí—, eres el único chico que estará mirando realmente.

—Lo dudo mucho —farfulló mientras me rodeaba la cintura con los brazos—. Veo a todos los chicos que te miran demasiado tiempo. Mierda, Taylor. ¿Ni siquiera te das cuenta de cómo te miran los hombres? Esta noche van a mirar, sin duda.

Personalmente, creía que Hudson alucinaba, pero si quería creer que yo era irresistible para cualquier hombre del planeta, dudaba poder convencerlo de lo contrario. Me abracé a su cuello.

—¿Se te ocurre alguna vez que no me importa un bledo ningún hombre de la sala excepto tú? ¿Que, tal vez, los únicos ojos que veo mirándome son los tuyos?

Solo pareció parcialmente apaciguado cuando respondió con voz ronca:

—Ah, los míos siempre te comerán entera. Cuenta con ello.

Me estremecí ante la nota depredadora en su voz. A veces seguía siendo difícil creer que aquel chico tan guapo que quitaba el hipo, detallista, intenso y brillante estaba locamente enamorado de mí. No es que lo dudara, porque me mostraba cuánto me amaba todos los días. Aun así, para una mujer que nunca había sido amada con tanta devoción, tanta pasión ni tanta adoración, pasaría un tiempo hasta que dejara de resultar un poco abrumador a veces, en el buen sentido. Le sonreí.

—Justo cuando pienso que no puedo quererte más, me doy cuenta de que te amo más cada día, Hudson Montgomery —le dije con ligereza—. ¿Qué pasará cuando te quiera demasiado?

Sus intensos ojos grises me miraron solemnemente.

—Nunca podrías quererme demasiado, cariño. En mi opinión, no.

Sí, él tampoco podría quererme demasiado. Cuanto más me mostraba lo mucho que me amaba, más me deleitaba yo en su amor.

Incapaz de resistirme a sentir su boca sobre la mía, atraje su cabeza hacia abajo para darle un beso de verdad. Al diablo el pintalabios. Tenía más en el bolso. Podía arreglarlo.

Hudson tomó el control del abrazo casi de inmediato apoyando una mano en mi nuca y devorándome la boca hasta dejarme sin aliento y con el corazón desbocado. Cuando por fin levantó la cabeza, me carraspeó al oído:

—¿Sabes cuántas ganas tengo de darte media vuelta y joder contigo hasta que tengas un orgasmo explosivo ahora mismo?

De acuerdo, mi determinación empezaba a flaquear un poco.

—Las reservas —le recordé.

Él retrocedió un poco y me lanzó una sonrisa petulante.

—Cariño, Hudson Montgomery es tu hombre. ¿De verdad crees que nadie dirá una sola palabra si llegamos tarde cuando siempre he sido muy buen cliente?

No. Ya sabía que no había nadie que fuera a oponerse a un hombre como Hudson. Cualquier negocio estaría loco si no lo atendiera. Borré una mancha de pintalabios de su cara mientras preguntaba:

—Entonces, ¿siempre consigue exactamente lo que quiere, Sr. Montgomery?

Él asintió con arrogancia.

—De prácticamente todo el mundo, excepto de ti.

—Lamento informarte, guapetón, pero ahora tampoco vas a conseguir exactamente lo que quieres de mí. Estoy hambrienta y me prometiste un marisco delicioso. Es un sitio bueno y no quiero llegar allí con el maquillaje hecho un desastre, acalorada y sudorosa —insistí alejándome un paso de él.

Sinceramente, la fachada de macho alfa que conseguía lo que quería cuando quería me ponía muy cachonda, pero ya habíamos llegado tarde a dos reservas. Tal vez a él no le importara llegar tarde, pero a mí me ponía un poco nerviosa.

—¡Mierda! —Lo siento, Taylor. Si tienes hambre, vámonos —dijo en tono de remordimiento.

Yo le sonreí radiante. Era increíble cómo Hudson podía mostrarse exigente un momento y arrepentido al siguiente. Si quería o necesitaba cualquier cosa, se aseguraba de que la tuviera, aunque eso significase poner sus propios deseos a la espera. Lo cierto era que yo sabía perfectamente que esa era la razón por la que tanto lo quería.

Sí, tenía un lado engreído y arrogante, pero en su interior latía el corazón del chico más dulce del mundo. Y, francamente, me parecía bien ser una de las pocas personas que conocían esa faceta dulce y atenta suya, porque yo siempre me aseguraría de que fuera valorada.

Hice una pausa mientras nos dirigíamos hacia la puerta del garaje y dije:

—No estoy descartando eso de que me apoyes contra la mesa hasta quedar totalmente satisfechos. No me importa ponerme toda acalorada y sudorosa cuando lleguemos a casa.

Él levantó una ceja.

—Espero que pienses comer rápido.

—Creía que estabas esforzándote por ir despacito y buena letra —bromeé.

—Creo que ambos sabemos que eso nunca ocurrirá, pero no meteré prisas durante la cena —dijo en tono pícaro—. Aunque puede que te explique al detalle lo que tengo en mente para después mientras cenamos.

Él corazón me dio saltitos de alegría cuando abrió la puerta del garaje.

Terminé comiendo un poco más rápido de lo que habría querido. Pedimos el postre para llevar, pero cuando llegamos a casa no tuvimos tiempo de comérnoslo hasta el día siguiente. Estuvimos demasiado ocupados aquella noche recibiendo exactamente lo que ambos deseábamos.

Capítulo 30

Jax

—No me cierres la puerta en las narices, Harlow. Creo que tenemos que hablar. —Intenté mantener el tono en algún lugar entre un «ni se te ocurra» y un «por favor, dame solo unos minutos», pero no tenía ni idea de dónde había caído en esa escala.

Con un poco de suerte, no había quedado como un perfecto imbécil, porque parecía que a Harlow le vendría bien un amigo. Después de muchas tentativas de ponerme en contacto con Harlow por teléfono y por mensaje, me rendí y fui a su apartamento, ahora que había vuelto de casa de su madre en Carlsbad. La vi dudar y, por un momento, creí que iba a decirme que me largase y a cerrar la puerta.

—No tardaré —intenté persuadirla—. Venga, Harlow, ya nos has colgado el teléfono a mí y al Departamento Legal al menos una docena de veces.

—No lo entiendo —dijo con voz frustrada—. Ya he dicho que no a todo. ¿Qué quieren de mí, Sr. Montgomery?

—Si no quieres el dinero, está bien —le dije con calma.

—Como mi empleador, Montgomery Mining ya pagó una pequeña fortuna por mi rescate para que fuera liberada del secuestro. Eso fue más que suficiente. No necesito una especie de acuerdo y, por alguna extraña razón, su empresa sigue pagándome y esto se tiene que acabar. Renuncié, Sr. Montgomery.

Yo sonreí de oreja a oreja.

—Sí, y nos negamos a aceptar tu renuncia, así que, técnicamente, estás de permiso con sueldo. Tienes demasiados proyectos de investigación importantes en el laboratorio para irte sin más.

—Le entregué mi renuncia al director del laboratorio hace semanas. No quiero volver a Montgomery Mining —replicó con aspereza.

—Mira, sé que has pasado por un calvario, pero es posible que no sientas lo mismo dentro de unos meses. ¿Qué daño puede hacer seguir en nómina ahora mismo? —pregunté en tono lo más persuasivo posible.

Sinceramente, Harlow no parecía estar en condiciones de decidir nada ahora mismo, y eso me molestaba más de lo que probablemente debería. Apenas conocía a la Dra. Harlow Lewis, pero la había visto en acción en nuestro laboratorio las veces suficientes como para darme cuenta de que no era ella misma ahora.

De acuerdo, puede que le hubiera pedido que cenara conmigo hacía dos años y que ella se riera en mi cara y me rechazara de plano, pero yo no le guardaba rencor. No realmente. Bueno, vale, tal vez un poco. Lo cierto era que ella era la primera y única mujer que me había rechazado en toda mi vida. Yo era Jaxton Montgomery, multimillonario y codirector ejecutivo de Montgomery Mining, la mayor empresa minera del mundo. Así que, no, no me encontraba con muchas mujeres que se rieran en mi cara y me rechazaran. De hecho, solo había habido una. Ella.

Harlow me intrigaba desde el momento en que la conocí hacía un par de años. Era una preciosa bomba rubia que también resultaba ser una brillante científica de nuestro laboratorio. He de reconocer que tenía razón cuando se rio de mí y me dijo que lo último que quería ser era mi aventura de una noche para terminar perseguida por la prensa durante las semanas siguientes después de una sola cita.

*«No, gracias. Que pase un buen día. Adiós, Sr. Montgomery»,
me había dicho.* No es que pudiera haberle garantizado que no sería
un amorío, porque, después de todo, yo era el rey de los líos de una
noche. Era el maestro de nunca salir con una mujer más de una vez.
Por desgracia, el precio que pagaba por ese hábito era ser perseguido
por los periodistas cada vez que llevaba una mujer nueva del brazo.

Finalmente, ella respondió:

—El problema es que me están pagando por un trabajo al que no
puedo volver, nunca. Mi mala decisión fue lo que condujo a la muerte
de un compañero y alguien que me importaba, y el secuestro estuvo
a punto de matar a mi propia becaria.

—Harlow, eso no fue tu...

—¡No lo diga! —me advirtió—. ¿De verdad piensa que no sé lo
que le ocurrió a Taylor, Sr. Montgomery? ¿Cómo se supone que tengo
que vivir con eso?

Taylor Delaney, la becaria y amiga de Harlow, ahora era el amor
de la vida de mi hermano mayor, Hudson.

—¿Acaso le has preguntado a Taylor qué pasó? Está bien, Harlow.
Has hablado con ella. Está sana, ha pasado página y ella y Hudson
son tan felices que casi dan ganas de vomitar.

—No habla de eso conmigo ni reconoce que fue sexualmente
agredida cada noche, pero no soy imbécil. Puede que no estuviera
en mis cabales en ese momento, pero ¿cómo se supone que tengo que
vivir con eso o con la muerte de Mark?

Harlow parecía atormentada. Seguía siendo hermosa, pero tenía
ojeras negras, y era una mujer que siempre iba impecablemente
arreglada. Tal vez tuviera aspecto diferente porque nunca la había
visto con un atuendo tan informal. Llevaba unos *jeans* cortados y
una camiseta, pero no me pareció que fuera su vestimenta. Más bien
se trataba de la derrota que parecía pender sobre su cabeza como
una nube oscura. Físicamente, se había curado, pero a todas luces,
emocionalmente seguía teniendo dificultades.

—Last Hope te mandó un terapeuta —le recordé.

—No me rescataron. Pagaron mi rescate y fui liberada, ¿recuerda?
—añadió secamente—. Pero estoy viendo a alguien por mi cuenta. Y

sí, sé que nunca puedo hablarle a nadie de Last Hope. Marshall y yo ya tuvimos «la charla» —dijo gesticulando unas comillas en el aire.

—No, solo tuvimos que rescatar a Taylor, pero desde que supiste de la existencia de Last Hope, estás bajo nuestra protección hasta que te encuentres preparada física y emocionalmente para hacer frente al mundo tú sola. Esa es una de las razones por las que estoy aquí, Harlow. Marshall me hizo tu consejero. Quiero asegurarme de que estás bien y me gustaría verte una vez a la semana, más a menudo si lo necesitas.

No pensaba revelarle que en realidad me había ofrecido voluntario a hacer su seguimiento. Tal vez porque en realidad no entendía por qué me había ofrecido. Harlow soltó una carcajada completamente carente de humor.

—¿En serio, Sr. Montgomery? ¿Mi consejero es el tipo que nunca sale con una mujer más de una vez? Nunca. No se ofenda, pero me cuesta imaginarlo como el chico al que acudir en cualquier momento. Estoy segura de que está demasiado ocupado poniendo a sus citas a hacer fila. Encontrar una mujer nueva cada noche tiene que ser agotador y requerir mucho tiempo. No se preocupe. Dígale a Marshall que estaré bien sin consejero.

—Si me necesitaras, estaría ahí —dije sintiéndome ofendido—. Soy cumplidor.

Harlow puso los ojos en blanco.

—Sí, estoy segura de que sería de fiar, pero estoy bien. Creo que esta conversación se ha terminado.

—No, Harlow —dije con voz de advertencia mientras apoyaba la mano en la puerta para evitar que me la cerrara en las narices.

La mujer necesitaba que alguien se preocupase de ir a ver si estaba bien y, sin duda, necesitaba hablar. Yo no tenía ni idea de quién era su terapeuta, pero resultaba evidente que no estaba progresando con su sentimiento de culpa. Y lo cierto es que nada de aquel secuestro había sido culpa suya. Ella era una víctima. Y punto.

—Yo ya he terminado —dijo Harlow en tono obstinado.

—Yo, no —respondí llanamente—. Propongo que hagamos un trato.

Ella se cruzó de brazos.

—¿Qué? —dijo con impaciencia.

—Deja que sea tu consejero. Ponte en contacto conmigo una vez a la semana. Quiero, al menos, dos horas a la semana. Y si alguna vez me necesitas, lo único que tienes que hacer es llamar. —Enterré la mano en el bolsillo de mi traje—. Aquí tienes mi información de contacto. Toda. Incluidos mi teléfono móvil y mi dirección de casa. Puede que llegue demasiado tarde, pero ahora tendrás a un Montgomery en marcación rápida. Si accedes, no tendré ni una cita ni veré a ninguna mujer mientras sea tu consejero. Estaré disponible en todo momento —terminé en tono vehemente.

Ella sacudió la cabeza con una sonrisa irónica.

—No se ofenda, pero no podrá mantener esa promesa durante una semana, mucho menos un mes o dos, Sr. Montgomery. Sus últimas conquistas salen en las revistas de cotilleo todas las semanas.

Yo le dediqué mi sonrisa más encantadora.

—Entonces supongo que los periodistas tendrán que encontrar a otra persona a la que seguir. Porque no voy a salir con nadie durante una temporada.

Ella levantó una ceja.

—Casi me siento tentada a acceder porque sería más fácil. Volverá a las viejas costumbres.

—No lo haré. Pero tú también tendrás que aceptar permanecer en nómina, de permiso con sueldo, y volver a pensar en tu decisión de dejar Montgomery más adelante si cumplo hasta el final —dije hábilmente—. Así que, si estás tan segura de que fracasaré, la manera más fácil de salir de la nómina y conseguir que todos te dejemos en paz es aceptar y esperar a que sea fotografiado con una mujer, aparte de ti, por supuesto.

Harlow me arrancó de inmediato la tarjeta de contacto de la mano.

—Hecho —dijo—. Pero programaremos una cita para dentro de dos semanas. Si no lo fotografían galanteando a alguna mujer, iré a la reunión. Le garantizo que esto es un adiós, Sr. Montgomery.

Yo sonreí con suficiencia.

—Espero tu llamada dentro de dos semanas a partir de hoy. También esperaré que me llames Jax, no Sr. Montgomery. Seré tu consejero de Last Hope, no tu empleador.

—Sí. Aceptaré llamarle lo que quiera porque no será necesario llamarle nada en absoluto. Diviértase en sus citas —dijo como si no pudiera esperar para cerrar la condenada puerta.

Examiné su rostro una vez más antes de retirar la mano de la puerta mientras decía:

—Hablaremos pronto, Harlow.

La puerta se cerró con un golpe seco en cuanto empecé a alejarme. Sonreí mientras caminaba hacia el aparcamiento. Harlow Lewis no tenía ni la más remota idea de lo peligroso que era retarme. Por lo general, yo no era buen perdedor. Así que siempre me aseguraba de estar en buena posición para ganar. Harlow volvería a verme, y no dejaría de hacerlo durante mucho tiempo.

Epílogo

Taylor

Tres semanas después...

—No tienes que ponértelo ahora mismo —dije mientras Hudson se abrochaba el nuevo reloj que le había regalado—. Tienes un par de relojes que son mucho más caros que el auto de la mayoría de la gente.

La operación Mima al Novio había ido tan bien que ahora podía hacerle un regalo a Hudson sin momentos incómodos. La mayor parte de los días eran cosas pequeñas como un bolígrafo nuevo, chucherías o algo totalmente ridículo. Como había recibido mi primera paga completa por mi nuevo empleo, incluido un incentivo por unirme a la empresa ofrecido por Recursos Humanos para ese puesto, le había comprado a Hudson un reloj de buceo. Hacía una o dos semanas mencionó algo acerca de haber perdido su reloj de buceo y que debería comprarse uno nuevo porque se había ofrecido a llevarme a bucear y a enseñarme. De acuerdo, no era un Rolex ni nada escandaloso, pero era asequible y tenía todas las funciones que necesitaría Hudson.

—Quiero llevarlo —insistió—. Es muy bonito, Taylor. Me encanta. Y gracias por hacerte cargo de la cena.

Había preparado una lasaña, ya que tenía suficiente tiempo para hacerla antes de que Hudson llegara a casa. Yo me encogí de hombros.

—Ibas a trabajar hasta tarde. No me importaba.

Aunque aquellos días solía llegar a casa a una hora decente, había tenido una reunión especial que lo había mantenido en la oficina central más tiempo de lo habitual aquel día.

—Tú también trabajas todo el día, cariño—dijo cerrando el lavavajillas y encendiéndolo.

—Yo he cocinado, tú has recogido —bromeé con él, consciente de que él sabía que lo observaba desde la barra del desayuno. En un tono más serio, añadí—: Me encanta mi trabajo. Me han ubicado en un equipo alucinante y no me siento como una idiota. Creo que tengo mucho que aportar. Me alegro de que me animaras a aceptar el puesto.

—Pareces realmente feliz, así que me alegro de que aceptaras — dijo él con una sonrisa de oreja a oreja mientras se acercaba hacia mí y me tendía la mano—. ¿Damos un paseo para ver la puesta de sol?

Hudson se había puesto unos *jeans* y una camiseta cuando llegó a casa y yo llevaba unos pantalones cortos y un top informal.

—Claro —dije aceptando su mano, feliz de poder hacer tiempo para salir un rato.

En realidad, era feliz haciendo cualquier cosa con Hudson. Parecía que cada día encontraba algo nuevo que amar en él. Lo cierto es que mi vida parecía tan perfecta que casi daba miedo. Lo único que seguía preocupándome era Harlow. Hablábamos todos los días y, ahora que ella había vuelto a su apartamento, teníamos planeado vernos. Pero aún no parecía ella misma.

Hudson y yo paseamos lentamente por la playa, mirando cómo el sol empezaba a ponerse.

—Vale, mira, estoy a punto de pedirte el tercer favor —dijo; sonaba un poco nervioso.

Yo me detuve.

—¿Pasa algo?

Él sacudió la cabeza mientras metía la mano en su bolsillo delantero.

—No, nena, todo va perfectamente, pero quiero un favor.

Yo respiré aliviada.

—Pídeme lo que quieras.

Él levantó una ceja mientras sacaba una cajita negra de su bolsillo.

—Este es grande —me advirtió.

Yo le sonreí radiante.

—Desembucha. Estoy segura de que puedo manejarlo.

—Más bien se trata de su puedes manejarme a mí o no —contestó con voz ronca a medida que abría la caja—. Durante toda la vida.

Solté un jadeo audible al ver exactamente lo que sostenía entre manos.

—Cásate conmigo, Taylor. Sácame de esta miseria. El tercer favor: por favor, di que sí.

El anillo era absolutamente precioso, todo de diamantes, así que destellaba brillante en la cama de terciopelo negro. Había un solitario central rodeado de un círculo de gemas más pequeñas. Estaba engastado en platino u oro blanco.

—Ay, Dios mío, Hudson. Ese anillo es precioso. Creo que ya sabes que la respuesta es sí. ¡Sí, sí, sí!

Él sonrió de oreja a oreja con aspecto aliviado al extraer el anillo y deslizármelo en el dedo.

—Te amo, Taylor.

Lo abracé en cuanto tuve el anillo en el dedo.

—Yo también te amo, Hudson. —Retrocedí para besarlo. El abrazo fue largo y repleto de emoción y ternura. Yo estaba sin aliento cuando se terminó.

—¿Podemos disponerlo todo pronto? —preguntó.

—¿Cómo de pronto? —pregunté con voz entusiasmada.

—¿El mes que viene? —dijo esperanzado.

—Solo si quieres fugarte a Las Vegas —bromeé.

—Te dejaré decidir la fecha. —Me dio un beso en la cabeza—. En realidad, solo estoy feliz de que me hayas dicho que sí.

—Como si hubiera dudas de que no fuera a hacerlo —contesté sonriéndole.

Hudson me dio media vuelta y me abrazó por la espalda para que pudiéramos ver juntos el final del ocaso. Yo me apoyé en él con un suspiro feliz, plenamente satisfecha. Como de costumbre, Mac me había dado un sabio consejo.

El chico adecuado había merecido la espera.

~FIN~

Estados Unidos:
https://www.amazon.es/J.S.-Scott/e/B007YUACRA
España: https://www.amazon.es/J.S.-Scott/e/B007YUACRA

Otros libros de J. A. Scott

Serie La Obsesión del Multimillonario:

La Obsesión del Multimillonario ~ Simon (Libro 1)
La colección completa en estuche
Mía Por Esta Noche, Mía Por Ahora
Mía Para Siempre, Mía Por Completo

Corazón de Multimillonario ~ Sam (Libro 2)
La Salvación Del Multimillonario ~ Max (Libro 3)
El juego del multimillonario ~ Kade (Libro 4)
La Obsesión del Multimillonario ~ Travis (Libro 5)
Multimillonario Desenmascarado ~ Jason (Libro 6)
Multimillonario Indómito ~ Tate (Libro 7)
Multimillonaria Libre ~ Chloe (Libro 8)
Multimillonario Intrépido ~ Zane (Libro 9)
Multimillonario Desconocido ~ Blake (Libro 10)
Multimillonario Descubierto ~ Marcus (Libro 11)
Multimillonario Rechazado ~ Jett (Libro 12)
Multimillonario Incontestado ~ Carter (Libro 13)
Multimillonario Inalcanzable ~ Mason (Libro 14)
Multimillonario Encubierto ~ Hudson (Libro 15)

Serie de Los Hermanos Walker:

¡DESAHOGO! ~ Trace (Libro 1)
¡VIVIDOR! ~ Sebastian (Libro 2)
¡DAÑADO! ~ Dane (Libro 3)

Próximamente

Multimillonario Inesperado ~ Jax (Libro 16)

Biografía

J. S. Scott, "Jan", es una autora superventas de novela romántica según *New York Times*, *USA Today*, y *Wall Street Journal*. Es una lectora ávida de todo tipo de libros y literatura, pero la literatura romántica siempre ha sido su género preferido. Jan escribe lo que le encanta leer, autora tanto de romances contemporáneos como paranormales. Casi siempre son novelas eróticas, generalmente incluyen un macho alfa y un final feliz; ¡parece incapaz de escribirlas de ninguna otra manera! Jan vive en las bonitas Montañas Rocosas con su esposo y sus dos pastores alemanes, muy mimados, y le encanta conectar con sus lectores.